DER BUCH-TIPP

24/3/14

Rom ist überall

Uralt ist die Sehnsucht der Deutschen nach dem Süden, spätestens seit Goethe führen alle Wege nach Rom. Den umgekehrten Weg hat die 1955 geborene Publizistin Sabina Magnani von Petersdorff eingeschlagen. Die gebürtige Römerin, Tochter der Journalistin und ARD-Korrespondentin Franca Magnani (1925–1996), legt mit „Mein Rom ist überall“ ein kurzweiliges, kluges Erinnerungsbuch vor. Schon 1973 verschlug es Magnani zu den Weltjugendspielen nach Ost-Berlin, ein paar Jahre später begleitete sie als Dolmetscherin den gerade ausgebürgerten Wolf Biermannn bei einer Konzertreise durch Italien. *dpa*

Sabina Magnani

Europa-Verlag, 196 Seiten, 19 Euro

…s nicht Bennett in

…ne aus dem Jugend-
…k". Foto: Hupfeld

klar, immer drutt! – der Saxofonist: der unreife Willy, dem Lily keine Chance gibt.

Seelisches Abtreiben

Henning Kallweit macht sein seelisches Abdriften exemplarisch, ein wenig wohl auf Kosten subtilerer Nuancen. Bis zur Tat ist der Habitus aus Coolness und Dünkel längst bei allen zerstoben.

Bleibt zu bemerken, dass Rebekka Dornhege Reyes' und Nina Thielens Bühne (auch: Kostüme), eine weiße Schräge im würfelförmigen Rahmen, die mittig ausgespart ist und mit Orientteppichen den förmlich-warmen Innenraum markiert, als Spielort funktioniert und das rechte Maß distanzierter Vertrautheit symbolisiert.

24/3/14

der Politik

Mein Rom ist überall

Lektorat: Heiko Arntz
Umschlaggestaltung und Satz: Christine Paxmann text • konzept • grafik
Umschlagbild: © Enrica Scalfari agf
© Vittoria Sophia von Petersdorff
Druck und Bindung: CPI books, Ulm

ISBN 978-3-905811-78-0

Sabina Magnani von Petersdorff

Mein Rom ist überall

INHALT

VOM KAPITOL ZUM KORRIDOR

Alle Wege führen nach Rom. Aber wie viele Wege führten nach Berlin, als ich am Abend des 8. Oktober 1980 von Rom durch die DDR nach West-Berlin reiste? Es gab drei Korridore für den Luftweg und vier Korridore zu Lande für den Auto- und Eisenbahnverkehr durch die Deutsche Demokratische Republik. Ich hatte mich für die Eisenbahn entschieden. Meine Eltern schauten besorgt aus dem Fenster unserer neuen Wohnung am Fuße des Kapitols, als ich über die Piazza Venezia, am «Altar des Vaterlandes» vorbei, den Hauptbahnhof Roma Termini ansteuerte, um durch den Süd-Korridor nach West-Berlin zu fahren. Ich machte mich auf zu neuen Ufern, während meine Eltern gerade an der Piazza Campitelli angekommen waren. Sie hatten sich ihren Lebenstraum erfüllt: eine Wohnung im historischen Zentrum. Von hier aus konnten sie zu Fuß durch die Stadt streifen, konnten täglich ihrer Geschichte nachspüren, von den Höhen und Tiefen der Antike bis zu den Untiefen moderner italienischer Politik, an der sie und meine Großeltern in den Fünfzigerjahren ein paar Zeilen mitgeschrieben hatten. Die Abendsonne goss ihr Licht über die nackten Rossebändiger Castor und Pollux und ihre Pferde aus, jene marmornen vergöttlichten Zwillinge auf dem Kapitol, die als überirdisch-mythische Verbündete das antike Rom zur historischen Größe geführt hatten. Die Kirchen und Kuppeln an der Piazza Venezia und der schneeweiße Marmor des «Altar des Vaterlandes» glänzten, und die kämpfenden Germanen auf dem Reliefband um die Trajanssäule im Kaiserforum standen in hellem Licht und tiefem Schatten.

Der Zug schaukelte in rasender Fahrt durch den Apennin. Ich schlafe immer gut in der Eisenbahn. Bologna und der Po rauschten an mir vorüber, am Brenner erwachte ich, sah ersten Schnee oder Raureif wie Puder auf den Fichten liegen, drehte mich zur Seite und schlief weiter, denn in München würde es wärmer sein. Eine freundliche Frauenstimme im Lautsprecher des Münchner Hauptbahnhofs wies mir den Weg zum Anschlusszug nach West-Berlin. Bei Ingolstadt überquerten wir die Donau und waren nun jenseits des antiken Limes angelangt, jener nördlichen Grenze des römischen Reichs, die Germanien zum ersten

Mal geteilt und uns vor den «Barbaren» geschützt hatte. Für die Germanen ihrerseits war der Limes über Jahrhunderte Berührungspunkt mit römischer Lebensart. In *Germania,* im mittleren Osten dieses dunklen kühlen Landes, war ich nun – im modernen geteilten Deutschland. Wir hielten in Nürnberg, der Stadt der Reichsparteitage und Kriegsverbrecherprozesse, in der Stadt Albrecht Dürers. Nürnberger Lebkuchen kamen mir in den Sinn. Die nächste Station, Bayreuth, ließ mich an meinen Vater denken, der besonders Wagners Siegfried liebte, den er wieder und wieder vom Plattenspieler hörte, als wolle er ein Mysterium der Musik oder der deutschen Geschichte lösen. Wenn die Musik uns störte, war er rücksichtsvoll und setzte seine Kopfhörer auf.

Die Landschaft verengte sich, dunkle Wälder säumten die Schienen. Moos und Farnkräuter zogen vorüber. Mein Blick erhaschte einen Wachturm mit Soldaten, Metallgitter rechts und links: die Grenze! Wir waren in der Deutschen Demokratischen Republik angekommen. Der Zug fuhr langsam, bis er an einem kleinen Bahnhof zum Halten kam: «Probstzella, letzter Halt vor Berlin. Nicht aussteigen!», rief eine Lautsprecherstimme, kehlig wie der Zwerg Alberich. Warten! Dann: Ein Ruck durchzuckte den Waggon. Ging es weiter? Doch gleich darauf wurde abrupt wieder gebremst. Der Zug stand still. Mir schien, als stünden wir für immer am Bahnhofsrand. Es schnaubte und zischte apathisch im Röhrensystem, der Zug atmete wie aus kranken Lungen, als wolle er seinen Geist aufgeben. Wieder ein Ruck! Dann nichts mehr. Es herrschte völlige Stille.

Saß ich im falschen Waggon? War mein Waggon vergessen worden? Ich suchte Hilfe. Einige Abteile weiter schaute gelangweilt ein Herr ins Leere. Er schien die Strecke zu kennen und ahnte nicht, wie sehr seine Langeweile mich beruhigte. Stimmen näherten sich, schwere Stiefelschritte auf dem Schotter, ein Rufen, das ich nicht verstand, drang an mein Ohr. Ich öffnete das Fenster meines Abteils und sah einen Trupp Soldaten oder Grenzpolizisten den Zug besteigen. «Achtung und Vorsicht bei der Abfahrt, dieser Zug hält nicht vor West-Berlin», schnarrte Zwerg Alberich im Lautsprecher, dann rollten wir erneut durch Wälder und Auen, durch Täler weit und Höhen. Zwei Polizisten rissen meine Abteiltüre auf, ich zuckte zusammen. «Passkontrolle – Ihre Papiere, bitte!» Ich suchte nervös nach meinem Reisepass und reichte ihn hinüber. «Machen Sie das linke Ohr frei! Führen Sie Waffen und Munition mit sich?» Ich schüttelte stumm den Kopf. «Hier – Ihr Transitvisum. Gute Fahrt.» Die Tür knallte zu und verschluckte mein verspätetes «Danke».

In Leuna dampften rechts und links des Zuges rostige Röhren, Schlote und Kesselanlagen, verschlungen wie ein gewaltiger stählerner Urwald. Das war die IG Farben, Chemie aus geschichtlicher Zeit, ein Weltmarktführer der Vergangenheit und jetzt im sozialistischen Volkseigentum. Die Räder mussten weiterrollen, ob Sieg oder Niederlage, ohne Halt, einem leeren Horizont entgegen. Bahnhöfe zogen vorbei, an den Bahnsteigkanten standen breitbeinige bewaffnete Soldaten. Hinter ihnen warteten Reisende mit gleichgültigen Mienen, als wollten sie den deutschen Transitzug durch Deutschland nicht wahrnehmen.

Wir fuhren durch den Korridor, bis der Tag versank. Dann griffen die Bremsen scharf in die Räder, es ruckte, stampfte, quietschte, und wir standen still. «Nicht aussteigen! Nicht aussteigen! Der Zug fährt weiter nach West-Berlin!» Türen schlugen, Soldatenstiefel entfernten sich auf Schotter. «Vorsicht bei der Abfahrt!» Häuser im grauen Rauputz glitten vorbei, schadhafte Dächer, Metallzäune am Bahndamm, Sandwege zwischen Koniferen. Der Zug bremste erneut bis zum Stillstand: «Berlin-Wannsee! Nächster Halt: Zoologischer Garten! Bitte einsteigen und Vorsicht bei der Abfahrt!» Weiter ging es. Ich schaute aus dem Fenster und sah noch keine Stadt, nur Wald und eine Autobahn, dann zahllose verrostete Schienenstränge, verrottete Bahnschwellen, zwischen denen kleine und große Birken wucherten, Schachtelhalme und Löwenzahn. Die Natur hatte sich das Schienenbett zurückerobert. Und das sollte Berlin sein? Wo war die Stadt? Endlich erschienen Straßen unter uns, dann Bahnhöfe, Brandmauern, und plötzlich erkannte ich die Anzeige «Savignyplatz». Der Zug bremste, fuhr in eine riesige Halle ein und stand. Wir waren im Bahnhof Zoologischer Garten.

Eine Kollegin meiner Mutter, eine Deutsche, holte mich ab, ich kannte sonst niemanden in Berlin, noch nicht. Hoch wölbte sich die Halle über dem fast leeren Bahnsteig. Wie Schatten wandelten graue Gestalten durch fahles Licht, jung und bleich, mit alten Augen, verwahrlost und irgendwie trunken wirkten sie. «Ist das immer so grau hier?», fragte ich erschrocken und tastete instinktiv nach meiner Rückfahrkarte in der Manteltasche. Die Kollegin lächelte und schwieg. Wenige Reisende strebten mit uns die Treppe hinunter. Jemand sprach uns unten von der Seite an: «Haste mal 'ne Mark?» Bevor ich in meine Tasche greifen konnte, zog mich meine Begleiterin hinaus in die Nacht. «Die Berliner Drogenszene», erklärte sie mir. Ein Transparent an der Hauswand gegenüber verkündete: «Weltstadt Berlin». Ich schaute mich um, konnte aber nichts erkennen, was diese Behauptung zu rechtfertigen schien. Die Kollegin meiner Mutter, die meinen Blick beobachtet hatte, sagte: «Das mit der Weltstadt, das war einmal. Jetzt ist es nur noch eine vage Hoffnung. Du wirst schon sehen.»

Sie brachte mich zu meiner ersten Unterkunft, einer Wohnung am Hindenburgdamm, und verließ mich, versprach aber: «Wir telefonieren!» Ich war allein. Die Wohnung gehörte einer mir unbekannten Bildhauerin, die für einige Monate in Amerika weilte. Abstrakt und in Holz war ihre Kunst und passend dazu ihre Wohnung gestaltet. Die Skulpturen gefielen mir. Ich fühlte mich wie ein Eindringling und lauschte angespannt auf Geräusche, hinter den Wänden, schaute in den engen Hof und blickte in eine dunkle leere Stille. Im lauten und fröhlichen Rom bedeutet Stille Gefahr. Hier regte sich nichts. Fast wünschte ich mir, hinter den Wänden jene Hexen zu hören, wie einst mein Bruder in Rom, als wir noch Kinder waren. Verse aus Dantes viertem Gesang, im Vorhof der Hölle, tauchten in meinem Gedächtnis auf: «Aufmerksam spähte ich, die Stätte zu erforschen, wo ich wäre. Wahr ist, dass ich mich befand am Rande der Senkung, jenes wehevollen Abgrunds.» Das also sollte West-Berlin sein – die «Frontstadt» im Kalten Krieg? Ich verzehrte die Reste meines Proviants, bemühte mich, jedes eigene Geräusch zu vermeiden, jedes fremde zu erhaschen, und legte mich ins fremde Bett. Ich konnte weder nachdenken noch vordenken, gelähmt von der Vorstellung: Hinter mir liegt der Transitkorridor und irgendwo vor mir die Mauer – die Berliner Mauer, die nicht nur die Stadt und Deutschland spaltete, sondern die Welt und das Denken in der Welt. Das Schweigen um mich herum schien plötzlich zu seufzen, oder war es mein eigener Atem: «*O Professore Chiarini*, du mein Lehrer, der du mich geschickt hast! Welches Opfer verlangst du für die Wissenschaft und für die Kunst?» Aber die Bildhauerin, in deren Bett ich lag, sie war doch nach Amerika entkommen! Das beruhigte, und so schlief ich ein.

Kein Geräusch durchdrang die erste Nacht. Keine Stimmen, kein Motorheulen, nicht mal der Hauch eines Windes war zu spüren. Die Stille riss mich am Morgen aus dem Schlaf. Kein Baum, kein Strauch im Hinterhof. Die Fenster waren mit Gardinen verhüllt. Mülltonnen standen auf grauem Zement unter einem großen Schild: «Mülltüten entleeren!» So geräuschlos wie möglich erhob ich mich, machte mich für den Ausgang fertig und stieg lautlos die Treppen hinab, an Wohnungstüren vorbei, hinter denen sich nichts regte, durcheilte den Hof, das menschenleere Trottoir – bis zu einer Autobushaltestelle. Dort standen Menschen. Alt waren sie, weiße Haare um zerfurchte Gesichter. Helle blaue Augen musterten mich. Im Wartehäuschen klebte ein dunkles Plakat mit Kerze und Palmenzweig: «Bestattungen – Vertrauen aus erster Hand – kompetent und preiswert», stand darunter. Verstohlen spreizte ich den kleinen und den Zeigefinger: *le corna* – Vertrauen ist gut, doch Aberglaube ist besser. Endlich kam ein Autobus und brachte mich fort von hier! Zischend fuhr am Fahrtziel die Bustür zur Seite. Mein Blick prallte auf den Schriftzug der Haltestelle: «Zum letzten Abschied – diskret und zuverlässig – Erfahrung aus erster Hand». Palmenzweige und Kerzenlicht. *Le corna*! War denn keine Flucht möglich? Schnell rannte ich hinunter in den U-Bahn-Schacht.

Am zweiten Tag verließ ich die Wohnung mit einer Plastiktüte voll Müll, durchquerte den Hinterhof, hob den Deckel von der Tonne und ließ die Tüte hineinfallen. «Könnse nicht lesen?», kreischte plötzlich eine Stimme von hinten. Vor Schreck knallte der Deckel herunter, ich wirbelte herum, sah aber kein Gesicht. Nur das Wackeln einer Gardine hinter einem Fenster. Mein Herz klopfte wild. Warum zeigte sich niemand, warum erklärte man nicht, was ich falsch gemacht hatte? Da stand doch: «Mülltüten entleeren!» Am Straßenrand fand ich einen öffentlichen Abfallkorb, dort quetschte ich von nun an meine Mülltüten hinein. Noch manchmal sah ich im Hof die Gardinen hinter verschlossenen Fenstern wackeln und begann, die Blicke dahinter zu fürchten. Dann traf ich eine fremde Frau an der Tonne. Sie schüttete den Inhalt ihrer Tüten hinein, ließ diese – geleert – hinterhersinken, nahm einen Spaten, zerhackte den Unrat und schloss die Tonne. Ich schaute ihr ins Gesicht. War sie es gewesen? Doch sie schaute nur zurück, ohne Gruß, ohne eine Miene zu verziehen. Jetzt war mir klar, was der Befehl «Mülltüten entleeren!» bedeuten sollte. In Italien lassen zu viele Italiener und Touristen ihren Müll fallen, wo sie gerade stehen oder gehen. Doch kannte ich dort nicht jenes verräterische Wackeln der Gardinen. War ich nicht im freien Teil Berlins? Sollte hier wirklich alles anders sein, Chiarini? Die Höfe und Plätze in Rom wie meist auch im übrigen Italien sind Brennpunkte der Nachbarschaft, Treffpunkte, wo es viel zu hören und zu sehen gibt, Erfreuliches oder Ärgerliches, auch viel Schimpfereien und Streit, aber immer Auge in Auge, und nicht heimtückisch aus dem Hinterhalt.

Am dritten Tage fuhr ich mit der U-Bahn nach Kreuzberg und stieg in der Kochstraße aus dem U-Bahn-Schacht herauf, um zur Ausländerbehörde zu gehen. Ein wunderliches Bild bot sich mir plötzlich dar. Auf den sonst leeren Straßen dieser Kreuzung lagerten zwei Trupps von Menschen: einer am Eingang der Ausländerbehörde, der andere am Checkpoint Charlie, dem Grenzübergang für Ausländer nach Ost-Berlin. Am Checkpoint Charlie versperrten Volkspolizisten hinter schusssicheren Sandsäcken und Betonplatten den Durchgang. Ausländisch aussehende Fußgänger und Autos bildeten lange Schlangen, um Einlass in den Ostsektor zu erhalten. Vor der Ausländerbehörde dagegen staute sich eine Ansammlung dunkelhäutiger Menschen mediterraner oder noch südlicherer Herkunft, die offensichtlich, so wie ich, eine Aufenthaltsgenehmigung beantragen wollten, um in den Westsektoren bleiben zu dürfen. Mir war unwohl. Ich fürchtete, ich würde als Italienerin hineingehen und als «Ausländerin» wieder herauskommen. Aber eine Studentin aus Neapel, Simona, die ich am zweiten Tag in der Freien Universität als Italienerin erkannt und angesprochen hatte, erspähte mich, rief mich und machte Zeichen, dass ich ihr folgen solle. Zögernd ging ich ihr nach, statt die Flucht zu ergreifen. Der Wartesaal war ein dumpfer Ort. Er entsprach nicht meiner Vorstellung von deutscher Sauberkeit und Gründlichkeit. Trotzdem wirkte er vertraut auf mich und rief Erinnerungen an römische Ämter wach. Wenn Deutsche glauben, die deutsche Bürokratie sei bedrückend, dann kennen sie die italienische nicht. Unverständliches Sprachengewirr erfüllte die Wartehalle. Grobe Holzbänke und Tische standen an den Wänden. Männer rauchten und warfen ihre Kippen achtlos zu Boden, neben unsicher wartenden Frauen mit Kopftüchern und Kindern. Ein Lautsprecher rief Nummern auf, denen immer ein paar Wartende folgten. Seltsam, ich wäre am ersten Abend auf dem Bahnhof Zoo am liebsten wieder umgekehrt. Aber diese Menschen hier drängte es ganz offensichtlich in diese Stadt! Meine Freundin ging energisch voran. Ihre braunen Augen prüften den Saal und die Menschen. Plötzlich gab sie mir einen Rippenstoß und raunte mir zu: «Siehst du den Blonden da?» Es war der einzige Blonde weit und breit und daher nicht zu übersehen. «Kennst du ihn?», frage ich Simona. «Nein, aber das ändern wir, komm!» Es brauchte nur ein paar «Augenblicke», da blühte schon ein Gespräch zwischen ihr und ihm. Er war Student aus der Schweiz und strahlte sie an, als er berichtete, dass er ein Stipendium für drei Monate hätte, aber er strahlte wohl nicht nur deshalb. Das Warten verging viel zu schnell, doch es reichte für die nächste Verabredung.

Weil Simona keine feste Bleibe hatte, nahm ich sie zu mir in die Wohnung, denn ihr neapolitanischer Tonfall gefiel mir. Sie war noch nie in Deutschland gewesen, und wir teilten unsere Leiden und Freuden unter dem geteilten Himmel Berlins. Wir bildeten eine Wohngemeinschaft, denn in Berlin wohnte *man* oder *frau* in einer WG. WGs gehörten zu West-Berlin wie die Mauer und bildeten einen Teil der persönlichen Identität ihrer Bewohner. Die WGs befanden sich oft in atemberaubend schönen Wohnungen der Gründerzeit, in Häusern, die von außen zwar wie abgehalfterte Primadonnen nach ihrem letzten Auftritt wirkten, abgeschminkt von allem, was der Schönheit dient, ohne Maske und Perücke, und die Straßenfluchten mit Fassaden solcher Häuser waren deprimierend leer und ausdruckslos, aber vielfältig bunt ging es dahinter zu: epikuräisch, hedonistisch und politisch. Für jeden ideologischen und politischen Anspruch gab es da etwas: undogmatisch, linksdogmatisch, maoistisch, revisionistisch, linke Mitte, ohne Mitte, multikulturell mit Klo auf halber Treppe, warm mit Bad oder kalt mit Kachelofen. Doch wir zwei Italienerinnen kamen vorerst ohne Etikette aus.

Von Simona lernte ich neapolitanisches Familienleben kennen, als lebte ich am Vesuv und nicht in West-Berlin, weil ihre Mutter häufig anrief. Erkundigte sie sich nach dem Fleiß und dem Glück der Tochter, erfuhr sie nie die ganze Wahrheit. Die Freundin scherzte darüber und berichtete der *Mamma* ausführlich vom Studium und auch von mir. Pinocchio hätte an ihrer Stelle viel Nasenholz produziert bei so farbenreichen Erfindungen und Flunkereien. Ich kannte die Notlügen vieler Freundinnen und Töchter streng katholischer Eltern aus Rom und half kräftig mit bei der Umgehung allzu strenger Gesetze, wenn die Leidenschaften es verlangten. Wenn die Mama die Tochter verlangte, die aber nicht zu sprechen war, weil der Freund im Zimmer weilte, erzählte ich von den Pflichten an der Universität, und wenn sich morgens die Zimmertüre nicht öffnen wollte, beruhigte ich die Mama am Vesuv und mein Gewissen: *Occhio non vede, cuore non duole* – was das Auge nicht sieht, lässt das Herz nicht leiden. Die Mama und der neapolitanische Vesuv blieben ahnungslos, ein wütender Ausbruch war nicht zu befürchten. Und wenn ich mit Simona allein war, so kalt und grau es draußen sein mochte: Wir konnten von unserer Sonne träumen, von blühenden Mimosen, vom Duft des Meeres, vom Licht über dem Golf und dem Glanz unserer Städte. Manchmal tröstete uns der Schweizer Freund mit süßer Schokolade.

RÖMISCHE KINDERSZENEN

Römerin bin ich oder war ich. Bin ich es noch? Römer sind Italiener der besonderen Art. Viele Römer schämten sich seit dem Machtantritt des Mailänders Berlusconi für dessen Verirrungen jenseits allen guten Geschmacks, jenseits aller Vernunft. Deswegen bin ich erst recht gerne Römerin – wenn ich es denn noch bin. Vor Jahren durften die Bürger Roms das ausgeschriebene *Roma* in ihrem Autokennzeichen führen. Leider wurde das Privileg abgeschafft. Die Römer sind die wahren Italiener, was auch immer die separatistische Lega Nord verlauten lässt. Die Römer haben Italien geschaffen. Ein Bürger Roms zu sein, war seit der Antike etwas Besonderes. Aber heute?

Ich lebe in Deutschland, in Berlin, aus Liebe zu einem Deutschen, der im Kalten Krieg der frühen Achtzigerjahre außer *amore* kein italienisches Wort verstand und der, um sich herauszureden, behauptete: «Die Sprache der Liebe ist Deutsch!» Ich glaubte, mich verhört zu haben. Nach meinem fragenden Blick schränkte er ein: Wenigstens zwischen uns! Aber heute stelle ich fest: Deutsch wurde tatsächlich die Sprache der Liebe – meiner persönlichen Liebe. Ich liebe Deutsch, wenn es schön gesprochen wird. Schon in Rom lernte ich Deutsch, und zu keinem Zeitpunkt stand für mich infrage, in welcher Sprache ich mich als Römerin in Berlin ausdrücken wollte. Meine Mutter, eine lupenreine Italienerin, war Berichterstatterin für das deutsche Fernsehen im ARD-Studio Rom und hatte dort Deutsch gesprochen, weshalb ich ihre «italienische Lupenreinheit» hier besonders betone. Aber als sie für einen deutschen Verlag ein Buch mit dem Titel *Eine italienische Familie* verfassen sollte, entschied sie sich für die italienische Sprache und ließ ihren Text ins Deutsche übersetzen. Sie schilderte das Schicksal ihrer Eltern – die während der Mussolini-Ära nach Frankreich und in die Schweiz emigrieren mussten – bis zu deren Rückkehr und ihr weiteres Schicksal im Italien der Nachkriegszeit bis zum Zeitpunkt meiner Geburt. Ihre Sicht auf Italien, vor allem auf das politische Klima im Italien der Nachkriegszeit, war eng verknüpft mit ihrer persönlichen Lebensgeschichte. Sie entschied sich beim Verfassen des Buches für die italienische Sprache. Mussolinis Schlägerbanden hatten 1926 das Leben ihrer Eltern bedroht, sodass diese plötzlich und unvorbereitet flüchten und ihre Tochter als Kleinkind beim Großvater zurücklassen mussten, um sie nicht den Gefahren der Flucht auszusetzen. Die Recherchen meiner Mutter führten sie zu den Wurzeln ihrer Kindheit zurück, zu dem Trauma einer zweifachen Trennung: Nach der ersten Trennung von ihren Eltern folgte eine zweite, als sie nach vier Jahren aus der inzwischen vertrauten Umgebung ihres Großvaters herausgerissen wurde, um wieder bei ihren Eltern zu leben, die ihr inzwischen fremd geworden waren. Die politische Lage hatte ihre Eltern zu diesen Maßnahmen gezwungen, aber kann ein Kind das begreifen?

Erst ab ihrem vierten Lebensjahr wuchs meine Mutter bei ihren Eltern im Exil auf, zunächst in der französischen und dann in der schweizerischen Kultur, aber trotzdem in der Tradition Italiens, zu der sich ihre Eltern immer bekannt hatten. Daraus erwuchs eine besondere Liebe zur italienischen Heimat und Sprache, die sie wie Vater und Mutter so lange entbehren musste. Sie liebte auch die Franzosen und die Schweizer, deren Sprache, Kultur und Wesensart. Gesegnet mit der Erfahrung eines Lebens in verschiedenen Nationen, deren Sprachen meine Mutter beherrschte – auch Großbritannien gehörte dazu –, war meine Mutter trotz ihrer Liebe zu Italien eine wahre Europäerin geworden. Sie hatte empfunden und gezeigt, dass die Vision eines europäischen Menschen, bei aller Liebe und starken Identität mit dem eigenen Land, mit der Heimat oder einem Land der eigenen Wahl, Wirklichkeit werden kann. Trotzdem war sie nach Rom zurückgekehrt, denn alle Wege führen nach Rom.

Von Berlin gibt es keine derartige Redensart, deshalb ist es Zeit, darüber zu reden. Meine Großeltern waren Römer und blieben es, trotz ihrer Flucht. Sie waren keine Migranten, trotz ihrer langen Jahre im Exil von 1926 bis 1945, denn sie wussten, wohin sie gehörten und wohin sie wollten, nämlich zurück nach Italien — nein, nach Rom! Ich lebe in Berlin, bin nicht im Exil, verstehe mich nicht als Migrantin. Welche Gefühle und Empfindungen aber verbinden uns? Einiges trennt uns Ausländer voneinander. Denn weil ich in Deutschland lebe, will ich die Menschen hier verstehen, das ist nur über deren Sprache möglich. Verstehen wollen aber nicht alle, die hierherkamen. Theodor Fontane sagte zwar: «Vor Gott sind eigentlich alle Menschen Berliner.» Aber nicht alle Menschen verstehen die Berliner. Ich persönlich glaube im Gegensatz zu Fontane, der die Italiener nicht besonders geschätzt haben soll: Vor Gott sind eigentlich alle Menschen Römer! Aber ob ein Mensch Römer oder Berliner ist, ist keine Frage von Sein oder Nichtsein, das muss nicht entschieden werden, solange alle Menschen gleich sind und an sich selber glauben. Vielleicht sind die Menschen beides, Römer und Berliner, wenn man sie lässt, wenigstens einige von ihnen. Viele Berliner träumen von Rom, und viele Römer träumen von Berlin, und aus Italien kommen jährlich an die 700 000 Menschen nach Berlin, um von einem anderen Leben zu träumen. Ich träume italienisch oder deutsch oder beides zugleich. In Rom träume ich italienisch. So träumten auch meine Eltern und Großeltern in verschiedenen Sprachen von einem Römertum, das sich als italienisch und doch universal verstand, ob mit oder ohne den katholischen Glauben. An dunklen Tagen in Berlin steigen manche Erinnerungen auf, an die italienische Kindheit, und ich versinke in Träumen, die mich zurückführen nach Rom.

Eigentlich sollte ich am 25. April 1955 zur Welt kommen, das war der errechnete Geburtstermin. Rom würde an diesem Tag festlich erleuchtet sein, die Fahnen würden wehen und auf dem Kapitol die Fackeln brennen – nicht wegen meiner Geburt, sondern wegen des zehnten Jahrestages der Befreiung Italiens von der deutschen Besatzung im Zweiten Weltkrieg. Doch die Politik wollte es wieder einmal anders. Mein Vater, Valdo Magnani, der zweite Ehemann meiner Mutter, musste in den Wahlkampf nach Sizilien. Er führte die von ihm 1953 gegründete Sozialistische Union Italiens (USI) in die Wahlen zum italienischen Parlament. Er war 1951 nach langjähriger Mitgliedschaft in der KPI, der Kommunistischen Partei Italiens (Partito Comunista Italiano, PCI), einer damals straff stalinistischen und moskauhörigen Organisation, verstoßen worden, als «Häretiker» und «Agent der CIA und des faschistischen Jugoslawien». Er war verleumdet worden, weil er, wie Tito in Jugoslawien, einen von Moskau unabhängigen eigenen Weg für Italiens Kommunisten gefordert hatte. Er hatte ohne Rücksicht auf seine in der KPI erwartete politische Karriere mit gleich gesinnten Freunden seine Ansichten vertreten, worauf ihn die ganze Härte des kommunistischen Bannfluchs getroffen hatte. Seine Kritik an Stalin, an der KPI, an ihrem Programm und an ihrem Kurs war zu früh gekommen. Michail Gorbatschow hielt Jahrzehnte später in

Ost-Berlin der kommunistischen Führung der DDR vor: «Wer zu spät kommt, den bestraft das Leben!» So dürfte wohl auch mein Vater 1951 im Hinblick auf die KPI und auf Italien gedacht haben, aber in der allgemeinen Freude über die Ereignisse von 1989 dachte niemand an das Schicksal derer, die zu früh gekommen waren.

Ich kam auch zu früh. Anders als von meinen Eltern erhofft, erblickte ich schon am 20. April das Licht der Welt. Es gab zwar keine Fahnen und Fackeln, dafür aber eine leichte Geburt. Mein Vater wurde zunächst nicht einmal von dem freudigen Ereignis in Kenntnis gesetzt, aus Sorge, er könnte seinen Wahlkampf im Süden vernachlässigen. Die Wahlen erbrachten ihm trotzdem nicht den erhofften Erfolg. Die italienische Linke war nicht reif für den demokratischen Weg. Die Vision meines Vaters von einem sozialen, gerechten und demokratischen Italien blieb unerfüllt. Als er mich nach der Wahl gewissermaßen als «Trostpreis» von meiner Mutter erhielt und mich in die Arme nahm, wusste er: Wir waren beide zu früh gekommen und füreinander geschaffen. Er hatte immer Zeit für mich und ich für ihn. Er stand an meiner Seite, ich an seiner – sobald ich stehen und laufen konnte. Das ist das Glück der Väter, die nicht Präsidenten sind, und das Glück der Kinder, deren Träume durch reale Väter in Erfüllung gehen.

Die Freude über meine Geburt wurde in so leuchtenden Farben gemalt, dass ich alles darüber wissen wollte. Wo und wie bin ich entstanden? In Bolsena, erfuhr ich. Es seien fröhliche Tage gewesen. «Wir sind dankbar, dass es dich gibt.» Worte allein beweisen nichts, aber bei meinen Eltern war zu fühlen, was sie sagten. Wir wohnten in der Via Faleria, nahe dem Stadtviertel San Giovanni an der Aurelianischen Mauer, der Stadtmauer von Rom. Durch das antike Stadttor, die Porta San Giovanni, erreichte man mit wenigen Schritten eine schattige kleine Grünanlage zwischen der Stadtmauer und der Lateranbasilika. Dort auf der Piazza trafen sich immer wieder die Sozialisten und Kommunisten Roms zu politischen Kundgebungen. Wir befanden uns von Anfang an im Brennpunkt der Politik. Die Via Faleria geht durch ein umtriebiges Viertel. An den Straßenkreuzungen herrscht ein reges Leben wie auf einer Piazza. Märkte und Basare in der Nähe waren und sind Treffpunkte der Nachbarschaft, Händler und Handwerker betreiben ihre kleinen Gewerbe, geschäftige Menschen überall, Lärm von der Straße, Geschrei aus den Fenstern, Lachen vor den Häusern, Schwatzen, Schwadronieren, dann und wann das Aufheulen eines Fiat Topolino, sein grelles Hupen wie Babygeschrei und das Fluchen der Fahrer. Es war ein einfaches Mietshaus, ein Neubau. In den Fluren duftete es an manchen Tagen nach *abbacchio al rosmarino* (Lammfleisch mit Rosmarin) und *caffè*.

Häuser gewinnen ihre Individualität, ihren Charakter durch den Gebrauch, den die Bewohner von ihnen machen, um ihre eigene Geschichte zu schreiben, heißt es bei Aldo Rossi. Seine moderne Architektur träumt von einer «Poesie der Stadt». Das Spiel der Kinder in den Großstädten ist der Maßstab für die Qualität der Architektur, die «unwillkürlich» Erinnerungen an Formen, Figuren, Oberflächen und Farben vergegenwärtigt – ja, vergegenwärtigen muss! Architektur muss an das Gedächtnis ihrer Bewohner rühren, wie Erinnerungen an ihre Kindheit. Unser Spiel war Spiel in der Großstadt, in der uns nur Architektur umgab, gute und schlechte. Es gab keine Gärten, keine Parks – von der kleinen Grünanlage an der Basilika einmal abgesehen – und keine Spielplätze. Unsere Fantasien verbanden sich mit der Architektur.

Mein Bruder, zwei Jahre älter als ich, behauptete damals, es gebe Hexen im Haus, obwohl die nüchterne Architektur des Gebäudes, in dem wir wohnten, derlei Gedanken eigentlich nicht zuließ. Mitten im Spiel hielt er inne und fragte: «Hast du sie gehört?» – «Wen?» – «Die Hexen!» – «Nein! Wo?» – «In der Wand, ich habe sie deutlich gehört.» Er schaute ganz ängstlich. «Marco, es gibt keine Hexen! Soll ich es dir beweisen?» Ohne seine Antwort abzuwarten, holte ich Vaters Hammer aus der Werkzeugkiste: «Jetzt schauen wir nach. Du wirst sehen, da ist nichts.» Ich hämmerte heftig auf die Wand, dass der Putz nur so wegspritzte. Bald hatte ich ein tiefes Loch in die Wand geschlagen. «Siehst du?», sagte ich. «Nur Steine, keine Hexen! Glaubst du mir jetzt?» Nicht die Hexen, sondern seine Angst hatte mich geängstigt, aber ich hatte einen Ausweg aus der Angst gefunden.

Mama machte große Augen, als sie zurückkam. Nachdem sie sich vom ersten Schreck erholt hatte, lobte sie meine praktische Art. So gewannen wir ein unbegrenztes Vertrauen in die Geborgenheit in der Familie und in die Sicherheit unserer Wohnung. Doch als wir unsere Kletterkünste an den Bücherregalen ausprobierten und auf halber Höhe scheiterten – nicht weil wir schlecht klettern konnten, sondern weil die Regale nicht hielten und mitsamt den Büchern auf uns stürzten –, mussten wir lernen, dass es Grenzen gibt. Mehr Spielplätze in Rom täten den römischen Eltern und Kindern gut. Das ist ein Mangel der Stadtarchitektur, unter dem bis heute römische Kinder leiden.

Am Hauseingang vor dem Innenhof saß im schwarzen Kittel die Pförtnerin. Wir hatten sie gern. Jedes Mal, wenn wir vorüberkamen, riefen wir ihr zu: «*Buon giorno, Signora Giovanna*», oft mehrmals am Tag, als würden wir uns bei jeder Begegnung zum ersten Mal sehen. Sie grüßte ebenso freundlich zurück: «*Buon giorno, Signorina Sabina.*» So auch, als ich eines Tages mit Mama auf dem Weg zum Einkaufen vorbeikam. «*No, Signora Giovanna*, Sabina ist doch keine *signorina.* Ich bitte Sie, nicht bei den Kindern!», erwiderte meine Mutter bescheiden. «Aber noch nie hat jemand zu mir *signora* gesagt», erwiderte die liebenswürdige Seele, erstaunt über die Rücksichtnahme meiner Mutter.

Meine Mutter nahm mich immer zum Einkaufen mit. Soweit ich zurückdenken kann, begleitete ich sie immer gern. Auf dem Steinboden unseres Kaufladens stand ein großer offener Jutesack voll bunten Zuckerwerks und leuchtenden Bonbons. Das war ein glänzender Anblick für meine begehrlichen Augen. «Wer viel hat, der soll auch teilen», hatte ich zu Hause am Esstisch gelernt. Als wir aus dem Laden kamen, zeigte ich deshalb der Mama mein Bonbon, um es im freundlichen Schein ihres Lobes zu verzehren. Niemand hatte gemerkt, wie sich mein Händchen in die Pracht gegraben, sich das schönste Stück stibitzt und flink in einer Rockfalte versteckt hatte. Ich freute mich auf den Genuss. «*Ma questo non si fa* – aber, das tut man nicht! Du gehst sofort mit mir zur *Signora* und gibst ihr dieses Bonbon zurück!», befahl sie. Ich war wie vom Donner gerührt. Das war Verrat an meiner Lust, Verrat an meinem Mut, aber nichts half, wir kehrten um: «Signora, meine Tochter hat Ihnen etwas zu sagen!» Die Mama schaute mich herausfordernd an. Die Ladenfrau wunderte sich. Ich schwieg mit einem Kloß im Hals, das schwitzende Fäustchen fest um die Beute gekrallt. «Nun?» Ich schwieg, im Kopf presste unsäglicher Druck aus Wut und Enttäuschung – so viele Bonbons in dem Sack und dann der Streit um dieses eine. Mein Gesicht im Kleid meiner Mutter vergraben, streckte ich schließlich den Arm weit weg von mir und öffnete die Faust. Ein Aufschrei der Signora ließ mich zusammenfahren. «Das liebe Kind! Die Arme, sie tut mir so leid! Was machen wir denn jetzt, was können wir nur tun?» Eine Woge ihres wärmsten Mitgefühls überströmte mich, als hätte die Signora mich und nicht ich sie bestohlen. Sie nahm mich auf ihren Schoß, hielt mich dicht über den herrlichen Glanz der Verführung und steckte in meine noch ungläubigen Hände, was diese tragen konnten. Mit der Ladenbesitzerin und dem Jutesack versöhnt, verließen Mama und ich die Stätte. Es war ein Triumph der Güte und der Großherzigkeit über Moral und Prinzipien, der aber ohne Letztere vielleicht nicht möglich war.

Es gibt in der Basilika San Giovanni in Laterano einen wundervollen Kreuzgang mit zierlichen Säulen aus dem 12. Jahrhundert um einen kleinen Garten, der nur durch die kleine Pforte im Inneren der Basilika betreten werden kann. Die Säulen sind ein Beispiel der prächtigen Kunst der Kosmaten. So nennt man die Künstlerfamilien Roms, die zwischen 1150 und 1320 ihre unverwechselbaren Mosaiken hinterlassen haben. In dem Garten durften wir als Kinder Versteck und Fangen spielen. Wir spielten so gerne dort, weil wir die Harmonie des Raumes spürten. Das Glitzern der sieben Jahrhunderte alten Mosaike lockte immer wieder meine Finger an, ihren Glanz zu ertasten, um die Steinchen herauszulösen, was ihnen zum Glücke nie gelang. Die Eltern führten uns zu den antiken Monumenten und erzählten deren Geschichte und von unserem Ursprung. Das flößte uns Ehrfurcht ein, und wir lernten unsere Geschichte buchstäblich begreifen. Denn damals durften Kinder noch auf die Altertümer klettern, sie anfassen. Natürlich durften wir nicht in den römischen Brunnen baden wie Anita Ekberg in dem Fellini-Film *La Dolce Vita* im Trevi-Brunnen. Aber wir tauchten ein in die Sagen von Romulus und Remus, jenen verlassenen, von der Wölfin ernährten Säuglingen, die Rom gegründet hatten, oder in die Sagen von der Rettung Roms durch Kastor und Pollux und durch die kapitolinischen Gänse, in die Geschichten von der Bedrohung Roms durch die Gallier, die Heldentaten, die Verbrechen von Königen und Senatoren, den Mord an Cäsar, seine Verbrennung auf dem Scheiterhaufen mitten im Forum Romanum, wo noch heute mit frischen Blumen seiner gedacht wird, der Brand Roms unter Nero, die Größe des Weltreichs und dessen Zusammenbruch unter dem Ansturm der Germanen – für uns schmolzen beim Erzählen, Zuhören und Spielen Jahrhunderte zu Augenblicken der Gegenwart zusammen.

In unserer Wohnung gab es aber eine Grenze, die *linea grigia*, die wir nicht überschreiten durften. Der Fußboden war mit Fliesen ausgelegt, und die Türschwellen waren grau markiert, daher der Name: graue Linie. Sie war unberührbar für uns wie der römische Limes für die Germanen. Wie die Germanen *ihre* erste Teilung durch die Römer für Jahrhunderte zu akzeptieren hatten, so respektierten wir die Teilung der Wohnung. Die Folgen der Teilung Deutschlands durch den Limes sind bis heute auf angenehme Weise zu spüren, bei Wein und Spätzle etwa, also an der uns ähnlichen Liebe der Süddeutschen zum guten Essen und Trinken. Und ich höre gern im Wohllaut der süddeutschen Dialekte den weichen Wohlklang meiner italienischen Sprache nachbarschaftlich heraus. Das war eine Teilung, die den Germanen Nützliches und Angenehmes gebracht hatte. Die *linea grigia* teilte unsere kleine Wohnung und sollte die Besucher vor uns, den jungen Wilden, und uns vor den Besuchern schützen. Denn oft kam Besuch: Italienische Politik fand manchmal vor unserem Kinderzimmer statt, das an das Wohn- und Arbeitszimmer der Eltern grenzte. Die Besucher waren nicht immer Freunde. Keinesfalls durften wir stören. Auch nicht, wenn das Einerlei im Kinderzimmer uns gerade in solchen Momenten unendlich langweilte. Bis hierher und nicht weiter, hieß die Weisung. Auf unseren Kinderstühlchen an der Kante der Linie sitzend, beobachteten wir die Geschehnisse bei den Erwachsenen. Wir spielten und schauten «nach drüben», zur Verwunderung der Gäste, denen eine solche Disziplin bei italienischen Kindern unbekannt war. Was beim Spielen auf die andere Seite fiel, musste liegen bleiben, wenn es für die ausgestreckten Fingerspitzen nicht zu erreichen war. Der *Status quo* hielt an, bis wir unter den Freunden der Eltern irgendwann Bundesgenossen fanden, die uns mit Verlockungen und Geschenken zum Grenzübertritt verführten. Wir hatten starke Verbündete, die wie Verwandte ein und aus gingen, die Publizistin Elizabeth Wiskemann etwa, oder Mura Budberg, die Geliebte Maxim Gorkis, Gabriella Meier, die Lebensgefährtin Ignazio Silones, und sogar Sandro Pertini, den späteren Staatspräsidenten. Sie alle mochten Kinder und waren

Freunde unserer Eltern und Großeltern aus dem Widerstand und aus dem Exil. Weil die Blutsverwandten weit entfernt wohnten, ernannten unsere Eltern ihre besten Freunde zu «Wahlverwandtschaften», und so blieben sie uns, ganz im Sinne Goethes, erhalten und in Erinnerung, als Zeugen einer lebendigen Zeit. Wir verstanden ihre Freude über unsere Freundschaft und ihr Lachen, wir ahnten ihre Sorgen und wussten, wir gehören zu ihnen. Trotz des regen Lebens mit Freunden und Beruf, trotz aller Debatten und Diskussionen hatten sie Zeit für Gespräche mit uns, nachdem die *linea grigia* nicht mehr zwischen uns stand.

Wir Kinder lernten, ohne dass wir es merkten, anhand des unermesslichen Anschauungsmaterials, was Rom als Stadt einer großen Vergangenheit bot und bietet. Dichtung und Wahrheit gingen bei den Erzählungen oft unbemerkt ineinander über. Von den Sagen der Antike über die Legenden des Mittelalters bis zu den politischen Ereignissen der Gegenwart wurde Geschichte durch die Eltern und Freunde zum persönlichen Erlebnis. Die räumliche Nähe, die steinernen Zeugen ließen die Epochen als überschaubare Zeiten und als nahe Begebenheiten erscheinen. Auf dem Kapitol schnatterten und schrien wirklich noch die Gänse, die das antike Rom gerettet hatten, auch wenn wir vielleicht das Geschrei der Möwen, die über uns kreisten, mit dem der Gänse verwechselten. Am Fuße des Kapitols, jenes uns heiligen Berges, strandete vor unserem inneren Auge der Binsenkorb mit Romulus und Remus im Röhricht des Tibers, obwohl wir in der Wirklichkeit nur einen Strom von Limousinen und Autobussen vor Augen hatten. Die Wölfin war nicht nur eine etruskische Bronzefigur, denn in einem Zwinger an der Treppe zu Ara coeli wurde wirklich eine leibhaftige Wölfin gehalten, bis ihrer Gefangenschaft irgendwann ein Ende bereitet wurde. In ihrer Einsamkeit und Sehnsucht nach einem männlichen Wolf reckte sie manchmal das Maul heulend zum Himmel empor, wenn die Sirene der ärztlichen Ambulanz wie die Stimme eines Artgenossen heraufönte. An der *Bocca della Verità*, dem Wahrheitsmund, der nach der Legende dem Lügner die Hand abbiss, wenn er sie in den Marmorschlund steckte, ergründeten wir den Unterschied zwischen Lüge und Wahrheit und fragten uns beklommen, wie es um unsere Hände bestellt sein würde, wenn sie in ihrer ganzen Länge dort hineingerieten. Als wir unsere Hände unbeschadet herauszogen, wussten wir, dass es nicht nur gute Wölfinnen, sondern auch gute Lügen gibt, die den Menschen helfen und sie nicht verletzen wollen.

Den freundlichen Lügen zur Herkunft der Weihnachtsgeschenke schenkte ich aber wenig Glauben. Ich protestierte vielmehr, als man uns drohte, das Christkind würde uns keine Geschenke bringen, wenn wir nicht artig wären. «Dann kauf ich mir die Geschenke eben selber!», stellte ich wütend klar. Zu Weihnachten war unsere Wohnung bei Freunden besonders beliebt. Den Christbaum stellte die Mama in Erinnerung an ihr Exil in Zürich auf. Unsere Lichterketten, Kerzen und Engel beeindruckten damals die Freunde, die in ihren römischen Häusern keine so prachtvoll weihnachtliche Inszenierung hatten. Die Römer bauten damals bestenfalls bescheidene Krippen auf. Die Mama mischte in den weihnachtlichen Glanz ihre italienische Lebenslust und verbreitete eine so fröhliche Stimmung, dass wir das Fest der Feste ganz ohne jene nordische Besinnlichkeit feiern konnten, die manchmal in Schwermut oder Weihnachtsdepression umschlägt. Wir feierten ein wirklich fröhliches Fest. «Fröhliche Weihnachten» wurde wörtlich genommen. Lachen, gutes Essen, am Heiligabend viele Gäste, auch an den folgenden Tagen. Noch heute erinnern sich Freunde, wie sich in unserer Wohnung das Beste des Nordens mit dem Besten des Südens verband. Die Verbreitung nordischer Weihnachtsbräuche nimmt nun auch in Rom stetig zu. Allerdings tut sich die Stadt Rom schwer damit, die Besinnlichkeit des deutschen Weihnachtsbaumes ernst zu nehmen. So werden zwar auf der Piazza Venezia und an anderen wichtigen Plätzen geschmückte Tannenbäume aufgestellt, doch wirken sie mit den blinkenden Leuchten und Lichterketten eher wie Riesenampeln im Straßenverkehr denn wie ein festliches Symbol.

Nachdem wir 1962 in die Via Moena, ins Grüne, gezogen waren, bildeten meine Eltern eine Fahrgemeinschaft für die Schulwege. Abwechselnd fuhren uns *Babbo* und eine Freundin der Mama in die Schule, über die Ponte Milvio und durch die Porta Pia, durch die im italienischen Befreiungskampf die Bersaglieri gegen die päpstlichen Truppen siegreich in die Stadt eingedrungen waren und dann Rom zur Hauptstadt Italiens erklärt hatten. Ein Bilderbuch der Geschichte tat sich für uns auf, ein spannender Weg, der von der Konstantinischen

Wende bis zur Befreiung und Einigung des modernen Italien führte. «Nuss» nannten wir unseren Fiat 600, weil er mit seinen Beulen und Quetschungen aussah, als sei er gerade dem Nussknacker entronnen. In den dreißig Minuten, die die Fahrt zum Kindergarten und später zur Schule dauerte, gab es am Straßenrand Zeit und Stoff für Erziehung und Bildung. Nicht alles war historisch verbürgt, was Babbo über die römisch-italienische Geschichte erzählte. Aber wir saßen Ellenbogen an Ellenbogen, aufmerksam still, was sonst nur selten vorkam, um seiner Fortsetzung zu lauschen. Ungeduldig überstanden wir die Wartezeiten, wenn die väterliche Historienserie ausfiel, weil Babbo verhindert war. Ein Freund, der mit uns fuhr, hieß Varo. Sein Name war Anlass für meinen Vater, den römischen Ursprung des Namens zu erklären und auf ein bedeutendes Ereignis der römisch-germanischen Geschichte hinzuweisen. Der altrömische Varus war Prätor im Norden Germaniens gewesen und führte im Jahre 9 n. Chr. die römische Rheinarmee zu einer Strafaktion ins germanische Land. Im Fiat wurde zwischen *Stop and Go* von Ampel zu Ampel folgende Geschichte daraus:

«Kinder – ihr müsst wissen, dass es viele Kriege zwischen uns Römern und den Germanen gab. Die Germanen bedrohten unsere Grenzen, und Varus sollte sie bekämpfen. Eines Tages schritt er im Militärlager die Front vor seinen Legionären ab und überlegte, wie er die Germanen besiegen könne. Aber die Kraft seiner Legionäre war verbraucht. Nur mithilfe einer List konnte er einen Sieg über die Germanen erringen. Varus hatte eine Idee. Er befahl, große Mengen Pizza zu backen, aus Hefeteig mit Tomaten, Basilikum, Oregano, den köstlichsten Gewürzen, aber auch mit ganz viel Pfeffer. Varus hatte durch Kundschafter in Erfahrung gebracht, dass die Germanen gerne gut aßen, aber schlecht kochten, und Pizza kannten sie noch gar nicht. Die Legionäre befolgten den Befehl, würzten jede Pizza nach Kräften und hingen sie fertig gebacken auf die Äste der Bäume, die am Ufer eines großen Flusses wuchsen. Als der Duft der Pizzen köstlich zum Lager der Germanen wehte, bekamen diese einen gewaltigen Hunger. Der Duft lockte sie aus den Zelten, und ihrer Nase folgend, gelangten sie zu den Bäumen, an denen die Pizzen hingen. Voller Gier stürzten sie sich darauf und verschlangen sie. Doch dann brannte der Pfeffer in ihren

Kehlen. Unerträglicher Durst quälte sie. Sie stiegen zum Fluss hinunter und beugten sich tief zum Wasser hinab, um zu trinken. Auf diesen Augenblick hatte Varus mit seinen Legionären gewartet. Sie sprangen aus ihren Verstecken, stießen die trinkenden Germanen ins Wasser und überwältigten sie.»

Natürlich musste Varus eine Zeit lang gegen die Germanen gewinnen. Unser kleiner Freund hätte die wahre Geschichte sonst nicht gerne hören wollen. Aber schließlich kam mein Vater doch mit der geschichtlichen Wahrheit heraus: Varus wollte nach vielen Kämpfen die Germanen endgültig bezwingen. Hoch gerüstet standen sich Legionäre und Germanen zur Schlacht gegenüber. Plötzlich vernahm Varus ein unheimliches Stöhnen in den eigenen Reihen, als die Germanen zum Angriff schritten. Seine Legionäre schienen müde und krank zu sein. Ihr Stöhnen wurde lauter und lauter, obwohl kein Speer und kein Pfeil sie getroffen hatte. Schließlich schrien sie vor Schmerz auf, rissen sich die Helme vom Kopf, griffen mit verzerrten Gesichtern in ihren Mund, an ihre Wangen und Schläfen und rauften sich die Haare. Die Waffen fielen klirrend zu Boden. Varus schrie verzweifelt seine Befehle, aber niemand hörte auf ihn. Die Legionäre warfen sich nieder, trommelten mit den Fäusten auf den Boden, ein entsetzliches Durcheinander entstand. Als die Germanen die Legionäre stöhnend auf dem Boden liegen sahen, lachten sie über ihren leichten Sieg, und Varus konnte den weißen Schmelz ihrer Zähne in der Sonne blitzen sehen. Nun erkannte er: Bei jedem Germanen steckte eine Zahnbürste im Gürtel. Da wurde ihm klar, dass seine Legionäre Zahnschmerzen hatten. Noch nie hatten sie sich ihre Zähne geputzt, sie wussten nicht einmal, was eine Zahnbürste ist. Zahnschmerzen hatten sie zu Boden geworfen. Doch die Erkenntnis kam zu spät – die Schlacht war verloren. Aus Verzweiflung stürzte sich Varus in sein Schwert.

«Und dann?», fragten wir Kinder. «Wo sind die Germanen jetzt?» Und unser Vater fuhr fort: «Sie wurden immer zahlreicher und kamen immer öfter. Sie überrannten unsere Grenzen, auch heute könnt ihr sie wieder auf unseren Straßen sehen. Aber sie haben auch viel von uns gelernt, man muss keine Angst mehr vor ihnen haben. Sie essen gerne Pizza und Pasta und trinken unseren Wein, aber vergesst nicht: Sie putzen sich immer die Zähne nach dem Essen. Und jetzt raus mit euch, zur Schule, und vergesst nicht das Zähneputzen!» Solche Ermahnungen im historischen Gewand waren dringend notwendig, weil die Zahnpflege bei italienischen Kindern überhaupt nicht üblich war. Da waren unsere Eltern ihren italienischen Zeitgenossen weit voraus.

Ich habe inzwischen die historische Stätte der Varusschlacht bei Kalkriese, östlich von Bramsche im Osnabrücker Land, besichtigt. Vor etwa fünfunddreißig Jahren wurde der Ort dieses «Urknalls der deutschen Geschichte», wie ich hierzulande gelesen habe, archäologisch entdeckt und erforscht. Es regnete in Strömen, als wir ankamen – wie damals während der Schlacht. Meine Lust, aus dem Auto zu steigen, um zu besichtigen, was der Germanenfürst Arminius uns Römern angetan hatte, sank auf den Tiefpunkt, aber ich schleppte mich trotzdem auf das Schlachtfeld. Da standen viele neuzeitliche Germanen mit strahlenden Gesichtern, um den Ort zu besichtigen, an dem der Mythos von der Unbesiegbarkeit der Römer zerstört worden war. Zwischen den Hügeln und einem Sumpf, so erläuterte die Fremdenführerin, wurde die militärische Elite Roms niedergemacht. Varus war ohne militärische Ordnung, ohne Erkundung und ohne Sicherung im blinden Vertrauen auf seinen germanischen Berater Arminius, der ein Bürger Roms geworden war, in diesem Engpass in die Falle geraten. Die elementaren Führungsfehler, bedingt durch das blinde Vertrauen und den gänzlichen Verzicht auf militärische Aufklärung und Sicherung, hatten den Verlust von drei Legionen, drei Reiterschwadronen und sechs Kohorten zur Folge. Es war die bitterste Niederlage Roms seit der Schlacht bei Cannae, im Krieg gegen Hannibal (216 v. Chr.). Römische Tribunen und Hauptleute wurden germanischen Göttern geopfert oder versklavt. Varus tötete sich selbst, um der Gefangenschaft zu entgehen, und Rom zitterte um seine Sicherheit wie hundert Jahre zuvor nach dem Einfall der Kimbern und Teutonen ins Reich. Augustus, der Friedenskaiser, rief: «Varus, Varus, gib mir meine Legionen wieder!» Nach der Besichtigung der tausendfachen römischen Fundstücke beendete die archäologische Führerin ihren Vortrag: «Und hier, meine Damen und Herren, zeigen wir Ihnen das einzige nennenswerte germanische Stück, das wir gefunden haben, unter all den römischen Beweisen für diese Schlacht.» Mit diesen Worten wies sie auf einen Steigbügel und einen Reitersporn in einer Vitrine. Da ertönte stolz, blauäugig und blond eine Stimme aus dem Publikum: «Tja, so sehen Sieger aus!»

«*Finalmente, si parte* – endlich geht's los!» Unsere Sommerferien begannen gewöhnlich mit der Reise an die tyrrhenische Küste bei Livorno. Italienische Kinder haben von Juni bis September Sommerferien, dafür aber keine Oster-, Herbst- und kaum Weihnachtsferien. Die Freude der Schüler über diese langen Ferien wird nicht von allen Eltern geteilt, die doch selbst noch arbeiten und für drei Monate die Freizeit der Kinder planen und organisieren müssen. Unser Ziel stand fest: Großvaters Haus, das Haus von Nonno Fernando Schiavetti in Antignano. Schon unsere Mutter hatte als Kind mit ihren Großeltern dort die Sommer verbracht. Unsere Eisenbahn fuhr ein Stück an der Meeresküste entlang, parallel zur Via Aurelia. Wenn wir durch das Waggonfenster in der Ferne die Brücke von Calignaia, hoch am Berghang über dem blaugrünen Meer erkannten, brach ein Freudengeschrei aus, denn die Meeresbucht unterhalb dieser Brücke war unser Lieblingsstrand. Sie sah nur aus der Ferne wild aus, tatsächlich war sie wie geschaffen für Kinder und ihre Abenteuer. Der Fußweg durch die heißen Felsen war für den Großvater beschwerlich. Für uns aber duftete, ja atmete das Gestein, die Disteln blühten, Insekten summten. Unermüdlich bewältigten wir die Kletterei. Im Wasser lockten Steine, Mineralien, Versteinerungen, silbrige Muscheln, Meeresschnecken und Einsiedlerkrebse. Einst fand ich dort eine weiße Feige, mineralisiert, wie aus Marmor. Antignano war ein Fischerdorf mit schmalen Gassen, mit einer Piazzetta mit Zeitungsladen und Café-Bar – eine Idylle im Vergleich zu Rom. Einige wenige frei stehende Häuser gab es am Dorfrand, eins davon gehörte dem Großvater. Von dort war das Meer in zehn Minuten zu Fuß zu erreichen. Großvaters Haus war schlicht, aber solide gebaut, im toskanischen Stil mit Pergola, Terrasse und Boccia-Bahn im Garten. Durch ein großes schmiedeeisernes Tor führte der Weg vom Garten zu den Feldern der *contadini*, den Kleinbauern, die das Land gepachtet hatten, mit Gemüse bebauten und in kleinen Häuschen wohnten. Wir durften durch das eiserne Tor hinaus zu ihnen und ihren Kindern, wenn wir uns abgemeldet hatten. Meiner Mutter war es als Kind noch verboten, bei den Bauern zu spielen. So war die Klassentrennung, erklärte der Großvater. Als Sozialist mit aufrechter Gesinnung hatte er der Trennung ein Ende bereitet und das Tor zu den Bauern geöffnet. Auch deshalb war Antignano ein Inbegriff von Freiheit, Wärme, Licht, Natur – ein Stück Heimat, das ich schon am Geruch erkannte. Mit einem leichten Sommerhut strich ich durch die Felder und Gassen, wo unter freiem Himmel die Fischer ihre Netze flickten, und folgte den verführerischen Düften, die aus den Küchen zur Straße strömten. Vom Meer wehte ein Hauch von Algen und Salz – nur so konnten wahre Ferien sein. Unsere Eltern blieben für ein paar Tage, dann überließen sie uns einer Kinderfrau und kehrten selbst nach Rom zur Arbeit zurück. Eine der Kinderfrauen kam aus Österreich, sie sorgte für uns und die Kinder unserer Tante. Wir liebten sie, weil sie fröhlich und herzlich war und herrliche Mehlspeisen zu kochen verstand. Sie lernte *von* uns Italienisch und *mit* uns schwimmen. Wenn sie sich um meine kleinen Cousins kümmerte, schaute ich ihr zu und übte das Füttern und Wickeln der Kleinen. Unter der strengen Führung des Großvaters hatten wir bei aller Fröhlichkeit einen präzisen Rhythmus einzuhalten. Nach einem leichten Frühstück ging es ans Meer, nach dem Mittagessen folgte die Mittagsruhe, solange die Hitze brütete. Der Nachmittag war frei. Ganz gegen die italienische Sitte mussten wir abends früh zu Bett und beneideten die Dorfkinder darum, bis zum Einbruch der Nacht draußen bleiben zu dürfen. Großvater Fernando Schiavetti war von hoher Statur, er verunsicherte mich schon durch seine Körpergröße. Mich störte, immer so hoch hinaufschauen zu müssen, um mit ihm zu sprechen, da mein Vater eher klein war. Nonno Fernando war eine Respektsperson, für die Intellektuellen und Politiker Roms ebenso wie in der Familie, trotz seiner politischen Meinungsverschiedenheiten mit meinem Vater. Sein persönliches Ansehen im politischen Leben hatte er durch sein Auftreten gegen Mussolini gewonnen, durch seine vorbildliche Haltung und Gesinnung in der Emigration. Er verkörperte gewissermaßen altrömische Tugenden – in Deutschland würde man es wohl preußische Tugend nennen. Nach der Befreiung Italiens war mein Großvater erst für die sozialistische Partei, dann für die linkssozialistische Partei PSIUP Mitglied des Senats geworden und blieb Senator bis zu seinem Lebensende. Von den Bauern im Dorf wurde er als Politiker und Mensch geschätzt und bewundert. Sie nannten ihn immer *il senatore*. Als Kind spürte ich ihre Ehrfurcht.

Arnold Künzli, der erste Ehemann unserer Mama, zu dem wir immer ein herzliches und freundschaftliches Verhältnis behielten, verehrte ihn als einen «sprachgewaltigen Intellektuellen, einen echten *condottiere*». Die Politik im Hause Schiavetti sei für seine persönliche Entwicklung von großer Bedeutung gewesen, hob Arnold Künzli hervor. Wenn ich als die kleine *bambina* mit Nonno Fernando allein im Raum war, baute sich oft eine gewisse Spannung zwischen uns auf, eine Furcht meinerseits, ihm irgendetwas nicht recht zu machen. Denn in der Familie wirkte er stets streng, nicht im negativen Sinne, sondern er strahlte wirkliche Autorität aus, was viel mehr Eindruck macht als eine falsch überhöhte, formale Autorität. Vielleicht war ich von der Mama beeinflusst, die zwar eine enge, aber nicht konfliktfreie Beziehung zu ihm hatte. Er war temperamentvoll, klug, belesen und nicht nur an Politik, sondern im weitesten Sinne an Kultur, Geschichte und Sprache interessiert. Politik und Erziehung waren seine Leidenschaften. Beides hängt miteinander zusammen und voneinander ab, man kann das eine nicht vom anderen trennen, meinte er. In diesem Punkt waren meine Eltern völlig einer Meinung mit ihm, und doch trennten sie Welten. Bei aller Liebe zu den Kindern, war mein Großvater ein strenger Traditionalist. *Alla vecchia maniera* – nach althergebrachter Weise – hatten wir bei Tisch zu schweigen, wenn die Erwachsenen sich unterhielten. Unsere Haare mussten immer frisch frisiert sein. Wir hatten zu gehorchen, ohne Widerrede. «Ordnung» war sein herrschendes Prinzip. Wir kannten zwar von zu Hause die *linea grigia*, und uns war auch sonst nicht alles erlaubt, aber man konnte mit unseren Eltern verhandeln. Besonders stark war der Kontrast zwischen meinem Großvater und meinem Vater, der sanft, geduldig und gütig war. Wenn Nonno in Antignano ankam, löste das immer Unruhe und Hektik aus: «Bambini, ist alles sauber? Habt ihr aufgeräumt? Wie sieht der Garten aus? Die Schwimmsachen? Eure Kleidung? Und seid nicht so laut! Um Gottes willen, sagt morgens immer zuerst *buon giorno nonno!*», ermahnten uns die Eltern. In der Regel verlief alles gut. Sollte Nonno ruhig sehen, dass unsere Eltern mit ihren weicheren Prinzipien auch ihre Erfolge hatten. Es gab genügend andere Möglichkeiten, seinen strengen Blicken zu entgehen. Denn bei den Bauern fühlten wir uns frei und unbeschwert. Wir sprangen durch ihre Basilikum-Felder, rannten durch die Rinnen zur Bewässerung der Tomaten, versteckten uns zwischen den hohen Stauden und Früchten, rannten über die Wege, um im Heuhaufen zu landen; die Bauern schimpften manchmal, aber nie zu sehr, weil wir Kinder waren.

Beim Essen mussten wir uns wieder zusammenreißen. «Es wird gegessen, was auf den Tisch kommt!», lautete Nonnos Devise. Die sollte auch Mama durchsetzen. Sie wusste zum Glück, was uns schmeckte, und brachte möglichst Gerichte auf den Tisch, die uns nicht im Halse stecken bleiben würden. So vereinte sie harmonisch das großväterliche Prinzip mit unserem Appetit. Miesmuscheln waren leider Nonnos Lieblingsspeise. Er verlangte, dass ich wenigstens eine davon essen müsse. Ich fügte mich und steckte das Muschelfleisch angeekelt in den Mund. Nach demonstrativem Kauen und Schlucken aß ich alles Weitere mit Genuss – Pasta, Huhn und den süßen Nachtisch. Großvater lehnte sich am Ende zurück und zog zufrieden seine Bilanz: «Du siehst, Sabina, man kann sich überwinden.» – «Nein!», stieß ich hervor und spuckte die Muschel auf den Nachtischteller. Sie hatte ganz hinten in der Wange die Mahlzeit unbeschadet überstanden. «Mit dem Kind wirst du noch Schwierigkeiten bekommen», warnte Nonno meine Mutter, die mich jedoch anlachte, weil ich mich durchgesetzt hatte: «Da sind die richtigen Dickköpfe aufeinandergetroffen», ermutigte sie mich.

Einmal spürte ich Nonnos besondere Strenge, als wir in der Badewanne mit der Seife Schiffchen spielten. Er war außer sich und überschüttete unsere Mutter mit Vorwürfen: «Du machst aus den Kindern verwöhnte Bourgeois, du weißt doch, wie teuer die Seife ist!» Ich wollte den Preis für die Seife erfahren, aber Mama entschuldigte ihn: «*Il mio papà* hat es im Exil nicht leicht gehabt. Ihm fehlte oft das Geld zum Leben. Ihr müsst ihn verstehen und ihm verzeihen. Auch große Menschen können kleine Fehler haben.» Solche Worte, freundlich gesprochen, wirken lange nach. Als meine eigenen Kinder mit der Seife in der Badewanne spielten, verspürte ich den Drang, ihnen Schiffchen zu kaufen, um die Seife zu schonen.

Um dem Familienschicksal und der überstandenen Not in der Kriegs- und Nachkriegszeit einen heiteren Anstrich zu geben, erzählte unsere Mutter ein Erlebnis unserer ersten italienischen Kinderfrau in der Hungersnot im Krieg. Sie hatte in einem Haushalt gearbeitet, in dem es zwar einen verschließbaren Kühlschrank, aber wenig zum Essen gab. Der Schlüssel zum Kühlschrank befand sich in der Obhut des strengen Hausherrn. Das Essen war zwar für alle knapp, aber vielleicht war in dem Haushalt auch ein gewisser Geiz mit im Spiel, den es bekanntlich nicht nur in Deutschland gibt. Kurzum: Die Hausgehilfin litt Hunger, doch der Kühlschrank war verschlossen. Einmal duftete das von ihr zubereitete Abendessen mit abgezählten Bratwürsten auf dem gedeckten Tisch besonders lange und verführerisch, weil der Hausherr sich verspätete. Und so kam es, dass sie vor Hunger allein alle Würste aß. Was tun? – Improvisieren! Sie zerkleinerte mithilfe von Küchenreibe und Fleischwolf alle Flaschenkorken, die sie im Haus auftreiben konnte, kochte das Korkenmehl auf und vermengte es mit Brot und pikanten Gewürzen, presste den steifen Brei in Wurstform und bot das gebratene Gericht, mit Tomatensoße übergossen, dem Hausherrn an. Der aß die Korken mit großem Appetit und lobte die Kochkunst der Küchenhilfe in den höchsten Tönen. Diese Geschichte sollte uns zeigen, dass sich gerade in Zeiten der Not die Sparsamkeit mit Vernunft und Großzügigkeit vereinen sollte.

Mein Bruder erkrankte mit neun Jahren an Hepatitis. Er war ganz gelb im Gesicht und wurde sechs Monate lang auf Diät gesetzt. Es war eine harte Prüfung für ihn. Nonno Fernando kam oft zu ihm ans Krankenbett und spielte mit ihm, am liebsten Schach, wo beide ernsthaft um Sieg oder Niederlage rangen. Als Nonno nach vielen Spielen beständig zu verlieren begann, war er nicht mehr begeistert, tröstete sich aber damit, in seinem Enkel einen gelehrigen Schüler gefunden zu haben. Als Marco schließlich eine erste Portion Spaghetti mit Tomatensoße genehmigt wurde, die er genoss, als wäre es eine erlesene Delikatesse, setzte Nonno Fernando sich an sein Bett und sagte zum Spaß: «*Marco, mi fai assaggiare* – Marco, lass mich mal probieren!» Er ließ nicht locker, obwohl Marco deutlich ablehnte: «*No, nonno* – du darfst alles essen, aber lass mir diesen Teller!» – «Komm, sei nicht geizig, lass mich kosten», wiederholte Nonno Fernando hartnäckig, ohne zu bemerken, dass sich der Spaß durch die Wiederholung in Ernst verwandelte. Obwohl Marco schließlich doch nachgab, tat der Großvater plötzlich beleidigt und lehnte ärgerlich den hingehaltenen Gabelbissen ab. Marco packte seinen Teller und schleuderte dem Großvater wütend die Spaghetti an den Kopf. Mama sprang kreidebleich aus der Küche herbei. Das Bild, das sich darbot, war nur im Nachhinein komisch. Denn dem *Senatore* klebten die Spaghetti am Kopf wie die Schlangen um das Medusenhaupt, die rote Soße tropfte auf Jacke und Hose. Wir fürchteten in der eintretenden Stille das Schlimmste, denn Nonno schwieg. Es war wie die Ruhe vor dem Sturm. Nonno stand langsam, bedrohlich schweigend auf, er atmete tief ein und sagte plötzlich: «*Marco, hai ragione! Scusa* – Marco, du hast recht, entschuldige, das war falsch von mir. Franca, gib mir ein Tuch, Marco hat die Geduld mit mir verloren.» Auch das war typisch für den strengen Mann. Er konnte auch von Marco, seinem Enkel, etwas lernen.

Ähnliches erlebte ich, als ich unter der Pergola Fahrrad fahren übte. Eines Tages stürzte ich im Gemüsegarten bei vollem Tempo, weil ich nicht lenken konnte, und verletzte mich ziemlich heftig am Bein. Ein Bauer brachte mich zu Nonno. Er schimpfte nicht, sondern trug mich auf dem Arm zum Arzt, der die Wunde nähte. Unterdessen erzählte Nonno von einer Verwundung am Bein im Ersten Weltkrieg, die er sich als Gebirgsjäger bei einem Gefecht zugezogen hatte. Das lenkte ab und machte Mut. Aber noch größer und stärker fühlte ich mich, als Nonno mich nun täglich auf seinen hohen Schultern trug, um mich an den Strand zu bringen und wieder abzuholen. «Ich trage dich jetzt. Denn wenn du schon nicht schwimmen darfst … Das wäre doch eine doppelte Strafe!»

Nonno hatte uns auch vorher immer an den Strand begleitet, morgens ganz früh, nach seiner Gymnastik im Garten und seinem Espresso, den er sich in der klassischen Napoletana zu kochen pflegte. Er selbst kehrte dann heim und ließ uns mit der Kinderfrau zurück.

Die Klippen und Felsen am Strand bildeten kleine Becken, in denen die silbrigen Muscheln schillerten und kleine Fische lockten. Bis zur Brust im Wasser stehend, hüpfte ich von Stein zu Stein und unternahm, vom Wasser halb getragen, meine ersten Schwimmversuche. Ein fremder Mann auf dem Felsen las Zeitung, die Kinderfrau sonnte sich, der Horizont war ganz weit und alles freundlich. Stille Wasser aber gründen tief. Der anvisierte Stein entwich, verweigerte sich meinem Fuß, das Wasser spritzte, der Hals verkrampfte sich, ein kurzer Schrei, salziges Gurgeln in meinem Mund, und alles war blau. Eine starke Hand packte zu und zog mich hoch. Da sah ich eine Brille im Wasser schaukeln – die Brille des Mannes. Er ließ sie sinken und sprach mit mir – ich sehe noch, wie die Brille in den Wellen verschwand –, er aber tröstete mich: «Du musst gleich wieder ins Wasser und spielen, sonst wirst du nie mehr den Mut dazu haben.» Er sprach mit eindringlich tiefer und warmer Stimme zu mir. An seiner Hand wagte ich den neuen ersten Schritt. Den Dank, den ich damals nicht aussprechen konnte, denke ich immer. Wenn ich heute das Meer höre, rieche, mich von ihm tragen lasse, fühle ich mich jedes Mal so neugeboren wie damals. Ein See zieht dich nach unten, aber das Meer trägt dich, besagt eine Redensart in Italien.

Die *contadini,* die Kleinbauern, hatten Fernsehgeräte, wir nicht, vielleicht aus Prinzip. Wenn wir zu ihnen gehen durften, wurden wir mit Essen und Fernsehen verwöhnt. Was uns am besten schmeckte, war *pane e pomodoro*, nach alter bäuerliche Sitte: Auf eine Brotschnitte wurde eine frische Tomate fest auf das Brot gequetscht und gerieben, bis sich die Schale löste, und der so entstandene Aufstrich wurde mit einem Schuss Olivenöl und Salz gewürzt. Tomaten waren die Spezialität, die Hauptfrucht der Bauern. Wenn sie in großen Mengen geerntet worden waren, sortierten die Frauen unter einem Sonnenschutz, auf dem Boden sitzend, die Früchte nach Größe, Schönheit und Reife, um sie am nächsten Morgen auf dem Markt zu verkaufen. Wir durften dabei helfen und lernten die Sorten und ihre Reife zu unterscheiden. Es gab auch Zucchini, Auberginen, grüne Bohnen und Berge von wunderbar duftendem Basilikum. Unsere Familie bekam immer eine *cassetta* davon ab. Einmal wöchentlich wurde Wäsche gewaschen. Die Laken wurden auf der Wiese unter der Sonne zum Trocknen ausgebreitet. Es duftete nach Kernseife, Sonne und Sauberkeit.

Am liebsten gingen wir ins Freiluftkino. Das war erst im späteren Alter erlaubt und nur unter Aufsicht und nach gründlichem Studium des Filmprogramms, nebst intensiver Beratung durch Nonno Fernando. Endlich aber trafen wir dort die Freunde vom Strand und fühlten uns gleichberechtigt mit ihnen in der Kinogemeinde. Selbst Mama und Nonno knackten Kürbiskerne um die Wette. Am Ende der Vorstellung lagen Berge von Schalen unter ihren Sitzen. Kleinste Kinder waren dabei, die achteten nicht auf den Film. Sie schliefen im Arm der Väter und Mütter oder zappelten unruhig hin und her. Gesalzene Kürbiskerne und sprudelnde *gazzosa* – süße Brause – waren wichtiger als das Drama auf der Leinwand.

«Sabinella, ich möchte der *nonnina* Blumen aus dem Garten bringen, begleitest du mich?», sprach Nonno mich eines Tages nach dem Mittagsschlaf an und meinte das Grab meiner Großmutter. Wir schnitten langstielige Gladiolen im Garten. Ich trug den Strauß, obwohl mich die Gladiolen überragten und auf dem Weg zum Friedhof ein wenig auf dem Boden schleiften. Meine andere Hand ruhte in seiner Hand, und bedächtig schritten wir durchs Dorf, er ganz groß, ich ganz klein mit den langen Gladiolen. Ich war stolz, an seiner Seite zu gehen. Er war mit den Gedanken bei *rondoncino*, seiner kleinen Schwalbe, wie er die Großmutter nannte. Am Grab angekommen, ließ ich ihn und störte nicht, denn ich spürte an seinen Schritten und Händen eine Stimmung, die er sonst nicht zeigte – er wirkte weich, so ganz anders. Einmal sagte er zu mir: «Du erinnerst mich an *Nonnina*, ihre Haare waren rot-blond wie deine, und sie hatte auch oft Ohrenschmerzen wie du.» Er ordnete die Blumen auf dem Grab. Eine bunte Majolika-Platte war in den Grabstein eingelassen. Darauf abgebildet war ein Tisch mit Obst und mit Fischen, wie zum Festmahl. Es war das einzige Grab ohne Plastikblumen und Fotos, ohne Engel, ohne Kreuz. Nonno richtete sich auf, hob mich auf seine Schultern: «Wie gefällt dir die Aussicht? Nonnina gefiel sie, deswegen liegt sie hier, es war ihr Wunsch», erklärte er. Mein Blick streifte über das Meer, das offen, blau und groß zu unseren Füßen lag. Ich hatte Nonnina nie kennengelernt. Sie starb kurz nach meiner Geburt. In Gedanken versunken, kehrten wir zurück, nicht traurig oder einsam. Er und ich, wir hatten uns gefunden, in einer Begegnung ohne viele Worte. Seine Strenge war vergessen, und ich fühlte mich wohl mit ihm. Auf der Piazzetta bekam ich ein Eis, und Nonno streichelte mir den Kopf.

Mit den Jahren wurde es lauter am Dorfstrand. Neben dem kleinen Hafen, dem *moletto*, wurde offiziell eine Badeanstalt eröffnet, mit Sportplatz, Musikbox und Restaurant. Mein Bruder spielte Fußball und verlor die Lust am Wasser. Die Zahl der Gäste wuchs, es wurde bunter und touristisch. Von weit her kamen Menschen, die sich lärmend vergnügten. Auch Vorboten der Achtundsechziger-Generation mit ihrer Musik. Die war zu neumodisch für Nonno, auch mit Miniröcken und den allgemein gelockerten Sitten und Gebräuchen konnte er nichts anfangen. Stundenlang dröhnte Adriano Celentano aus der Musikbox. Uns Kindern gefiel das.

Nonno bestellte für Marco und mich je eine Lexikonreihe, jeden Monat wurde ein Band geliefert. Marco bekam das *Conoscere*. An mich gewandt, sagte er: «Für dich habe ich die *Enciclopedia della Fanciulla* bestellt.» Ich war enttäuscht, denn die *Fanciulla* befasste sich nur mit Kochen, Nähen, Schönheitspflege und mit Geschichten über die Liebe. Das *Conoscere* war dagegen ein spannendes Jugendlexikon. Obwohl Nonno Fernando für die Emanzipation der Frauen eintrat, haperte es ganz offensichtlich noch mit dem Unterschied zwischen Theorie und Praxis.

Als mein Großvater 1970 im Alter von sechsundsiebzig Jahren starb, war dies das Ende unserer Idylle. Er wollte neben seiner kleinen Schwalbe ruhen, nach der Feuerbestattung, wie es der antiken Tradition der Senatoren-Republik und seiner persönlichen laizistischen Haltung entsprach. Nach den Trauerreden der Freunde und Politiker begleiteten uns die engsten Freunde mit der Urne auf dem Weg zu dem Friedhof über dem Meer. Ich fühlte schmerzlich die Endgültigkeit dieses Abschieds: Was ich versäumt hatte, ihm zu sagen, ihn zu fragen, würde ich nicht mehr nachholen können. Doch wir hatten unsere Blumenstunden gehabt, auch hier am Grab der *rondoncino*.

Als die Familie und die engsten Freunde so beisammenstanden, schaute ich über das Meer, wie damals von seiner Schulter, und sah die Urne mit seiner Asche vor mir. Luciano Bolis, sein Freund in der Politik und im Leben, hielt sie fest im Arm, wie ein Kind umarmte er die Urne mit feuchten Augen. Ein Windstoß fegte plötzlich über die Steine, und ich weiß nicht, wie es kam, ob Bolis vielleicht eine ungeschickte Bewegung machte, jedenfalls löste sich der Deckel von der Urne, Asche wirbelte auf und verflog wie ein grauer Schleier im Wind. Alle erstarrten. Ich verfolgte mit den Augen den hauchdünnen Schleier, der sich aus der Urne erhob und sich im Blau des Tyrrhenischen Meeres verlor, wie ein letzter Wille zur Freiheit. Aufgeregt wurde der Deckel auf die Urne gepresst.

Manchmal denke ich: Wenn doch etwas mehr vom Geist und Charakter dieses römisch-preußisch anmutenden Senators aus der Urne entwichen und geblieben wäre. Seine Urne ist nun vom Friedhof verschwunden, auch das Grab seiner *rondoncino*. Die Friedhofsverwaltung weiß nicht, wohin. Auch wenn seine Asche verloren ist, ich hoffe, die bösen Schatten, die in diesen Tagen Italien verdunkeln, werden vorüberziehen.

Doch zurück zur italienischen Kindheit, die ich mir ohne die ordentliche Schweiz gar nicht vorstellen kann! Ich wurde häufiger auf diese wunderbare Reise geschickt, mit vier Jahren zum ersten Mal. Per Eisenbahn ging es nach Zürich, durch die Alpen, entlang an den Schweizer Seenketten, durch dunkle Wälder und lindgrüne Wiesenmatten, wie ich sie noch nie gesehen hatte. Kühe weideten auf Wiesen, wie in meinen Schweizer Kinderbüchern, deren reale Entsprechung ich in der dürren römischen Campagna jedoch nie wiederfinden konnte. Ich sah die ersten schneebedeckten Berge, den ersten Schnee meines Lebens, wenn auch weit entfernt. Mit einem Eis in der Hand und an meinen Lippen hörte ich, wie weich und kalt und süß der Schnee sei. Meine schleckende Zunge verstand sogleich, dass es dort oben ganz köstlich sein müsse. Die Tante und ihre Tochter boten viele Verführungen aus Schokolade in allerlei Form. Sie sprachen die Sprache, deren Klang mich schon bei meiner Mutter belustigt hatte, wenn sie sich mit den Züricher Freunden unterhielt, und den ich schon immer gern nachgeahmt hatte.

Eine besondere Verlockung boten mir die Metzgereien. Kein römischer Fleischerladen verströmt einen so herrlichen Duft von frischer Wurst und Schinken wie die in der Schweiz. Alles war sauber und hell, die Verkäuferinnen erschienen mir wie feine Damen. Sie schenkten mir Wurstscheiben und Schinkenstücke für jedes Wort, das ich in ihrer Sprache sprach. Sie waren lockende Sirenen für meine ersten züridütschen Worte. Und es gab in Zürich ein Spielzeuggeschäft, wie ich noch keines in Rom gesehen hatte. Vielleicht hatten die Italiener, das Volk, das Kinder so liebt, vergessen, dass Kinder nicht nur von Sonne, Meer und Pasta leben, sondern auch Spielsachen brauchen, schöne, fantasievolle, zum Anfassen und Liebhaben. Erwachsene verlangen von Kindern Fantasie, sie erwarten von Kindern etwas, was sie oft selber nicht haben. Bis heute gibt es in Rom zu wenige Spielgeschäfte, die Kindern den Sinn für die Schönheit von Form und Material vermitteln. Noch heute schlägt das Herz der Italiener höher, wenn man ihnen Spielzeug aus der Schweiz oder aus Deutschland mitbringt. Weil meine Tante ein Baby erwartete, meinte sie eines Tages, dass auch ich ein Baby brauchte. Sie ging deshalb mit mir und meiner Mutter zu «Franz Carl Weber», dem Inbegriff eines Spielwarengeschäfts in Zürich. Schon beim Betreten des Ladens war ich geblendet von der Weite der Spiele-Landschaft: geschnitzte Tiere aller Arten, Eisenbahnen, Autos, Steifftiere, Puppenstuben, Möbel und Geschirr, Kuckucksuhren. Mich interessierte vor allem die Abteilung für Puppen, die regalweise aufgestellt waren. Von zu Hause kannte ich Bücherregale, aber dass auch Puppen neben Puppen in endloser Reihe so sitzen, stehen oder liegen können, überwältigte mich: Hier war das Kinderparadies! Und Paradiese kennen keinen Ladenschluss! Also schaute und staunte ich, hörte nur noch von weit her die Verkäuferin reden: «So, da isch die Abteilig für d' Puppe, da findet Si grad's Richtige für's Chind. Sie chönnt alles aluege, und das Chind darf's aalange, aber uffpasse, bitte. Mir schließet in e Halbstund!» Anfassen durfte ich! Aber mit welcher Puppe beginnen, in dieser Puppenbibliothek? Mit einer nackten aus hartem Zelluloid, einer weichen aus Stoff, einer im Kleidchen, im Röckchen oder im Höschen, den Mädchen mit langen Haaren oder den Jungen mit Holzkopf oder mit Hohlkopf, mit der Babypuppe, mit der schwarzen oder blonden, mit den blauen oder braunen Augen, dem starren Blick oder den rollenden Augen? Die letzten Kunden gingen fort, der Laden leerte sich, ich aber war angekommen. Die Verkäuferin konzentrierte nun ihre ganze Aufmerksamkeit auf uns, die seltsamen Frauen, die sich in ihrer Schweizer Landessprache ebenso selbstverständlich ausdrücken konnten wie ich auf Italienisch. Ich sah und schaute, nahm und drückte, fühlte und prüfte. Es musste alles genauestens geprüft werden: Wie ist der Körper, passt er an die Schulter, liegt er gut an der Brust, wie ein richtiges Baby, und lächelnd? Drei Augenpaare hinter mir: die der Verkäuferin, die meiner Mama und die meiner Tante, die sich besorgt an die Verkäuferin wandte: «Dankche für Ihri Geduld, Sie verstönd ja gliich, en Moment noch, bitte, ja natürli, gliich isch sie so wiit, lueget

Sie, jetzt wüss sie, was sie brucht.» Endlich lag ein Baby in meinen Armen, nicht zu mager, nicht zu mollig, rosa wie lebendig, freundlich lächelnd, und die Augen klappten auf und zu. Die Schweiz war mir für immer ans Herz gewachsen.

Ein Puppenbaby ans Herz zu drücken, in Sandbergen Höhlen zu buddeln, auf Spielplätzen schaukeln, wippen, klettern – das alles gab es nicht in Rom. Es regnete oft in Zürich. In Gummistiefeln durch Pfützen und Spielplätze zu stiefeln, war das Größte, und so wünschte ich mir inständig bei der Rückkehr: Hoffentlich regnet es in Rom!

Mama hatte mich für jene Sommermonate in Zürich bei meiner Tante gelassen. Als ich in *Roma Termini* in roten Gummistiefeln, rotem Regenmantel und mit dem Regenschirm, der aussah wie ein Fliegenpilz, aus der Eisenbahn kletterte und mich in die Arme der Mama warf, war nur ein ganz gewöhnlicher heißer Sommertag. «Sálü, Mama!», rief ich mit guttural verfärbtem *a* und *ü*. Die konnte kaum glauben, dass ich inzwischen fließend Schwiizerdütsch gelernt hatte und wie die Mädchen von der Alp reden konnte. Nur drei Monate hatte ich gebraucht, um die Sprache dieses Landes zu lernen, in dem Milch und Schokolade flossen. Ihr blieb das Italienisch im Halse stecken: «Aus meiner Römerin ist eine veritable Züridütsche geworden», rief sie und lachte.

Noch fröhlicher reagierte sie, als ich von dem Heiratsantrag meines Freundes Peter erzählte, dem Sohn des Zukunftsforschers Robert Jungk. Wenn die Sonne schien, spielten wir gemeinsam im Sandkasten. An einem sonnigen Morgen öffneten sich sein Herz und sein Mund. Ich schaute ihn an. Sein blondes Haar leuchtete «heller als tausend Sonnen», und von den Strahlen geblendet, nahm ich seinen Antrag an. Die Mama rief noch am gleichen Abend erfreut den Zukunftsforscher an. Doch allen Bemühungen zum Trotz verloren sich unsere Spuren im Laufe der Jahre. Viel später, als ich Peter Jungks großes Werk über Franz Werfel im Berliner Buchhandel fand und las, fanden auch wir uns wieder – in der geteilten Stadt. Aber so weit konnte damals sogar ein Zukunftsforscher noch nicht schauen.

Ausländische Au-pair-Mädchen zur Betreuung der Kinder ins Land der sprichwörtlichen *mamma* zu holen, passte nicht ins italienische Menschen- und Mutterbild und war nicht üblich in Rom. Die *mamma italiana* schaffte in der Regel alles allein. Aber unsere Eltern arbeiteten außer Haus und holten deshalb alle sechs bis acht Monate ein neues «Fräulein» ins Haus, meist aus der Schweiz. Die Schweizerinnen verkörperten Zuverlässigkeit und Kompetenz und standen für eine Erziehung im Geiste Pestalozzis, meinten meine Eltern. Die jungen Frauen lernten Italienisch, und wir übten Deutsch und Schwiizerdütsch mit ihnen. Nur einmal betreute uns eine bayerische Kinderfrau. Sie war groß und kräftig, dunkle Haare wallten um ihr Gesicht. Konzentriert, schnell und gut organisiert erledigte sie alles. Ihr Italienisch verbesserte sich täglich. Sie half bei den Hausaufgaben, war wissbegierig, und meine Eltern freuten sich über die deutsche Disziplin und Ordnung. Sie freute sich über Sonne, Meer, Kunst, Museen, Küche und Kirchen. Italienische Küchen riechen gewöhnlich nach Oregano, Basilikum, Tomaten und manchmal nach Knoblauch, aber nie in zu hoher Dosis.

Eines Tages erregte ein neuer Duft unsere Sinne. Wir folgten unseren Nasen bis zu einer süßen Duftquelle von gebranntem Zucker und Mehl. Unser Au-pair holte einen goldbraun geflochtenen Hefezopf aus dem heißen Backofen, unseren ersten, den wir begeistert aßen.

Der zweite ließ nicht lange auf sich warten. Mein Bruder zupfte mich am Kleid und zog mich in die Küche, wo die Künstlerin des Hefezopfes den Teig durchwalkte. Ihr rann der Schweiß von der Stirn, ihre Hände griffen kräftig in die Masse, ihre Knöchel schimmerten weiß, so energisch und verbissen knetete sie den Teig. Gelänge er nicht, wäre die gute Laune dahin, so schien es. Wenn *wir* einen Pasta-Teig kneten, ist das eine lustige Angelegenheit, leichthin wird er bewegt, fast gestreichelt, man spricht in ihn hinein, spricht miteinander, man darf probieren, man presst ihn nicht, man modelliert ihn. Die Hefezopfkünstlerin wollte uns Gutes tun, uns ihre Heimat näherbringen, und endlich lag der Teig zum Aufgehen unter einem Tuch. Marcos Hand schlüpfte flink darunter, um ein Stück zum Kosten herauszuklauben. Blitzschnell fuhr die Zopfbäckerin dazwischen und verpasste Marco eine kräftige Backpfeife: «Finger weg!»

Stille. Marco weinte nicht, er verstand überhaupt nicht, was geschehen war. Er war noch nie geschlagen worden. Mir klopfte das Herz, ich war sprachlos. Die Hefezopfbäckerin wollte uns doch eine Freude bereiten, und dann dieser Schlag ins Gesicht? Wann kommt die Mama, hämmerte es in meinem Kopf. Die Bäckerin vollendete den Hefezopf und verschwand in ihrem Zimmer.

«Was ist mit deiner Wange?», fragte die Mama noch am Garagentor, zu dem wir beim ersten Motorengeräusch gerannt waren. Tatsächlich leuchtete Marcos Wange glutrot. Mama und Babbo erschraken. Aber sie wollten kein vorschnelles Urteil fällen, denn sie hatten die Frau aus Bayern sehr gern. Sie sprachen mit uns, sie sprachen mit ihr, doch den Hefezopf wollten wir nicht mehr. Obwohl er süßer als sonst zu duften schien.

Am nächsten Morgen erklärten unsere Eltern: «Das war ein Ausrutscher, sie hat sich entschuldigt. Wir schicken sie nicht fort, es tut ihr wirklich leid, Marco. Aber du solltest dich bei ihr auch entschuldigen. Denn sie hielt dein Naschen für respektlos, weil sie euch eine Freude machen wollte. Dabei hat sie sich vergessen. So, und jetzt wollen wir uns den guten Hefezopf schmecken lassen!»

Wir versöhnten uns. Es folgte eine schöne Zeit ohne naschende Hände und ohne Backpfeifen. Niemand störte mehr die herrliche Ruhe des aufgehenden Hefeteigs. Von Margarete Mitscherlich las ich: «Wut lässt sich besser vermitteln als eine moralische Botschaft.» Aus italienischer Sicht und Erfahrung ist da viel Wahres dran – aber nur, wenn die Wut gewaltlos bleibt. Italienische Wut drückt sich in einem aufgebrachten aggressiven Tonfall aus, in lauter Stimme, einem heftigen Redeschwall und Drohungen, die aber nicht so schrecklich gemeint sind, wie sie gelegentlich klingen. Doch wenn ich heute einen deutschen Hefezopf esse, denke ich noch immer an die alten Zöpfe der Erziehung.

Um dem pädagogischen Einfluss der katholischen Kirche zu entgehen, wurden mein Bruder und ich in die Schweizer Schule in Rom geschickt, denn der Einfluss der Kirche auf das staatliche Schulsystem war noch sehr groß. Auslandsschulen waren und sind auch heutzutage bei römischen Eltern noch beliebt. Von der Schweizer Schule versprach und verspricht man sich eine aufgeklärte, also vernunftorientierte und einfühlsame Erziehung im Sinne Pestalozzis. Kinder von Diplomaten, ausländischen Geschäftsleuten und römischen Intellektuellen treffen sich zum familiären Schulbetrieb in einer Villa der Jahrhundertwende nahe der Porta Pia, zu der auch heute noch ein Kindergarten gehört. Für unsere Eltern, die jeglichen Dogmatismus ablehnten, kam nur diese Schule in Betracht, zumal uns Kindern ja auch die Schweiz bereits vertraut war. Wir lernten mit deutschen, schweizerischen und römischen Kindern nach dem Schweizer Modell, das die freie Entfaltung der Persönlichkeit durch freies Spiel sowie den sozialen Umgang in den Mittelpunkt der Pädagogik rückte, aber auch Tugenden wie Pünktlichkeit und Sauberkeit, was schon durch ein gepflegtes Ambiente der Schule vermittelt wurde. Auch die Liebe zur Schweiz lernten wir im Unterricht. Deutsch war die Unterrichtssprache, Italienisch die Pausensprache – die *lingua principale*, wegen der Mehrheit italienischer Schüler. Zur Schule gehörten ein Sportplatz und ein Spielplatz, Orangen- und Mandarinenbäume beschatteten den Pausenhof. Als Ganztagsschule war sie eine wirksame Stütze für berufstätige Eltern. Wir lernten den Rütli-Schwur, deutsche Kinderlieder und sogar das preußische Lied «Die blauen Dragoner, sie reiten / mit klingendem Spiel durch das Tor»!

Zweimal täglich überquerten wir den Tiber auf der Ponte Milvio, die im Volksmund seit Jahrhunderten Ponte Molle genannt wird – weiche Brücke. Niemand weiß, warum die Brücke so heißt. Vielleicht rührt der Begriff vom ehemals sumpfigen Ufer des Tiber her, vielleicht hat eine tiefere Weisheit des Volkes diesen Namen erfunden. Denn die Ponte Milvio hat schwere Zeiten überlebt und steht noch immer. Sogar die Truppentransporte im Zweiten Weltkrieg schulterte die weiche Brücke, die Mannschaftswagen und Panzer der Deutschen Wehrmacht und der alliierten Befreiungstruppen. Die einen rollten über diese Brücke zuerst nach Süden, dann, von den anderen verfolgt, zurück nach Norden, und die Alliierten folgten ihnen. Der Kriegsgott Mars hatte an der Ponte Milvio in den Jahrtausenden wirklich viel zu tun. Das hochgerüstete Standbild des Mars im Kapitolinischen Museum gibt Zeugnis von seiner Härte schon zur Römerzeit. Ist «Ponte Molle» vielleicht ein Euphemismus, ein Schönreden? Cäsar musste über die Ponte Milvio, als er mit seinen Truppen nach Gallien zog. Auch als er zurückkam, um in Rom einzumarschieren und die Republik zu beseitigen, nachdem «die Würfel gefallen waren». Als Kaiser Augustus im zweiten römischen Bürgerkrieg die Alleinherrschaft im Römischen Reich an sich riss, war die Ponte Milvio schon über hundert Jahre alt. Konstantin der

Große besiegte an der Ponte Milvio im Jahre 312 n. Chr. im Krieg um den Kaiserthron seinen Rivalen Maxentius – da war die Ponte Milvio schon 420 Jahre alt. Ein Kreuzeszeichen soll hier erschienen sein, und eine Stimme vom Himmel habe verkündet: «*In hoc signo vinces* – unter diesem Zeichen wirst du siegen!» Wir hatten zu Hause einen Kupferstich von dieser konstantinischen Legende, auf dem man sieht, wie sich die Legionäre unter dem Kreuz um Konstantin scharen. Kaiser Konstantin befreite nach seinem Sieg das Christentum von staatlicher Verfolgung – ob die Brücke deshalb Ponte Molle heißt? Konstantins Mutter Helena, Tochter eines Gastwirts, war Christin und ihrer Zeit weit voraus. Sie ließ aus dem Jerusalemer Palast des Pontius Pilatus die Treppe, über die Jesus zum Prozess gestiegen war, nach Rom bringen. In einer erstaunlich zutreffenden Konsequenz und Verantwortungsbereitschaft hatte sie die «Scala Santa» als Symbol des Unrechts seitens des römischen Imperiums gegenüber Juden und frühen Christen in Rom aufstellen lassen. Kaiser Konstantin ließ sich erst auf dem Sterbebett taufen. Wollte er den christlichen Glauben nicht durch politisches Handeln beschädigen? Fürchtete er, als Christ seine politische Handlungsfähigkeit zu verlieren, oder fürchtete er Glaubenskämpfe mit Traditionalisten und Heiden als Folge seiner Taufe? Man weiß es nicht, aber es könnte so gewesen sein. Auch damals war Politik ein Balanceakt. Nach dem Konstantinischen Toleranzedikt von Mailand (313 n. Chr.) lebten jedenfalls die alten Götter Roms und Griechenlands mit dem Judentum und Christentum ein knappes Jahrhundert verträglich nebeneinander. Die Erhaltung dieses Glaubensfriedens muss aus heutiger Sicht als große Leistung gewürdigt werden. Doch als der Nachfolger Kaiser Theodosius das Christentum im Jahre 392 zur Staatsreligion erklärte, verwandelten sich die zuvor Verfolgten in Verfolger, aus Opfern wurden Täter, und die christliche Botschaft von Freiheit und Gleichheit, von Nächstenliebe, von Vergebung, Gnade und Erlösung erstarrte für ein Jahrtausend im Dogmatismus. Die Ponte Molle – die weiche Brücke, sie ist in Europa ein uraltes Sinnbild für das Vergängliche und das Beständige in der Geschichte: Was hart schien, brach vor der Zeit, doch die Ponte Molle blieb und steht noch heute. Aber am 15. Dezember 2008 drohte der Tiber mit einem Pegelstand von über zwölf Metern Rom noch schlimmer als in historischen Zeiten zu überschwemmen. Wir zitterten um die Weiche Brücke. Es hätte nicht viel gefehlt, und die weichen Wasser hätten sie fortgespült, als Folge einer Naturkatastrophe, die auf Raubbau und Umweltzerstörung beruht.

Es war ein Zufall, aber wie von tieferer Bedeutung, dass ich meinen ganz unmartialischen, sanftmütigen Vater ausgerechnet an der Ponte Molle in einer Rolle erlebte, in der ich ihn noch nie gesehen hatte – in der des Soldaten und Kriegsteilnehmers. Wir hatten vor einem historischen Pferdestall, an dem vielleicht schon Goethes Kutscher die Pferde getränkt hatten, einen Parkplatz gefunden, um ein paar Einkäufe für das Mittagessen zu erledigen. Mein Babbo war gerade aus dem Fiat gestiegen, als der scharfe Pfiff einer Trillerpfeife uns zusammenzucken ließ: «Sie dürfen hier nicht halten, nicht eine Minute!», wies ein Polizist meinen Vater streng zurecht. In schmucker Uniform, die von den Polizisten immer mit Stolz getragen wird, in schwarz glänzenden Schuhen und die Hand wie zum Befehl erhoben, trat er auf meinen Vater zu. «Giftpilze» – *«funghi velenosi»,* wegen ihres pilzförmigen Helms, nannte Babbo sie oft verärgert, wenn sie ihn beim Parkplatzsuchen störten. Sie benahmen sich zuweilen wie Imperatoren, waren manchmal ganz beeindruckende Erscheinungen, aber so wie hier in der Parkplatznot verdarben sie einem wirklich die gute Laune. Babbo holte zwar zu einer weiten Armbewegung aus und zeigte, wie um alles zu erklären und um Verständnis zu werben, auf mich, die kleine *bambina* und auf den nah gelegenen Einkaufsstand. Babbo wirkte so klein und bescheiden vor diesem Vertreter des Gesetzes. Doch plötzlich sank dessen überhebliche Gestalt in sich zusammen. Der Polizist riss sich den Helm vom Kopf und schaute verwirrt, als wollten ihm die Augen aus den Höhlen fallen. Er stammelte: «*È lei, capitano* – sind Sie es, Hauptmann? *Non è possibile* – das ist doch nicht möglich?» Babbo richtete sich auf. Der Polizist, zum Menschen verwandelt, fiel in die noch geöffneten Arme meines Vaters. Dann wandte Babbo sich zu mir: «Komm her, Sabinella! Das ist mein *compagno* aus Jugoslawien. Wir haben als Partisanen in den Bergen gekämpft.» – «Gegen die Deutschen», ergänzte der *compagno.* «Dein Vater war mein *comandante* im Krieg, in Bosnien. Er hat uns durch die Wildnis geführt, verstehst du? Durch die Wildnis im Krieg! Er war fähig wie keiner, er hat uns immer Mut gemacht!» – Ich hatte Hunger, war sieben Jahre alt, wollte nur einkaufen und nach Hause, traute mich aber nicht, mir das anmerken zu lassen, obwohl ich nun doch auf den Parkplatz hoffte. Dem *compagno* rollten Tränen über die Wangen: «Ich kann die Zeit nicht vergessen … Schön, dass du Familie hast … Bleibt, solange ihr wollt!», rief er zum Schluss.

Auch mein Vater war gerührt. Auf der Weiterfahrt wirkte er merkwürdig still und nachdenklich. «Ponte Molle …», höre ich ihn noch heute murmeln.

«Was macht ein Partisan?», fragte ich.

«Ein Partisan kämpft wie ein Soldat, aber für seine Ideale.»

«Wofür hast du gekämpft?», fragte ich.

«Für die Freiheit, aber davon später, jetzt wollen wir zum Mittagessen, *tesoro*.»

«Dürfen wir jetzt immer dort parken?»

Mein Vater gab keine Antwort und schwieg bis nach dem Mittagessen. Dann lenkte er mich mit anderen Geschichten vom Krieg ab. Das war nicht schwer. Mich interessierte ohnehin viel mehr, welche meiner Puppen und welche Spiele ihm gefielen, und wollte ihm in allem gefallen, ihm, der sich nie weigerte, an meinen Gedanken teilzuhaben, und der immer bereit war, mich zu beschützen und zu führen. «Schau, deine Püppchen sind wirklich sehr lieb und schön. Aber jetzt hör mal!», sagte er einst und klopfte an deren Köpfe: «Hör mal, wie hohl es da drinnen ist! Wenn ich das Gleiche mit deinem Kopf tue», er beklopfte ihn leicht, «spürst du, wie voll der ist? In deinem Köpfchen ist dein ganzes Leben, all deine Gedanken, deine Wünsche und deine Erinnerungen, alles, was du bisher erlebt hast. Und all das gehört dir. Du wirst es immer mit dir tragen, dein Leben lang. Komm, ich erzähle dir eine Geschichte …»

So vergingen die Tage der Kindheit, bis wir junge Erwachsene wurden und uns für Politik zu interessieren begannen. Wir sprachen mit meinem Vater über Krieg und Widerstand, Faschismus und Nationalsozialismus und unsere moderne italienische Politik. Vom Partisanenkrieg, von «seinem» Krieg, hörten wir allerdings nur wenig: Hunger, Durst, Kälte und die Gewalt erwähnte er und den Schnee, den er zeitlebens hasste, obwohl die weichen Flocken nur selten durch Roms Gassen tanzten. Grausam, unvorstellbar grausam sei alles gewesen. Anekdotisches hörten wir: Er schlief beim Marschieren, sich am Schweif des Maultieres festhaltend, er hungerte, wenn seine Männer nichts zu essen hatten, ertrug den Durst, wenn sie nichts zu trinken hatten – nur so könne man Vorbild sein. Aber ein ums andere Mal betonte er: Man muss immer miteinander sprechen, erst recht im Krieg. Mehr konnte oder wollte er uns nicht berichten.

Also fuhren mein Bruder und ich mit Freunden im Sommer 1975 nach Jugoslawien, um eine Vorstellung davon zu bekommen, wo Babbo als Partisan gewesen war. Die Eltern der Freunde, die uns begleiteten, kamen ebenfalls aus dem italienischen Widerstand, und deren Kinder hatten die gleichen Fragen wie wir. In Mostar, am Fuß des bosnischen Erzgebirges, machten wir halt. Nach einem Streifzug durch die Gassen von Mostar verweilte ich allein auf der berühmten Brücke über die Neretva, einer Brücke, die es so nicht mehr gibt. Die Brücke von Mostar war 1566 von dem osmanischen Architekten Mimar Hajrudin erbaut worden und verband den osmanischen mit dem christlichen Stadtteil. Ich gedachte jener seltsamen Begegnung meines Vaters an der Ponte Molle mit seinem alten Kampfgefährten. Von den Ufern, aus den Gassen und Häusern der Stadtteile, die nur durch diesen fragilen Brückenbogen miteinander verbunden waren, drangen gedämpfte fremde Stimmen zu mir, während ich auf dem Zenit der hohen Brücke stand. Hier also war mein Vater Soldat gewesen. Hier hatte er nach Mussolinis Sturz seine Truppen davon überzeugt, in den Kampf gegen Hitlerdeutschland zur Befreiung Jugoslawiens einzutreten, an der Seite von Marschall Tito. Hier hatte sich sein Lebensweg entschieden, den ich ihn kannte und doch ganz nicht kannte, sein Leben im Widerstand. In den Dreißigerjahren war er unter Mussolini zum Militärdienst eingezogen worden. Er hatte Ökonomie, dann Philosophie studiert und sich der im Untergrund operierenden kommunistischen Bewegung angeschlossen. 1937 wurde er eingezogen, dann ab 1941 an die Front nach Jugoslawien versetzt und 1942 zum *capitano* ernannt. Nach Mussolinis Sturz und der deutschen Okkupation im September 1943 lösten sich die staatlichen Strukturen Italiens auf. Aber mein Vater setzte den Kampf mit seiner militärischen Einheit auf der Seite der jugoslawischen Partisanen fort. Aufrichtiges Handeln im Sinne seiner Ideale war ihm wichtig. Deshalb hatte er auch 1951 in der Kommunistischen Partei Italiens gegen den Stalinismus opponiert. Die KPI verstieß ihn für zehn Jahre, bis 1961, bis sie endlich selbst «erwachte» und ihn ohne Selbstkritik wieder aufnahm. Mein Vater war standhaft geblieben, die Partei hatte sich in seine Richtung bewegt. Er hatte gewonnen.

Der Abendwind ließ mich frösteln auf der Brücke von Mostar, oder waren es meine Erinnerungen? Jene Erinnerung an einen Abend 1962, als wir Kinder im Bett lagen, aber noch nicht schliefen, während Babbo, Mama und Nonno Fernando im Wohnzimmer zusammensaßen. Wir hörten noch lange ihre Stimmen, ihr Gespräch gleichmäßig dahinfließen und dann plötzlich diesen lauten Schlag, wie ein Hammerschlag auf den Tisch, dass die Teller klirrten. Mit nie erlebter donnernder Wucht und Wut erhob sich die Stimme unseres Vaters: «*No! No! No! Eravate stupidi – o in malafede politicamente, stupidi, in malafede, stupidi in malafede!* – Ihr wart töricht – oder politisch verlogen! Töricht und verlogen!»

«Hast du das gehört?», fragte ich erschrocken meinen Bruder. «Was ist da los?»

«Ach, nichts, Babbo hat schon immer gewusst, dass Stalin ein Verbrecher war, jetzt sagen es alle. Aber er ist wütend, weil Nonno das nicht verstanden hat oder vorher nichts davon wissen wollte.»

Am nächsten Morgen lächelte Babbo, er sei wohl etwas laut gewesen gestern Abend. Die Mama lachte erleichtert und erklärte, dass ein Mensch mit Gewissen sich für Freiheit und Recht einsetzen müsse, auch wenn er beschimpft und verraten wird.

Sogar viele Jahre später noch, im humanistischen Gymnasium Torquato Tasso, das ich nach der Schweizer Schule besuchte, wurde mir wegen dieser Geschichte als der Magnani-Tochter der Spitzname «Laus» angehängt. Nicht, weil ich klein war oder Läuse gehabt hätte, sondern weil Togliatti, der Generalsekretär der KPI, ein strammer Stalinist bis zu seinem Tod, damals im Jahre 1951 meinen Vater als «Laus in der Mähne eines Rassepferdes» verächtlich gemacht hatte.

Unter der Brücke von Mostar wirbelte das Wasser der Neretva träge vor sich hin, leise gurgelnd, als wolle es sagen: «Die Zeit bin ich, die Zeit bin ich, alles fließt.» Die letzten Sonnenstrahlen, vom Wasser hierhin und dorthin geworfen, irrten wie die Schlaglichter meiner Erinnerungen zwischen den Felsen und Mauern hin und her. Dann trank der Fluss die Farben des Abendlichts und verdunkelte sich. Am 8. November 1993 wurde die «Brücke von Mostar» im bosnischen Bürgerkrieg durch gezielte Schüsse von Panzerkanonen zerstört. Wo Brücken so nötig waren, wurde eine der schönsten und bedeutungsvollsten in Europa zerstört; wo Menschen sprechen sollten, wurden Massengräber ausgehoben. Im Sommer 2004 wurde die Neuerrichtung der Brücke gefeiert. Das war ein Trost, aber die alte Brücke ist nicht mehr.

ITALIENISCHE TRÄUME UND ALBTRÄUME

Zum Geburtstag eines Freundes im Gymnasium Torquato Tasso war eine Schnitzeljagd angesetzt worden. Ich war eingeladen und wollte unbedingt teilnehmen. Der Weg zum Haus des Freundes war recht weit, und übernachten mochte ich nicht. Deswegen brachte mich mein Vater gut gelaunt mit dem Auto hin und holte mich ebenso gut gelaunt wieder ab – vielleicht zu gut gelaunt. Lächelnd hatte er die Eltern meines Freundes begrüßt und mich auf dem Rückweg eingehend befragt, wie es gewesen wäre – wie die Eltern sich verhalten hätten und auch der Freund, das Geburtstagskind. Meine Mutter zeigte sich ebenfalls sonderbar interessiert an dieser Geburtstagsfeier. Die Eltern wechselten vielsagende Blicke, während ich, verwundert über so viel Neugierde, brav Rede und Antwort stand. Monate später kamen wir noch einmal auf die Feier zurück, wobei ich erfuhr, dass der Vater dieses Geburtstagskindes in den Fünfzigerjahren von der KPI den Auftrag erhalten hatte, meine Eltern auszuspionieren.

«Warum habt ihr mir das nicht gleich gesagt?», protestierte ich.

«Das hat nichts mit euch jungen Leuten zu tun», war die Antwort. «Wir haben damals richtig gehandelt und können verzeihen. Mit seinem schlechten Gewissen aber muss jeder selber fertig werden, und manche Menschen bleiben sehr allein damit. Suche du dir die Freunde, die dir gefallen.»

Krise einer Generation lautete der Titel eines Buches, in dem mein Vater 1951 mit dem Stalinismus abgerechnet hatte. Die Krise dauerte bis in unsere Generation. Aber es kam Hoffnung auf. «Sie bewegt sich doch», spottete Babbo, als sich die KPI Jahrzehnte später Schritt für Schritt von Moskau entfernte. *Seine* Rückkehr in die Partei war nur ein Anfang gewesen. Die innen- und außenpolitischen Debatten der KPI wurden breiter und offener geführt. Vor allem das Eintreten der jungen Generation innerhalb der KPI für Freiheit und soziale Gerechtigkeit hatte einen besonderen Anteil an dieser Wandlung. Die europäische Jugendbewegung von 1968, der ersten in Frieden und Freiheit aufgewachsenen Nachkriegsgeneration, bewegte auch uns schon, als wir noch zur Schule gingen. Mein Bruder Marco saß später mit dem fünfzehn Jahre älteren Rudi Dutschke 1976 auf dem Podium der kommunistischen Jugendorganisation in Rom, um in öffentlichen Diskussionen über Freiheit und Sozialismus zu sprechen. Auch im «Tasso» brodelte es. Schüler revoltierten gegen Lehrer. Die Schulleitung fürchtete um ihren Bildungsauftrag. Die Schüler hatten eigene Vorstellungen von Bildung und fürchteten um die soziale Gerechtigkeit. Die Gegensätze zwischen den Generationen erschienen unüberbrückbar. Auch in Italien drifteten einige Jugendliche aus der Linken in den Terrorismus ab, aber das waren extreme Einzelfälle. Mein Bruder und ich engagierten uns innerhalb und außerhalb der Schule bei der «Föderation junger italienischer Kommunisten» der KPI, der Federazione Giovanile Comunista Italiana (FGCI). Es wurden Kundgebungen organisiert, an denen wir auch während des Unterrichts teilnehmen wollten, wir agitierten für Frieden, gegen Ungleichheit in der Bildung, forderten humanistische Bildung für alle und protestierten gegen den Einsatz von Schlagstöcken bei Demonstrationen gegen den Vietnam-Krieg. Das *Tasso* war eine Schule des aufgeklärten römischen Bürgertums. Schüler aus der Arbeiterklasse konnte es kaum vorweisen. Wegen der unerlaubten Teilnahme an einer Demonstration der Fiat-Arbeiter während der Unterrichtszeit bekamen wir erhebliche Schwierigkeiten mit der Schulleitung. Zusammen mit anderen Eltern verhinderte mein Vater unseren Rauswurf mit dem Argument, dass politisches Engagement Ausdruck einer humanistischen Haltung sei und den Bildungszielen sowie der humanistischen Tradition der Schule entspräche.

Wir bezogen unsere Ideale auf die konkrete Tagespolitik. Die wurde im Zuge der «neuen Ostpolitik» von Willy Brandt auch für uns in der Familie in verschiedener Hinsicht konkret. Denn nach der Ratifizierung der Ostverträge zwischen der Bundesrepublik Deutschland, der DDR und den Siegermächten wurden die «Weltjugendfestspiele» erstmals auf dem Boden der DDR ausgetragen. Junge politisch engagierte Leute der ganzen Welt reisten im Juli 1973 auf Einladung der DDR nach Ost-Berlin. Was immer sich die SED und die Führungskader der FDJ (Freie Deutsche Jugend) vorgestellt haben mochten – wir Italiener wollten dabei sein. Das war für uns eine Gelegenheit, die «Hauptstadt der DDR» kennenzulernen. Viele junge Italiener kehrten später noch einmal zum Studieren in die DDR zurück. Die Unterstützung des Einmarschs der Sowjetunion in Prag durch die DDR, um den Prager Frühling von 1968 unter Dubček zu unterdrücken, hatten wir jedoch nicht vergessen. Die italienischen Kommunisten hatten sich von der *invasione* – dem «Einmarsch» in die ČSSR distanziert und mit diesem Schritt über Nacht ihre gegenüber Moskau konkurrierende ideologische Rolle hervorgekehrt. Im guten Glauben und mit hohen Idealen machten sich also 1973 achthundert freiheitsliebende, lebenslustige junge Italiener aus dem ganzen Land bestens gelaunt auf den Weg, um in der DDR, bei Sport und Gesang, freimütig und kritisch zu sagen, was sie dachten. Als offizielle Dolmetscherin der italienischen Delegation durfte ich kostenlos mitreisen.

Die achthundert Jugendlichen saßen jeweils zu sechst in den geschlossenen Abteilen der Eisenbahnwaggons, denn Liegeplätze gab es keine. Zwei volle Tage dauerte die Reise, mit einem weiten Umweg um Westdeutschland herum, durch die sogenannten «sozialistischen Bruderländer». Die Schienen hämmerten und kreischten in unseren Ohren, die Hygiene in Toiletten und Waschräumen war besorgniserregend, doch wir Italiener sind einiges gewohnt und gut im Improvisieren. Wir überlebten das Chaos und waren voller Erwartung auf den «ersten sozialistischen Staat auf deutschem Boden». Diese immer wiederkehrende Floskel klang in meinen Ohren, als gäbe es noch Hoffnung auf einen zweiten.

In Dresden war ein Zwischenaufenthalt für mehrere Stunden geplant, dann sollte es zügig zur «Hauptstadt» weitergehen. «Wohin, bitte?», fragte ich. «Zur Hauptstadt!», wurde mir entgegnet, eine andere Bezeichnung für Berlin hörte ich nicht. Ich fragte im Scherz, ob die Hauptstadt «Hauptstadt» heiße, bekam aber keine Antwort. Da gab es wohl ein Problem. Jeder Römer genießt es, von Rom zu sprechen, von Rom als einem Inbegriff der Kultur, der keine Attribute braucht. Die DDR zeigte keinen Stolz auf den Namen ihrer Hauptstadt, als wäre Berlin ein Findelkind der Geschichte oder Berlin ein Begriff mit doppeltem Boden.

Wir stiegen in Dresden aus. Ein Mittagessen wurde gereicht: Schmorbraten in brauner Soße mit «Sättigungsbeilage», ein Wort, das ich nicht kannte und zunächst nicht verstand, bis ich die sättigende

Wirkung der Beilage auf der Zunge und im Magen verspürte. Die freie Zeit nutzte ich für einen Gang durch die Altstadt zur Gemäldegalerie, genauer gesagt, zur «Sixtinischen Madonna» von Raffael. «Sei nicht so römisch», spotteten die Freunde, «du bist im ersten sozialistischen Staat auf deutschem Boden, und dir fällt nichts Besseres ein als Raffael?» Das war ein ungerechter Vorwurf, denn der Anblick der Altstadt, die als «Elbflorenz» zu den schönsten Städten der Welt gehört hatte, erschütterte mich. Da war keine Stadt, da lag eine offene Wunde vor mir. Wo fröhliche Menschen in stolzen Bürgerhäusern und barocken Palästen geweilt hatten, erstreckten sich verödete Freiflächen. Von der Frauenkirche ragte nur eine Mauerecke aus einem wüsten Haufen barocker Steinquader auf wie eine skelettierte Kralle. Die Fenster der Schlossruine waren noch hohl und schwarz vom großen Brand, aufgerissen wie zum stummen Schrei. Noch nie hatte ich eine zerbombte Stadt gesehen. Ruinen kannte ich wohl, Rom ist voll davon, doch Rom glänzt. Dresden weinte still und trug eine stumme Trauer.

Der Barock war eine fröhliche Architektur gewesen, ein Ausbruch von Sinnenfreude, eine Epoche der Hoffnung nach dem Dreißigjährigen Krieg, Freude über den endlich gewonnenen Frieden. Deshalb flüchtete ich zur Madonna von Raffael.

Auf der Weiterfahrt winkten uns an den Bahnhöfen junge Menschen zu, Kinder mit roten Fähnchen und Emblemen der DDR. Sie standen in Reih und Glied und sangen für den kurzen Zwischenaufenthalt von «Frieden, Freundschaft, Solidarität». In ihren Augen sahen wir eine heimliche Sehnsucht nach dem Süden. Wie anders wirkten sie auf uns als jene Deutschen, die sich so satt und zufrieden an unseren Stränden sonnten. Die Landschaft wurde weiter und leerer, je näher wir der «Hauptstadt» kamen. Schier unendliche Kornfelder und magere Wälder zogen an uns vorüber, bis uns endlich die Hauptstadt mit Hammer, Zirkel und Ährenkranz, mit roten Fahnen und Wimpeln festlich empfing. Wir wurden in der Coppistraße, in Berlin-Friedrichshain untergebracht. Niemand ahnte, dass wir fast unter den Augen und Ohren der Stasi-Zentrale in der Normannenstraße wohnten. Aber das war nicht wichtig für uns freie Kommunisten aus dem freien Italien. Wir spürten im Gegenteil hier unsere Freiheit doppelt stark und wollten gehört und gesehen werden, egal von wem!

Die Stimmung auf den Straßen schien heiter. Die Menschen hatten gute Laune von draußen mitgebracht: Westeuropäer, Lateinamerikaner, Araber und Afrikaner. Der «Westen» war in die DDR gekommen. Die Bezeichnung «Woodstock des Ostens» machte später die Runde, obwohl alles durchorganisiert war. Nichts durfte entgleiten, nichts sich spontan entwickeln, und doch ging etwas schief: Beim Einmarsch der tschechoslowakischen Delegation ins «Stadion der Weltjugend» rührte sich bei uns nicht eine Hand zum Beifallklatschen! Eine heftige Rüge der DDR-Kader brachte uns das ein, doch wir konnten die sowjetischen Panzer auf dem Wenzelsplatz, die auf unbewaffnete Menschen gezielt hatten, nicht vergessen und blieben bei unserer unabhängigen Haltung. Die Glücksgefühle der offiziellen DDR-Vertreter über ihren «realen Sozialismus» konnten wir nicht nachempfinden. Kontakte zur offiziellen DDR blieben begrenzt und formal. Viele von uns dachten: «Wozu denn, die wollen doch nicht heraus aus ihrem eingemauerten Denken!»

Kritische Diskussionen zur Berliner Mauer waren im Programmablauf selbstverständlich nicht vorgesehen. Kritik an Moskau wurde nicht geduldet. Aber auf den Straßen wurden wir spontan von jungen Deutschen um Autogramme und Gespräche über unser Land und den Westen gebeten. Ihr Seufzen machte uns traurig, wenn wir auf ihre Fragen nach woher und wohin antworteten: «Aus Italien! – Nach Italien!» Wir hörten dem offiziellen Programm kritisch zu, hatten nichts zu verbergen, blickten uns immer wieder zweifelnd und schmunzelnd an, wenn wir hörten, dass im «ersten realen sozialistischen Staat auf deutschem Boden» alles auf dem richtigen Wege sei. Ausgerechnet in Deutschland, das auf die «deutsche Frage» zwei Antworten gegeben hatte. Unsere Fragen wurden mit ideologischen Worthülsen beantwortet. Beschämend fanden wir die französischen Kommunisten, die sich in moskauhöriger Hartleibigkeit jeder ernsthaften Analyse und Auseinandersetzung entzogen. Da die DDR wohl aus Vorsicht eigene Dolmetscher beauftragt hatte, beschränkte ich mich darauf, aufzupassen, ob die beauftragten Dolmetscher korrekt übersetzten. Immer wieder wurde ich aus unsrer Delegation misstrauisch, manchmal fassungslos gefragt, ob wirklich alles richtig übersetzt worden sei. An den Übersetzern gab es nichts zu bemängeln. Die Inhalte waren die bittere politische Realität. Wir hatten gehofft, in Berlin den Eisernen Vorhang ideologisch ein wenig lüften zu können. Das war idealistisch und naiv gedacht.

Obwohl wir nur die halbe Stadt im Osten erlebten, erregte deren Größe und Weite unser Staunen, erschreckte aber auch durch seelenlose neue Mietskasernen, heruntergekommene Altbauten, leere Freiflächen und Industrieanlagen, die abbruchreif wirkten. Die jungen internationalen Gäste, die die Straßen mit ihren lateinamerikanischen und afrikanischen Rhythmen füllten, milderten zwar den Anblick. Aber was würde nach dem Fest kommen? Wir ahnten nichts Gutes. Und doch, so hörte ich von späteren Freunden in Ost-Berlin, soll dieses Festival für viele Menschen in der DDR eine wichtige Lebenserfahrung gewesen sein. Denn die «Völker der Welt», denen schon Ernst Reuter während der Blockade aus West-Berlin zugerufen hatte: «Schaut auf diese Stadt!», sie hinterließen in Ost-Berlin eine Saat der Freiheit, die nur noch Zeit brauchte, um aufzugehen.

Es gab aber auch verwunderliche Eindrücke ganz anderer Art: Ein bärtiger Araber, das Beduinentuch locker um Kopf und Hals gelegt, sprach meinen französischen Begleiter, den ich am Vortag kennengelernt hatte, an: «Für fünf Kamele kaufe ich deine Frau.» – «Wie bitte?» – «*N'avez vous pas compris?* – Haben Sie nicht verstanden? Es ist mein Ernst! Hast du Lust, in mein Land zu kommen?», richtete er das Wort an mich: «Fünf Kamele ist sehr viel für eine Frau.» Ein echtes Angebot also, wenn auch nicht im Sinne des real existierenden Sozialismus, dessen Realitäten mich allerdings auch nicht begeisterten. Das bemerkenswerte Angebot war kaum geeignet, meine Lust auf Wiederkehr in diese Stadt zu wecken; nicht nur aus politischen und frauenrechtlichen Gründen, sondern weil auch mein Freund, mit dem ich die Reise angetreten hatte, mich in der «Hauptstadt» verlassen hatte. Ich fühlte mich wie die «verkaufte Braut».

Einmal durften wir auch auf der anderen Seite der Mauer die «selbstständige politische Einheit Westberlin auf dem Boden der DDR» besuchen. Auf DDR-Landkarten war dort, wo West-Berlin liegen musste, nur ein weißer Fleck, wie der blinde Fleck auf der Retina, auf der roten Netzhaut im Augapfel, oder wie eine Terra incognita in der Antarktis. Wir fuhren mit der S-Bahn vom Bahnhof Friedrichstraße ab und hinüber, auf dem letzten «Nervenstrang», der Ost-Berlin mit der freien Welt in West-Berlin verband. Wir fuhren in die Richtung Bahnhof Zoologischer Garten. Mein Schulfreund Lucio Caracciolo stand mir zur Seite, als ich zum ersten Mal in dieses «weiße Nichts» von West-Berlin einreiste. Lucio ist heute Herausgeber des *Limes*, eine der wichtigen geopolitischen Fachzeitschriften Italiens, ein Experte für internationale Politik. «Jetzt ist Schluss mit lustig», hatten wir schon so manches Mal mitten in einem Heiterkeitsausbruch reden gehört. Das traf unsere Empfindungen in der S-Bahn, als wir nach einem langen Marsch durch ein verwirrendes System von Gängen, Treppen und Tunnels auf den Bahnsteig gelangten, dessen andere Hälfte mit Stahlplatten verschweißt war: die «Endstation Sehnsucht» für die Menschen im Osten. Die Stahlplatten trennten den Bahnsteig des Ostens vom Westverkehr. Soldaten, uniformiert wie im Schnittmuster der deutschen Wehrmacht mit Reiterstiefeln und Schirmmützen, patrouillierten auf der oberen Galerie der Bahnhofshalle, die Waffe am Gurt und im Hüftanschlag.

In der S-Bahn überquerten wir am Reichstag die Spree und die Sektorengrenze. Unter uns lag gelber Sand am Ufer, hell und einladend wie zum Sonnenbaden, aber durchsetzt mit Panzersperren und Stacheldraht. Auf der Spreebrücke im Osten versperrten Sichtblenden den Blick nach Westen. Am Bahnhof Zoologischer Garten war alles ruhig, kein Trubel, kein Fest, nicht ein Hauch davon, so als befänden wir uns in einer anderen Welt oder in einer anderen Zeit. Wir schlenderten durch das Europa-Center, über den Kurfürstendamm. Ich musste nach Dahlem in die Gemäldegalerie zu Tizian und Caravaggio. Für den Rückweg nahmen wir die U-Bahn am Bahnhof Kochstraße und fuhren unterirdisch unter dem Checkpoint Charlie und der Mauer hindurch. Im schwarzen U-Bahn-Schacht taten sich düstere Grotten auf. Langsam, ohne Halt, fuhr der Zug durch tote U-Bahnhöfe – wie Geisterbahnhöfe in einem Schattenreich, die Bahnhöfe von «Stadtmitte» und «Französische Straße» unter dem Ostsektor. Eine dunkle Gestalt stand wartend auf dem Bahnsteig, wie Charon, der Fährmann am Acheron, aber in Polizeiuniform. Wir schauten in die blinden Fenster eines alten Zeitungsladens. Sekunden dauerte der Blick in dieses Totenreich, dann war der Zug, wie die Ströme des Vergessens, wie Lethe und Acheron vorübergeglitten, als hätte es dort niemals lebende Menschen gegeben. Wir passierten im Ostsektor den «Grenzübergang Friedrichstraße» und die Kontrollen der Volkspolizei und verließen den Bahnhof über die Spree in Richtung Weidendammer Brücke.

Am Tränenpalast zwischen Spree und Bahnhof sammelten sich Menschen, um Abschied zu nehmen: Die einen verschwanden im Inneren, die anderen blieben nach den Umarmungen und Küssen mit geröteten Augen zurück. Wir verweilten am eisernen Adler, der am Brückengeländer prangte, und schauten auf das schmutzige Wasser der Spree, auf die gewaltige schwarze Gewölbehalle des Bahnhofs, um diese Bilder nie mehr zu vergessen. Ein Trugbild gaukelte uns die Hauptstadt mit dem Festival vor. Nichts würde sich verändern in diesem System. Noch einen Tag blieben wir, dann reisten wir ab. Zwei lange Tage schleppte uns der Zug zurück durch den Ostblock und Jugoslawien nach Triest und Rom.

Auch Italien war lange ein gespaltenes Land gewesen, bis zu seiner Einigung unter Garibaldi und Cavour. Schon früh war es gespalten zwischen Kirchenstaat und der rivalisierenden Großmacht des Heiligen Römischen Reichs Deutscher Nation im Mittelalter, dann gespalten zwischen den Großmachtansprüchen Spaniens, Österreichs und Frankreichs, und erneut unter der deutschen Besatzung nach Mussolini. Zwar konnte Italien 1945 seine staatliche Einheit bewahren, doch Italiens Gesellschaft blieb gespalten. Die Menschen blieben in ihrer Staatsferne skeptisch gegenüber dem Staat, wie die Menschen in der DDR, sie waren sprichwörtlich «unzuverlässige Bürger», und die gewandelte KPI schien trotz aller Bewegung zu ewiger Opposition verurteilt, obwohl sie sich sozialdemokratisch geöffnet und sich von ihrer ideologischen Abhängigkeit befreit hatte. Die Spaltung der italienischen Gesellschaft in politischer und sozialer Hinsicht war augenscheinlich: in arm und reich, gebildet und ungebildet, feudalistisch und industriell, in Süd- und Norditalien, in erstarrte Bürokratie und unternehmerische Dynamik, in den weltlichen Staat und den religiösen des Vatikans.

Aber das Land war noch frei. Weltlicher Staat und Kirche, Christdemokraten und Kommunisten konkurrierten um die Gunst der Menschen. Der Rechtsstaat kämpfte gegen die immer mächtiger werdenden Organisationen der Mafia, der Camorra und der N'drangheta. Aber das Land war noch frei.

Deutschland in seiner Teilung hatte durch die Ostpolitik Willy Brandts Veränderung und Bewegung erreicht. Wandel durch Annäherung – Annäherung durch Wandel: Das klang wie ein Zauberwort. Auch Italien musste ähnliche Wege beschreiten, nach innen, um die Spaltung seiner Gesellschaft zu überwinden. Die Vision eines *compromesso storico* – eines «historischen Kompromisses» – zwischen Christdemokraten und Kommunisten kam seit 1973 ins Gespräch und gewann im Licht der Außenpolitik Willy Brandts und dank Enrico Berlinguer und Aldo Moro über die Jahre zunehmend an politischer Kraft. Der historische Kompromiss wurde schließlich 1977 zum alles beherrschenden innen- und außenpolitischen Thema. Außenpolitisch deshalb, weil die Beteiligung einer kommunistischen Partei an der Regierung eines NATO-Verbündeten bündnispolitische Auswirkungen haben würde. Italien verstand sich wie Deutschland ideologisch als «Objekt» des Kalten Krieges, um hier den Begriff «Opfer» zu vermeiden. Es war deshalb keine «italienische Übertreibung», wenn man in Italien mit dem großartigen Begriff des historischen Kompromisses etwas zu beschreiben versuchte, was man in Deutschland einfach und unaufgeregt «große Koalition» nannte. Denn eben die große Koalition war aufgrund der gespaltenen Bewusstseinslage der italienischen Gesellschaft in Italien nicht möglich: weil die KPI in weiten Kreisen der Gesellschaft nicht als demokratischer Konkurrent, sondern als feindliche Kraft angesehen wurde. Es ging der KPI allerdings um mehr als nur ums Mitregieren durch «Abnicken». Es ging um Veränderung, um die Weiterentwicklung des Landes und um die Überwindung einer ideologischen Starre, ja einer Bewusstseinsspaltung. Italien war ein Land, dessen Hauptstadt nicht nur Sitz der säkularen christdemokratischen Landesregierung war, sondern auch Sitz des Vatikans und der Kommunistischen Partei. Mit 1,8 Millionen Mitgliedern war die KPI die mächtigste kommunistische Partei der westlichen Welt. Zunehmende Wahlerfolge der KPI steigerten zwar stetig die Möglichkeit einer unmittelbaren politischen Einflussnahme, sodass die italienischen Christdemokraten sich 1978 nur noch dank einer Tolerierung durch die KPI an der Regierung halten konnten. Doch trotz ihres inneren Wandels hatte die KPI in den späten Siebzigerjahren noch immer nicht das Vertrauen des Westens gefunden. Das zeigte sich sogar noch 1984, als in unserer römischen Wohnung, vermittelt durch unsere Mutter und unter äußerster Geheimhaltung, eine Begegnung zwischen Willy Brandt und Enrico Berlinguer arrangiert wurde. Um ein Vielfaches größer war das Misstrauen in den frühen Siebzigerjahren gegen die KPI gewesen. Zudem hatte sich die soziale Krise verschärft. Bei hoher Arbeitslosigkeit stagnierte die italienische Wirtschaft. Die Inflation galoppierte. Sie stieg von 1977 bis 1980 von über 18 auf über 21 Prozent. Das Land befand sich wirtschaftlich im freien Fall. Als *scala mobile* – Rolltreppe – wurde die an die Inflationsrate gekoppelte Steigerung der Arbeitslöhne bei sinkender Wirtschaftsleistung bezeichnet. Die *scala mobile* bewirkte die Illusion eines Aufstiegs, der in Wirklichkeit ein Abstieg war, und verschleierte den Zusammenhang von Inflation und abnehmender Wirtschaftskraft.

Es war nicht nur eine Zeit der Spaltung, es war auch eine Zeit der Spannung und der Angst. Am 12. Dezember 1969 um 16.37 Uhr waren in Mailand, an der Piazza Fontana, vor der Landwirtschaftsbank, und in Rom vor der Banca Nazionale del Lavoro, in der Via San Basilio und vor dem Altare della Patria, dem «Altar des Vaterlands» an der Piazza Venezia, zeitgleich drei Bomben explodiert. Mein Bruder hörte in seiner nahe gelegenen Schule die Detonation der Bombe aus der Via San Basilio. Diese Bomben hatten die «Strategie der Spannung» eingeleitet, die über Jahre anhielt. In Mailand waren sechzehn Tote und hundert Verletzte, in Rom sechzehn Verletzte zu beklagen. Ein schmutziger Krieg gegen die Menschen hatte begonnen, der sich in den Siebzigerjahren drastisch verschärfte. Traurige Höhepunkte waren die Attentate in Brescia vom Mai 1974 mit acht Toten, die Sprengung des Eilzuges «Italicus» in einem Eisenbahntunnel zwischen Florenz und Bologna im August 1974, der Bombenanschlag auf den Bahnhof von Bologna am 2. August 1980 mit 85 Toten und 200 Verletzten sowie zahllose Entführungen, Geiselnahmen und Erpressungen. Faschisten, Mafia und die *brigate rosse* – die Roten Brigaden – griffen die Bürger, die Menschen, die Gesellschaft von allen Seiten an. Es gab Bombenanschläge bis in die Neunzigerjahre, zuletzt auf die Uffizien in Florenz, auf den Lateranpalast und wieder zeitgleich auf *San Giorgio in Velabro* in Rom, Ende Juli 1993. San Giorgio in Velabro ist eine der ältesten Kirchen des frühen Christentums in Rom, deren Ursprünge bis in das Jahr 685 n. Chr. zurückreichen. Sie steht nahe dem Janusbogen, wo der Sage nach Romulus und Remus angeschwemmt worden waren. Diese Attentate, die auch mich nachts aus dem Schlaf gerissen hatten, sollten Rom an den historischen Wurzeln treffen. Die Orte waren bewusst gewählt, denn ihre heidnisch-mythische und christliche Bedeutung ist jedem Italiener, zumindest jedem Römer geläufig. Und es gab Bombenanschläge als Racheakte der Mafia gegen namhafte Ermittler der Polizei und der Staatsanwaltschaft.

Um den seit 1978 vorhersehbaren Verfall des Landes zu stoppen, wollten Aldo Moro und Enrico Berlinguer den historischen Kompromiss beschließen. Berlinguer erklärte für die KPI: Italien werde auch unter der Regierungsbeteiligung der KPI Mitglied der Nato bleiben. Seine Begründung lautete: Ein demokratischer Wandel zum Sozialismus könne sich nur in Freiheit und nur unter dem Schutz der Nato entwickeln! Das war eine unerhörte ideologische Herausforderung an Moskau, ja ein Schlag ins Gesicht der KPdSU. Eine Koalition von Kommunisten und Christdemokraten sollte Reformen einleiten und das Land stabilisieren. Doch am 16. März 1978 wurde Aldo Moro entführt, angeblich von den Roten Brigaden, um die Freilassung inhaftierter Gesinnungsgenossen zu erpressen. Doch niemand wusste Genaues. Der Erpressung wurde nicht nachgegeben, nachdem in Deutschland im Oktober 1977 die Ermordung des Arbeitgeberpräsidenten Hans Martin Schleyer in Kauf genommen worden war, um dem Terrorismus der Roten-Armee-Fraktion (RAF) die Nicht-Erpressbarkeit des deutschen Staates zu demonstrieren. Am 9. Mai 1978 wurde Aldo Moro nach wochenlanger Geiselhaft ermordet und im Kofferraum eines gestohlenen Autos in der Via Caetani abgestellt, nahe der Piazza del Gesù (dem «Jesusplatz») und der Via delle Botteghe Oscure (der «Straße der dunklen Geschäfte»), wo sich damals die Parteizentralen von Christdemokraten und Kommunisten befanden. Dieser ungeheuerliche Zynismus gegenüber Menschen, die zusammenführen statt spalten wollten, beendete alle Bemühungen um den «historischen Kompromiss».

Das Jahr 1978 gehörte aber nicht nur wegen der Ermordung Aldo Moros zu den dramatischsten Jahren Italiens. Es ging auch als «Drei-Päpste-Jahr» in die Geschichte ein, denn Papst Paul VI. verstarb im August. Sein Nachfolger, Papst Johannes Paul I., starb nach einer Amtszeit von nur dreißig Tagen im September. Ein Gerücht, er sei vergiftet worden, ging um. Am 16. Oktober 1978 wurde Karol Wojtyla zum Papst gewählt und trat als Johannes Paul II. sein Amt an. Karol Wojtyla war der erste nicht-italienische Papst seit 1523 und der erste Papst polnischer Nationalität. Er hatte unmittelbar und persönlich die beherrschenden totalitären Systeme seines Jahrhunderts erlitten, den Nationalsozialismus und den Kommunismus.

Diese Papstwahl versetzte nicht nur den Vatikan, sondern auch Rom und Italien in eine einzigartige Lage. Johannes Paul II. stand – im Herzen Roms – an der Spitze der katholischen Kirche, er besaß Herz und Verstand, das heißt, er wurde populär. In unmittelbarer Nachbarschaft wirkte zugleich die sich zwar noch «kommunistisch» nennende KPI, die jedoch mit der Vision des freiheitlich-demokratischen «Eurokommunismus» deutlich auf Konfrontationskurs zu Moskau gegangen war. Zwei Konkurrenten im Kampf der Weltanschauungen, die KPI einerseits und die katholische Kirche unter dem polnischstämmigen Papst andererseits, traten in räumlicher und politischer Nachbarschaft, sozusagen Schulter an Schulter, gegen die Kremlführung in Moskau an. Während die KPI 1,8 Millionen Mitglieder hinter sich wusste und bei den italienischen Parlamentswahlen endlich von Erfolg zu Erfolg eilte, vereinte der Papst die polnischen Katholiken hinter sich, aber nicht nur diese: Er gewann über die religiösen Schranken hinaus zunehmend an Sympathie und weckte das Interesse der Menschen weltweit. Die Spannung zwischen der KPI in Rom und der KPdSU in Moskau nahm stetig zu. Die KPI empfahl sich den Bürgerrechtsbewegungen im Ostblock mit ihrer Forderung nach einem «Kommunismus mit menschlichem Antlitz». Wie Wellen sich physikalisch gegenseitig verstärken, wenn sie aufeinandertreffen, verstärkten sich die Wirkungen der persönlichen und religiösen Autorität des polnischen Papstes und die humane Vision der KPI von einem humanen Eurokommunismus. Es war nicht allein das Amt und die Persönlichkeit des Papstes und auch nicht allein die oppositionelle Rolle der KPI gegenüber dem Kreml, sondern deren gleichzeitiger Impuls aus Rom, der die Bürgerrechtsbewegungen in Polen und im Ostblock begünstigte und verstärkte. Das Attentat des Türken Ali Ağca vom 13. Mai 1981 auf dem Petersplatz in Rom auf den Papst und dessen Rettung erhöhte das Charisma von Johannes Paul II. und beschleunigte den Verfall der Reputation des unter Verdacht geratenen Ostblocks, denn Spuren des Attentäters führten zum Geheimdienst im kommunistischen Bulgarien, ja bis zum Kreml und in die Stasi-Zentrale nach Ost-Berlin, vermutete man.

Der Militärputsch in Polen durch Wojciech Jaruzelski vom 13. Dezember 1981 führte zum endgültigen und offiziellen Bruch – dem sogenannten *strappo* – der KPI mit der KPdSU. Im Rückblick kann nicht ausgeschlossen werden, dass schon der *compromesso storico* vom Kreml als eine direkte Bedrohung seiner ideologischen Vorherrschaft empfunden und bekämpft wurde. Die Ermordung Moros erschien aus Moskauer Sicht als opportun. Es war nicht undenkbar, dass Hintermänner auch dieser Tat im Kreml saßen. Einem solchen Verdacht nachzugehen, verbot aber die damalige Staatsräson.

Die polnische Kirche in Rom in der Via delle Botteghe Oscure ist Stanislaw von Krakau, einem der polnischen Nationalheiligen, geweiht. Sie befindet sich fast am Fuße des Kapitols, unmittelbar neben der damaligen Parteizentrale der KPI und unweit von unserer damaligen Wohnung. In der Via Caetani, einer Seitenstraße nur ein paar Schritte weiter, war 1978 Aldo Moros Leiche gefunden worden. Vor unserer Haustür, ja vor unseren Augen prallten die Schockwellen aufeinander. Das alte Rom mit dem polnischen Papst und der verjüngten KPI war gegen Moskau angetreten, das sich lange als ein «drittes Rom» verstand. Wenn wir von der Via dei Polacchi, der «Straße der Polen», in die Via delle Botteghe Oscure, an der Parteizentrale der KPI vorbei, mit ein paar Schritten nach links zur Kirche des heiligen Stanislaw gingen, begegneten uns die Menschen aus Polen, die angesichts der großen Erschütterungen in ihrer Heimat hofften und beteten. Oft stand ich mit meinem Vater vor der Gedenktafel für Aldo Moro. Und wenn ich in meinem Berliner «Kiez» auf einer der Aussichtsplattformen über die Mauer blickte, fühlte ich mich wie auf der Brücke in Mostar. Unaufhaltsam sah ich die Kraft der Ideen in den Bürgerrechtsbewegungen im Osten und die Idee eines Kommunismus mit menschlichem Antlitz aus Rom aufeinander zustreben. Wo und wie würden sie sich begegnen, würden sie sich vereinen und sich verstärken? Die von polnischen Arbeitern erkämpfte erste freie Gewerkschaft in einem kommunistischen Land, die Solidarność, wirkte wie der italienische Versuch des *compromesso storico* und hatte tatsächlich ähnliche fatale Folgen, als sie im Militärputsch Jaruzelskis unterging. Der reale Sozialismus wollte sich nicht mit den humanen Werten des Christentums und der Aufklärung versöhnen. Der Militärputsch in Polen erwies sich politisch und ideologisch als der Offenbarungseid eines repressiven totalitären Herrschaftssystems.

In dem vom Vatikan 2005 eröffneten Testament Papst Johannes Pauls II. war zu lesen, dass der Papst im Falle eines sowjetischen Einmarschs in Polen nach Polen zurückgekehrt wäre. Der Militärputsch in Warschau unterbrach aber nur vorübergehend die Kraft der Bürgerrechtsbewegung. Die Ideen wirkten weiter, auch außerhalb des Ostblocks, vor allem aber in Rom, dem neuen weltanschaulichen Zentrum der Gegenkräfte aus Kirche und KPI.

Die Politik wirkte in diesen Jahren wieder direkt in unsere Familie hinein, wenn auch aus einer anderen Richtung – nicht aus dem Kreml, wie in den Fünfzigerjahren. Diesmal kam der Druck aus Deutschland. Meine Mutter hatte bereits mehrere Jahre für die ARD über italienische Politik etc. berichtet. Als die Sowjetunion 1968 in die Tschechoslowakei einmarschiert war, sprach sie erstmals in einem großen Bericht über die ablehnende Haltung der italienischen Kommunisten gegen diesen Völkerrechtsbruch durch Moskau. Trotz der Verleumdungen gegen meinen Vater in den Fünfzigerjahren durch die KPI und ihren Generalsekretär Togliatti, der erst spät, praktisch erst auf dem Totenbett, die ideologische Wende in der KPI einzuleiten wagte, blieb meine Mutter sachlich und korrekt bei ihrer Berichterstattung, obwohl das Umdenken der KPI natürlich eine ganz persönliche Genugtuung für sie war. Ihre journalistische Tätigkeit und die politische Rolle meines Vaters brachten es mit sich, dass viele deutschsprachige Kollegen in unserem Hause verkehrten. Meine Eltern waren eine erstrangige Quelle zum Verständnis der italienischen Politik.

Die leidenschaftlichen Diskussionen über den Ost-West-Konflikt waren aber nicht das einzige Thema, das uns und sie beschäftigte. Meine Mutter und ihre Mitarbeiter hatten den Anspruch, auch über andere Ereignisse zu berichten, und sie gingen dabei zuweilen bis an ihre Grenzen. Das Team scheute keine persönlichen Gefahren, wenn meine Mutter über Erdbeben, Kinderhandel, Cholera, Gewalt auf den Straßen Kalabriens oder den Chemieunfall vom 10. Juli 1976 in Seveso berichtete: «Seveso war die Apokalypse! Was zählt der Mensch noch, wo das möglich ist?», sagte sie, fassungslos über die Katastrophe, bei der ein ganzer Landstrich Italiens und Hunderte von Menschen durch das hochgefährliche Dioxin TCDD vergiftet worden waren. Bis heute wirken die Folgen dieser Katastrophe nach, mit einer Häufung von Entwicklungsstörungen bei Kindern und anderen typischen Krankheitsfolgen.

Aber – das soll nicht unerwähnt bleiben – meine Mutter schrieb auch unterhaltsame Berichte. Über die italienische Fingersprache zum Beispiel, denn Italiener gebrauchen ihre geschickten Hände nicht nur, um edles Design und erlesenes Kunsthandwerk zu produzieren, sondern sie können sie bekanntlich auch beim Reden nicht eine Minute stillhalten.

Aus diesem Teamgeist entwickelten sich dauerhafte Freundschaften. Ich erinnere mich zum Beispiel an einen Kamera-Assistenten, der 1967 zum Team meiner Mutter stieß. Ich war etwa zwölf Jahre alt. Er kam aus München, und er sprach nur einen einzigen italienischen Satz: «*Dove è la casa di Carlo?* – Wo ist das Haus von Carlo?» Mit diesem Satz fand er sein erstes Zuhause in der Nähe des *Campo de' Fiori*. Carlo muss wohl ziemlich bekannt gewesen sein. Der Münchner sah aus wie ein Kalabreser, von kleiner Statur mit blauen Augen unter dem schwarzen Haar. Sein Italienisch wurde im Milieu des Campo de' Fiori rasch besser. Als er erstmals bei uns zu Hause erschien, begrüßte ich wie immer alle Gäste. Es gehörte sich, eine *bella figura* zu machen. Vor dem Zubettgehen verabschiedete ich mich entsprechend – *bella figura* – mit einem Briefchen, das ich an die Tür heftete, um nicht zu stören. Der Assistent aus München war gerührt über die gute Erziehung, die mir so selbstverständlich erschien. Er arbeitete knapp zwanzig Jahre lang in Rom und hielt sich, wie auch andere seiner Kollegen, als Freund der Familie oft bei uns auf. Meine Mutter fühlte sich, weil er sehr jung war, für ihn verantwortlich und führte ihn ins italienische Leben ein. Er brachte mir den Kopfsprung im Schwimmbad des olympischen *Stadio dei Marmi* bei. Ich wiederum revanchierte mich später mit Führungen durch Rom für ihn und seine deutschen Freunde. Er hatte sich auch bald einen Kreis italienischer Freunde geschaffen, mit denen wir oft bis zum Einbruch der Nacht auf seiner Piazza saßen, zu Füßen von Giordano Bruno, der am 17. Februar 1600 hier auf dem Campo de' Fiori als Ketzer verbrannt worden war. Wir verbrachten die Abende mit angeregten Diskussionen über die Unterschiede unserer Kultur und Mentalität. Dort lernten wir auch den damals sechzehnjährigen Sohn einer Kartoffelverkäuferin kennen, Pino, dessen Vater zum italienischen Widerstand gehört hatte. Pino suchte Arbeit. Er war ein lupenreiner Römer: groß, blond und blauäugig, ein volksstämmiger Vertreter dieses römischen Stadtteils. Er wusste alles, was sich um die Piazza herum zutrug. Bei einem Juwelier sortierte er in einer dunklen Kammer Edelsteine, was ihm die Augen verdarb, deshalb brauchte er dringend eine andere Arbeit. Mit der Empfehlung des Münchners wurde er als Botenjunge und Kabelträger beim deutschen Fernsehen eingestellt und erlernte die Kameraführung, bis er erfolgreich seine eigene Agentur für Reportagen und Filmproduktionen betrieb. Bei unseren Diskussionen um nationale Eigenschaften bildeten der Deutsche und Pino ein sonderbares Gespann, denn dass die typischen Klischees nicht stimmten, war augenscheinlich dank des großen blonden Römers und des kleinen schwarzhaarigen Deutschen. Unverständlich blieb mir aber immer, dass der Münchner weder als Bayer noch als Deutscher Gefühle für seine Landesfahne empfinden konnte oder wollte, ja er neigte sogar dazu, seine nationale Herkunft zu verbergen, statt sich zu ihr zu bekennen, während wir Italiener die *tricolore* lieben, ohne auf nationalistische Abwege zu geraten. Lästig war mir allerdings, an meinem Geburtstag, dem 20. April, von den Deutschen regelmäßig an «Führers Geburtstag» erinnert zu werden. Erstaunlich waren für mich auch die Brüche, die sich in den Beziehungen zur Familie auftaten. Von einer Geborgenheit in der Familie hörte ich die deutschen Freunde niemals reden. Familienleben erschien ihnen eher als eine Last ohne Lust. Nur manchmal schimmerte ein heimliches Bedauern durch den zur Schau gestellten Gleichmut, wenn ich am Abend *arrivederci* sagte und gerne in meine italienische Familie zurückkehrte, nachdem ich die ganze Zeit nur Deutsch gesprochen hatte.

Ergänzend zu diesen freundschaftlichen «Deutschstunden» zu Füßen Giordano Brunos, besuchte ich das Goethe-Institut in Rom. Dort saßen außer mir vor allem grau melierte römische Damen und Herren, um Deutsch zu lernen. Als Jüngste des Kurses zeigte ich unter der Leitung eines jungen engagierten deutschen Lehrers, wie man Deutsch richtig ausspricht. Die in Italien unbekannten gutturalen Laute wie im «ich» oder «ach» bereiteten den Kursteilnehmern große Qualen. Die italienische Zunge ist vor allem an ihrer Spitze beweglich, ohne gleich doppelzüngig zu sein wie die einer Schlange. Als jugendliches Maskottchen im Kurs rezitierte ich also Brechts Verse über Mütterlichkeit und diskutierte über Feminismus, ohne Feministin zu sein. Das Goethe-Institut war für die Römer die wichtigste Begegnungsstätte mit Deutschland. Unser Lehrer Peter vermittelte uns die deutsche Gegenwartsliteratur: Wir lasen *Die linkshändige Frau* und *Wunschloses Unglück* von Peter Handke, wir diskutierten über Erika Runges Berichte zur Frauenbewegung und deutsche Paradoxien im Geschlechterverhältnis und auch über den *Kaukasischen Kreidekreis* von Bertolt Brecht.

Wie die meisten Italiener lebten mein Bruder und ich während des Studiums im «Hotel Mama». Wir konnten uns «auseinandersetzen» und zu Hause die Vergangenheiten bewältigen. Aber von den Eltern wegzustreben wie in Deutschland, war und ist in Italien bis heute nicht üblich. Mir schien, dass deutsche Jugendliche sich von ihren Eltern lieber absetzten, statt sich mit ihnen auseinanderzusetzen. Unsere Eltern arbeiteten, wir studierten. Wir waren da, wenn sie uns brauchten, und umgekehrt galt das Gleiche. Ihre Freunde wurden unsere Freunde, unsere die ihren.

Manchmal besuchte ich meine Mutter, wie zur Schulzeit im ARD-Studio, hörte neueste Nachrichten von ihr oder schaute zu, wie ihre Berichte für die Tagesschau, Tagesthemen oder den Weltspiegel entstanden, und erfuhr nebenbei so manche Geschichten, die nicht gesendet wurden.

Janus ist jener altrömische Gott mit den zwei Gesichtern: freundlich das eine, düster das andere. Janus ist der Gott des Jahreswechsels, des Ausgangs und des Eingangs, man kann auch sagen, der Gott der Gezeitenwechsel. Jedenfalls ist er eine typisch römische Erfindung der Antike. Vielleicht war er auch zuständig für die Politik mit ihren zwei Gesichtern. Willy Brandts Ostpolitik hatte in Italien Sympathie und Bewunderung ausgelöst. Einerseits! Andererseits hatte die Regierung der Bundesrepublik Deutschland mit den Ministerpräsidenten der Länder am 28. Januar 1972 den «Radikalenerlass» beschlossen, durch den die Beschäftigung sogenannter politisch «Radikaler» im Staatsdienst unterbunden werden sollte. Gemeint waren Linke der späten Achtundsechziger-Bewegung, die wirkungsvoll von sich reden machten, als Massenbewegung oder als Pseudo-Linke. Man hörte in Italien nur am Rande davon.

Angesichts der Konfrontation, zu der mein Vater die KPI in den Fünfzigerjahren herausgefordert hatte, konnten wir uns nicht vorstellen, dass sich der deutsche Radikalenerlass irgendwie gegen uns richten könnte, gegen uns, eine italienische Familie. Unvorstellbar erschien es erst recht nach jenem tragischen Zwischenfall an der innerdeutschen Grenze vom 5. August 1976, bei dem ein italienischer Lastwagenfahrer von der DDR-Grenzpolizei am Autobahnkontrollpunkt Hirschberg, an der Brücke über die Saale, erschossen wurde. In Italien schlugen die Wellen der Empörung hoch gegen diesen mörderischen Akt des realexistierenden Sozialismus in der DDR. Der Lastwagenfahrer war ein Kommunist gewesen, ein Mitglied der KPI in Reggio Emilia. Er kam aus der politischen und persönlichen Heimat meines Vaters. Er hatte im Grenzbüro der DDR seine Transportpapiere vergessen und ging zu Fuß am Autobahnrand zurück, um sie abzuholen. Dabei wurde er erschossen. Die KPI von Reggio Emilia schlug damals zahlreiche Plakate in der Stadt an: «Ein ehrlicher italienischer Arbeiter ist das unschuldige Opfer einer gefährlichen Grenzwirklichkeit und der politischen Teilung in Europa geworden, die nicht länger begreiflich und akzeptabel ist.» Die Witwe des Ermordeten schleuderte dem diplomatischen Vertreter der DDR im römischen Fernsehen ihre Empörung und Trauer laut ins Gesicht: «Dieses Vorgehen der DDR ist die Konsequenz einer absurden und unakzeptablen Art, den Sozialismus zu verteidigen. Möge dieser Tote euch die Augen öffnen, damit ihr begreift, dass der Sozialismus nicht durch Töten verteidigt wird.»

Einerseits, andererseits! Im Jahr 1977 ehrten die Bürger Capris den in Deutschland fast vergessenen Dichter und Maler August Kopisch (1799–1853). Es erschien uns deshalb paradox vor diesem Hintergrund, dass meine Mutter 1977 vom ARD-Studio nach Hause kam und meinem Vater erzählte: «Vitto, im Studio weht ein kalter Wind, ein sehr kalter, eine *tramontana!*» Tramontana, so nennen die Römer den gefürchteten Nordwind. Infolge einer politischen Diskriminierung aus Deutschland, die an Absurdität nicht zu überbieten war, wurde meine Mutter bezichtigt, «die Frau eines Kommunisten» zu sein. Der damalige Fernsehdirektor beim Bayerischen Rundfunk, Professor Dr. Clemens Münster, berichtete in einem Brief von dem politischen «Druck, der auf ihn, als Beauftragten des Intendanten für die Auslandsstudios des Bayerischen Rundfunks, während seiner Dienstzeit ausgeübt wurde – und zwar von den verschiedensten Stellen (von Abgeordneten, Regierungsmitgliedern, Mitgliedern der Aufsichtsgremien des BR), um Franca Magnani im römischen Studio auszuschalten – wegen der Zugehörigkeit ihres Mannes zur Kommunistischen Partei». Clemens Münster schrieb diesen Brief an meine Mutter am 23. Oktober 1982 zur Verwertung in der sich daran anschließenden gerichtlichen Auseinandersetzung. Clemens Münster schloss seine Feststellungen mit den Worten: «Die vorstehenden Feststellungen sind mit bestem Wissen und Gewissen gemacht. Der Unterzeichnete ist bereit, sie durch Zeugen zu bestätigen und ergänzen zu lassen. Amring, den 23.10.1982.» In der gesamten Dienstzeit meiner Mutter hatte es, so betonte Clemens Münster in dem Schreiben: «... keine, insbesondere keine substanzielle politische Beanstandung gegeben, von keiner Stelle innerhalb oder außerhalb des Bayerischen Rundfunks.» Wir hatten zu Hause geglaubt, Brücken zwischen Deutschland und Italien zu bauen. Jetzt aber hieß es: Die Frau eines italienischen Kommunisten gehöre nicht auf deutsche Bildschirme.

Die alten Römer fürchteten die Gesichter des Janus. Deshalb wurde ihm, der Legende nach, der Janusbogen zwischen der heutigen Kirche S. Giorgio in Velabro und dem antiken Hafen am Tiber geweiht. Er steht dort, wo der Sage nach die römische Geschichte begann, als Romulus und Remus vom Tiber angeschwemmt wurden. Er ist ein Sinnbild für die Wankelmütigkeit von Göttern und Menschen im Lauf der Geschichte. Der Tiber überschwemmte immer wieder die Stadt. Man begann ab 1870, ihn einzubetten. Man beendete das Projekt unter Mussolini (1926) durch eine hohe Mauer. So wurde der Tiber eingedämmt. Meine Mutter beschrieb die gegen sie gerichteten Maßnahmen, als würde sich auch um sie eine Mauer schließen: «Bei jedem anderen Studioleiter traf man sich morgens, man besprach die Nachrichten; selbstverständlich lag die Entscheidung immer beim Studioleiter, aber man verständigte sich immer zuerst. Es war das Ergebnis eines Gesprächs. Heute wird von oben diktiert. Kein deutscher Redakteur, etwa vom NDR oder WDR, darf mit mir direkt Kontakt aufnehmen und einen Beitrag besprechen, wie das sonst üblich war. Ich habe noch nicht einmal einen Überblick darüber, wer einen Bericht von mir haben will und wie dieser Beitrag aussehen soll. Ich bekomme lediglich eine Notiz, aus der hervorgeht, dass (der Studioleiter) einen Beitrag von mir über dieses oder jenes Thema genehmigt hat.» Man wollte meine Mutter vom Bildschirm drängen. Doch meine Mutter setzte sich zur Wehr. Es kam zum Prozess, und damit begann eine Zeit nervenaufreibender juristischer Formalien. Im Kern war die Auseinandersetzung jedoch politisch motiviert, obwohl versucht wurde, durch persönliche Angriffe falsche Reaktionen zu provozieren.

Ich selbst war zufällig anwesend, als ein deutscher Studioleiter meiner Mutter gegenüber laut wurde. Meine Mutter schwieg, doch der Studioleiter wollte gar nicht wieder aufhören. Sie zog mich aus dem Büro. «*Ha perso la tramontana* – der ist völlig durch den Wind», raunte sie mir im Treppenhaus zu. Wir gingen hinüber ins Caffè Greco und tranken unseren Lieblingscocktail, den «Paradiso», eine Spezialität des Hauses, den unser Lieblingskellner, Signor Pietro, mit einem besonders aufmunternden Lächeln servierte. Er hatte wohl in unseren Gesichtern gelesen. Bei ihm fühlten wir uns sicher vor der *tramontana*, die im ARD-Studio Rom herrschte.

Im Caffè Greco wehte ein anderer Wind, hier fühlten wir uns italienisch und europäisch zugleich. Seit dem 18. Jahrhundert waren ausländische Künstler, vorwiegend Deutsche, hierhergekommen, um von Italien und der Antike zu lernen. Auch August Kopisch wollte die Italiener verstehen lernen. Das Caffè Greco lebt noch heute von dieser Erinnerung und hütet die Geschenke der Künstler, die Gemälde und

Skulpturen, die aus Dankbarkeit für Italien und für den Kaffee dem griechischen Wirt zurückgelassen wurden. Die Muße in den festlichen Räumen, inmitten jener Künstlerträume von einer besseren Welt, die jene Künstler in Italien meinten gefunden zu haben, tat uns gut. Viele Deutsche, Journalisten, Künstler, persönliche Freunde, auch gänzlich unbekannte Menschen stellten sich in jenen Wochen, Monaten und Jahren öffentlich und privat auf unsere Seite. Sogar fremde Menschen auf deutschen Straßen erkannten und grüßten uns. Aber die Mühlen der Justiz mahlen langsam, besonders in Italien. Der Prozess dauerte fast zehn Jahre. Viele Menschen fragen: Wo bleibt die Gerechtigkeit, wenn sie nicht zügig festgestellt und ausgesprochen wird. Erst am Ende ihres Lebens erzielte meine Mutter den entscheidenden Durchbruch vor Gericht, da lebte ich schon in Berlin. Sie wurde vom Bayerischen Rundfunk rehabilitiert.

Die Gitarren der Weltjugendfestspiele 1973 in Ost-Berlin waren in meinen Ohren längst verklungen, als ich im Dezember 1976 meine Mutter im ARD-Studio besuchte – das war wenige Monate vor dem ihr aufgezwungenen Streit. Diesmal wollte ich nicht von *ihr* das Neuste hören, sondern hatte selber etwas zu berichten. Denn die *Federazione Unitaria Lavoratori Chimici*, die Gewerkschaft der Chemiearbeiter (FULC), hatte mich angerufen: «Bist du Sabina Magnani?» – «Ja, was gibts?» – «Wir haben deinen Namen von den jungen Kommunisten bekommen. Du kannst fließend Deutsch und warst schon in der DDR. Wir brauchen dringend für den Kongress in Florenz eine Dolmetscherin für das Konzert eines deutschen Sängers, den die Gewerkschaft eingeladen hat. Der Mann hat Schwierigkeiten in Deutschland.» – «Wer ist es? Um was gehts?» – «Ein Liederabend, ein Künstler aus der DDR, verstehst du?» – «Hm?» – «Wir dachten an dich, aber wir müssen uns heute entscheiden.» – «Na gut, ich überlege es mir bis heute Abend.»

Sofort eilte ich ins Studio.

«Mama, meinst du, ich kann das übernehmen?»

Neugierig schauten ihre Kollegen auf: «Wie heißt denn der Künstler?»

«Auf den Namen habe ich nicht genau geachtet … Biermann, oder so ähnlich.»

«Waaas?» Die deutschen Kollegen sprangen elektrisiert herbei. «Das ist doch der Liedermacher, der seit dem 13. November nicht mehr nach Hause darf, nach dem Kölner Konzert.»

«Ein Kommunist?»

«Und was für einer, er stammt aus Hamburg, ist aus Überzeugung in die DDR gegangen, was selten vorkommt! Dort wollen doch alle nur raus. Aber er wanderte ein. Jetzt hat er ein Konzert in Köln gegeben und darf nicht mehr in die DDR zurück, obwohl die ihm versprochen hatten, er würde nicht ausgesperrt werden. Viele von drüben würden gern mit ihm tauschen. Verrückte Welt ... *Sabo*, das musst du machen, das ist euch auf den Leib geschrieben, dir und deiner Familie.» So redeten die Kollegen auf mich ein.

«Also wo ist denn nun der Kommunismus – hüben oder drüben?», lachte die Mama, nicht ahnend, was seitens des Studios noch auf sie zukommen würde.

Ich gab also der Gewerkschaft meine Zusage, übersetzte Biermanns Lieder und recherchierte über sein Leben. Seine Lieder waren in der DDR entstanden, durften aber dort nicht gespielt werden, Auftrittsverbot. Er nannte sich Kommunist und wies auf die Widersprüche des «real existierenden Sozialismus» hin. Durch sein Kölner Konzert, das Rückkehrverbot und durch eine bald gesendete Fernsehaufzeichnung wurde er in der DDR erst recht bekannt. Ein einfaches Muster, das einfältige Machthaber einfach nicht begreifen. Er sang und dichtete für einen humanen Kommunismus und wurde zum Symbol des Widerstandes. Aus Sicht der SED war er ein Häretiker, ein Feind. Die Rolle kannten wir in der Familie aus eigner Erfahrung.

Wolf Biermanns Ankunft sorgte für Aufregung, zudem hatte er überraschend einen früheren Flug genommen, aber wir fanden uns trotzdem. Blau und hell leuchteten seine Augen bei der Begrüßung über einem Bart, der wie eine Hommage an Maxim Gorki über die Mundwinkel herabhing. Er zeigte auf seine Gitarre: «Das ist meine treueste Begleiterin, mit der ich mich am besten verstehe – mein Maschinengewehr!» Gitarre und Maschinengewehr? Ich war andere Klänge gewohnt. Aber er würde wohl wissen, was er damit meinte. Viele Fragen hatte ich. Als ich ihn jedoch als «Dissidenten» bezeichnete, wehrte er ab: Er sei kein Dissident, er sei Kommunist und wolle in sein Land zurück. Er kämpfe für den Kommunismus: «Bei uns denken viele Menschen wie ich, sie wollen die DDR und wollen dort leben, wie ich.»

In Florenz erwies sich die Akustik des Saales als so schlecht, dass Biermann die Zuhörer aufforderte, sich in engem Kreis um ihn herumzusetzen. So entstand zu den jungen italienischen Arbeitern eine fast familiäre Nähe. Einen solchen Deutschen hatten sie noch nicht erlebt. Er sprach die Menschen so leichthin an, als lebte er schon immer in unserem Land. Die Gitarre und die Lieder halfen ihm und seine Fähigkeit, die eigene Wirkung im Raum wahrzunehmen. Er sprach, ich übersetzte, er sang und erzählte, ich übersetzte. Er öffnete die italienischen Herzen für Deutschland und erklärte seine Visionen von Kommunismus und Freiheit, die den unsrigen so ähnlich waren. Wir standen auf seiner Seite. Ich hätte es nicht für möglich gehalten, dass sich das italienische Publikum von der deutschen Teilung so würde anrühren lassen. Als er sang: «Die BRD braucht eine KP / wie ich sie wachsen und reifen seh / unter Italiens Sonnenschein», lachten die Arbeiter. «Sie lachten bei dem Gedanken, dass ausgerechnet die reichen und selbstherrlichen Westdeutschen von den lausigen Italienern lernen sollten», berichtete Biermann an Robert Havemann. Ich sprach ihn auf die erstaunliche Wirkung an, die er auf die Menschen ausübte, worauf er sagte: «Ich singe nicht nur mit der Stimme, sondern auch mit dem Ohr.» Das hätte man auf Italienisch nicht empathischer ausdrücken können. Seine Lieder und Balladen zur deutschen Teilung bewegten uns, weil sie sein persönliches Schicksal widerspiegelten. Ich dachte manchmal, die DDR habe einen Heinrich Heine hervorgebracht – nein – verstoßen! Gedichte veredeln das Wahre im Kleinen und zeigen das Kleine im Größenwahn. Sie ließen nicht nur deutsches Elend nachempfinden.

Ohne Kenntnis der italienischen Sprache hatte Biermann viel von Italien verstanden. Er erklärte, seine Haltung werde in Italien und bei der KPI besser begriffen als bei den «linken Sektierern» in Westdeutschland, die «durch Dummheiten einen so leicht in Gegendummheiten treiben können». Für die Biennale in Venedig 1977 übersetzte ich das Lied *Und als wir ans Ufer kamen*, weil es mir auch für Italien passend zu sein schien:

Was wird bloß aus unseren Träumen
In diesem zerrissenen Land?
Die Wunden wollen nicht zugehn
Unter dem Dreckverband.

Und was wird mit unseren Freunden
Und was noch aus dir, aus mir?
Ich möchte am liebsten weg sein
Und bleibe am liebsten hier …

Cosa ne è dei nostri sogni,
in questo paese lacerato.
Le ferite non vogliono chiudersi
sotto questa lurida benda.

E cosa ne sarà dei nostri amici,
e cosa di te, di me.
Io volentieri me ne andrei,
e più che mai resto qui,
e più che mai resto qui.

«Wir müssen in der DDR bleiben», wiederholte Wolf Biermann immer wieder. «Der Weg eurer KPI ist für uns eine wichtige Orientierung. Der Kommunismus muss Freiheit bringen, sonst ist er keiner.» Luigi Nono meinte einmal zu ihm: «Du hast eine große Verantwortung – eine einmalige Chance! Du kannst endlich das Beispiel eines exilierten Dissidenten geben, der nicht in den Antikommunismus rennt, in den die Stalinisten ihn treiben wollen.»

Mit der Treue zum Wort widerlegte Biermann die Ideologen. Mit seinen ersten Worten, die er am Flughafen an mich richtete, hatte er klargestellt: Das Wort und das Lied sind die schärfsten Waffen gegen das Unrecht. Zur Biennale in Venedig 1977 saßen meine Eltern im *Teatro La Fenice*, jenem prunkvollen Bau des venezianischen Barock, der zwanzig Jahre später, frisch restauriert, infolge von handwerklicher Schlamperei vollständig niederbrannte. Inzwischen ist das Theater wieder aufgebaut worden. Meine Mutter konnte vor Aufregung nicht sitzen bleiben, als ich vor dem vollbesetzten Haus mit Biermann auf die Bühne trat – sie verließ den Raum. Mein Vater blieb, er sah und hörte, wie ich Stimme und Ohr eines Mannes aus Deutschland wurde, dessen Weg dem seinen so ähnlich war. Biermann wollte nicht nur singen, er wollte zuhören und verstehen. Er suchte Kontakte zu den Menschen, mit dem Kellner in der Trattoria, mit Straßenmusikanten und Straßenverkäufern an den Basaren. Mit Offenheit ging er auf die Italiener zu. Ich übersetzte, und so entwickelten sich Gespräche. Später sagte er, der kein Italienisch sprach: «Vor der Sprachbarriere hatte ich Angst, aber bald hatte ich zu den Leuten einen ähnlich lebendigen Kontakt wie bei meinen Auftritten in Köln und Hamburg. Besser sogar! Bald kam es mir vor, als ob ich das Italienische leichter verstehe als das Westdeutsche.» Er sprach aus, was Menschen wirklich verbindet, über die verschiedenen Sprachen hinweg: die Empathie, die Einfühlung, das frei gesprochene Wort, das Gefühl der Freiheit, in welcher Sprache auch immer.

Aber welche Genüsse hatte er in der DDR entbehrt? Er kam zu uns nach Hause zum Essen, es gab *pasta al pesto*, *pollo alla romana* und *gelato*. Wir unterhielten uns über den Wohlstand hier wie dort: «Ich kann ohne das alles leben, aber das Recht auf freie Rede brauchen wir. Nur ein Kommunismus mit freier Rede kann Kommunismus sein.» Mein Vater wollte ein Lied über «sein» Deutschland hören, und Biermann sang das Lied vom *Preußischen Ikarus*, dem preußischen Adler aus grauem Eisenguss, am Geländer der Weidendammer Brücke. Zum Abschied schrieb er mir eine Widmung unter den Ikarus: «Für Sabina geschrieben, aus Freude darüber, dass sie mir in Italien hilft und ein Wind ist unter meinen Flügeln, damit ich nicht abstürze und zerschelle an der Sprache hier. Wolf, Venedig, Nov. 77».

Biermann hatte Gefühle vermittelt, für eine große Idee, für Gedankenfreiheit, für Freiheit im *comunismo dal volto umano* – im Kommunismus mit menschlichem Antlitz. Diese Sehnsucht nach der Utopie wurde mit dem Verlangen nach Bürgerrechten in Freiheit auch ohne Kommunismus konkret, woran der Liedermacher seinen Anteil hatte.

Die Tramontana im Studio Rom wehte heftiger, jener Wind, den wir so fürchten. Meine Mutter drehte mit ihrem Team einen Film über die Etrusker in dieser stürmischen Zeit. Das Thema der Hygiene in etruskischen Städten durfte in dem Film natürlich nicht fehlen, nicht die politische Hygiene, sondern die sanitäre war gemeint. Obgleich ein Zwischenfall bei den Dreharbeiten durchaus auch symbolisch verstanden werden konnte. Die Etrusker hatten schon vor rund dreitausend Jahren für öffentliche sanitäre Einrichtungen gesorgt, durch den Bau der *cloaca maxima*, dem ältesten Abwasserkanal Roms, der noch heute ableitet, was Etrusker, Römer und Menschen der Neuzeit buchstäblich hinter sich lassen. Mit einer Sondergenehmigung der *Comune di Roma* durfte die Mama in die Tiefe steigen. Sie stieg nicht so heimlich und verstohlen hinunter wie der «Dritte Mann» von Orson Welles, sondern offiziell mit Kamera und Beleuchtungsteam. Sie stieg in die etruskische Unterwelt, in die Gewölbe eines noch immer funktionierenden Bauwerks der Antike, das im Verborgenen seine Funktion erfüllt und wo es außer Ratten nichts Lebendiges gibt. Sechs Meter sei die Strömungsrinne tief, erklärte der Führer und warnte: «Seit rund dreitausend Jahren fließen die Abwässer durch diesen Kanal. Tun Sie keinen unerlaubten Schritt! Folgen Sie genau meinen Anweisungen!»

Das Team suchte also nach geeigneten Bildeinstellungen.

«Da! Ich habs», rief der Kameramann plötzlich begeistert: «Von dem Felsen aus, ein Schwenk mit der Kamera, von Gewölbe zu Gewölbe.»

Er packte die Kamera mit beiden Händen und schritt sofort weit aus, um den nächsten Felsen zu erreichen. Sein Fuß suchte Halt, doch der vermeintliche Fels wich zurück, schaukelte kurz und schwamm befreit als Klumpen Unrats im Abwasser davon.

«Achtung, die Kamera!», schrie der in der Brühe versinkende Kollege entsetzt den anderen zu.

«Lass sie doch! Halte dich!», schrie die Mama zurück.

«Die Kamera!» Er strampelte, den Apparat hochhaltend, und erreichte mit knapper Not die Kante des Kanals, wo ihn die Kollegen packten und herauszogen.

Er wurde sofort ins Krankenhaus eingeliefert und mit den nötigen Impfungen und Medikamenten versehen. Er überstand den Absturz ohne Erkrankung. Ein fast symbolischer Zwischenfall, über dessen komische Seite man nur lachen konnte, weil er gut ausgegangen war.

Nicht immer verlief alles so glimpflich. Meine Mutter musste einmal mit ihrem Team auf den hohen Apennin. Tage später rief sie uns von dort aus an: «*Tesoro, ciao!* Ich habe heute dem heiligen Antonius eine Kerze gestiftet, aber es geht mir gut, es ist nichts passiert, es geht mir gut.» Sie erwähnte die gute Nachricht zuerst, damit war klar, dass etwas Schlimmes passiert sein musste.

Später berichteten mir ihre Kollegen die Einzelheiten:

«Wir mussten die Dreharbeiten für den nächsten Tag vorbereiten und gingen spätabends zum Drehort hinüber. Den Weg kannten wir nicht und folgten der Franca. Stockfinster und nass war es, man konnte die Hand nicht vor den Augen sehen. Franca war uns mit dem Regenschirm wie immer voraus, wir folgten und verfluchten das Wetter und den verwilderten Weg. Wir schauten ab und zu nach vorne, aber plötzlich war die Franca weg. Nichts war zu sehen, nichts zu hören, nur Regenrauschen und Wind. ‹Franca, nicht so schnell, wo bist du!›, riefen wir. Keine Antwort, nur Regen und Wind. ‹Franca, wo bist du? Hallooo!› Wir gingen weiter, doch plötzlich packte mich der Kollege am Arm: ‹*Attento!* – Achtung!› Unser Weg verlief einen Fußbreit an einem steilen Abhang entlang, der fast senkrecht nach unten stürzte, keiner konnte sehen, wie tief hinunter. Wir fürchteten das Schlimmste und riefen. Unsere Taschenlampen gaben kaum Licht. Dann bemerkten wir weit unten etwas Helles, das sich bewegte: ‹Franca?› – ‹*Sì!*›, kam es kleinlaut von unten herauf. ‹Bleibt, wo ihr seid, ich schaffe es allein!› Sie hatte wirklich einen Schutzengel gehabt und kroch langsam höher. Das letzte Stück zogen wir sie herauf. Ihren Regenschirm hättest du sehen sollen, völlig zerfetzt, aber sonst war noch alles dran an ihr.»

«Ich weiß nicht, wer mich gerettet hat, ein Schutzengel oder der Regenschirm oder beide», ergänzte meine Mutter.

«Da bist du wie Mary Poppins am Schirm hinuntergesegelt», fiel mir ein, und ich musste lachen und weinen zugleich über den Vergleich, der so gut zu ihr passte, und vor Freude, dass sie wieder bei uns war.

Die italienische Ehrung für August Kopisch in Capri von 1977 wurde durch ein spektakuläres Ereignis überschattet. Herbert Kappler, jener SS-Offizier, der am 24. März 1944 die Ermordung von 335 Italienern in den Ardeatinischen Höhlen im Süden Roms befohlen hatte und im italienischen Gefängnis saß, flüchtete im August 1977 nach Deutschland. Er war zur ärztlichen Behandlung in das Militärkrankenhaus auf dem *Celio* verlegt worden, einem der sieben klassischen Hügel Roms. Von dort entkam er unter ungeklärten Umständen nach Deutschland. Italiens Auslieferungsantrag wurde abgelehnt, wodurch in Italien der Eindruck entstand, Deutschland stelle sich schützend vor einen SS-Verbrecher. Der Vorfall gab Eugenio Scalfari, dem Gründer und Herausgeber der italienischen Zeitung *La Repubblica*, dem Vater meiner besten Freundin, den Anlass zu einem Leitartikel zum Thema «Italiener und Deutsche». Am 19. August 1977 war von ihm in der *Repubblica zu lesen*: *«Non sono molto contento di essere nato italiano, ma ringrazio ogni giorno la mia sorte di non essere nato come tedesco.* – Ich bin nicht besonders glücklich darüber, als Italiener geboren worden zu sein, aber ich danke jeden Tag meinem Schicksal, nicht als Deutscher geboren zu sein.» Er meinte damit, nicht als Deutscher diese historische Last der Deutschen auf seinen Schultern tragen zu müssen. Ministerpräsident Giulio Andreotti sagte seine Begegnung mit dem damaligen Bundeskanzler Helmut Schmidt ab, weil Kappler nicht ausgeliefert wurde. Unsere Gedanken über Deutschland und die Deutschen gingen hin und her, wir sprachen mit unseren Freunden darüber und mit unseren Eltern. Unsere Eltern forderten: Denkt nicht in Klischees über Deutschland, über niemanden, informiert euch, macht euch ein eigenes Bild, lernt zu unterscheiden!

Das taten wir: Mein Bruder studierte in Regensburg, ich selbst studierte italienische Kunstgeschichte und Germanistik und las und las und las. Madame de Staël hatte ihre Erfahrungen mit Deutschland in einem bewundernswerten Buch zusammengefasst – *De l'Allemagne*. Mir erschien das Werk wie eine Vision für ein modernes Europa, mit einem Deutschland, das die französische Autorin als ein wahres Land der «Dichter und Denker» beschreibt. Doch Thomas Mann stellte ein Jahrhundert später den Teufelspakt in den Mittelpunkt seines Romans *Doktor Faustus*, diesem deutschen Drama an sich. Genie und Wahn in Deutschland, das ist Thomas Manns Thema. Seinem Roman hat Thomas Mann einige Verse aus Dantes *Divina Commedia* vorangestellt, Verse, die leicht übersehen werden, wenn man kein Italienisch versteht. Doch sie sind ein wichtiger Schlüssel zum Verständnis. Dante, in Begleitung des antiken Dichters Vergil, muss durch die Hölle gehen und bittet in diesen vorangestellten Versen um Kraft und edelmütige Erinnerung, um die Qual des Schauens zu überstehen und um gerecht berichten zu können. Er bittet gewissermaßen um die Kraft der Empathie, um Einfühlung und Edelmut.

Die *Göttliche Komödie* ist Dantes wichtigstes literarisches Werk. Sie wurde auch von August Kopisch ins Deutsche übersetzt. Kopisch beherrschte den neapolitanischen Dialekt so gut wie die toskanische Hochsprache. Die Menschen in Neapel betrachteten Kopisch als einen der Ihren. Sie nannten ihn *Don Augusto il Prussiano*. Die Bürger von Capri bewiesen 1977 eine «edelmütige Erinnerung» (um Dantes Formulierung zu verwenden), als sie Kopisch ehrten.

Die italienische Sprache, ob toskanisch oder neapolitanisch, ist reich an Vokalen und geschmeidigen Lippen- und Zungenlauten, sie ist sinnlich und rund. Jeder Vokal, jeder Konsonant will mit der Zungenspitze modelliert werden. Italienisch ist die Sprache des Gesangs. Italienisch ist sanft und ausdrucksstark, ob gesungen oder gesprochen. Es entfaltet klingende Durchsetzungskraft und bleibt doch immer weich und rund. Thomas Mann wollte auch die deutsche Sprache im *Doktor Faustus* erklingen lassen, in deutlichem Kontrast zum seelenlosen, harten Politgeschrei des Dritten Reichs und seiner Führer. Italienisch klingt niemals hart. Mein Vater konnte seine politischen Reden der Fünfziger- und Sechzigerjahre noch ohne Mikrofon halten. Ohne Lautsprecher konnte er eine Piazza mit seiner Stimme füllen und war noch im letzten Winkel zu verstehen. Leider drang trotzdem nicht immer in die Köpfe, was die Ohren hörten. Die klingende Schönheit der toskanischen Sprache Dantes erschließt sich schon aus den wenigen Versen, die Thomas Mann dem *Doktor Faustus* vorangestellt hat: Auf etwa 112 Vokalklänge kommen 108 Konsonanten. In der deutschen Übersetzung von Kopisch verhält es sich unvermeidlicherweise etwas anders: Auf etwa 108 klingende Vokale kommen 166 Konsonanten.

Lo giorno se n'andava, e l'aer bruno
Es ging der Tag hin, und das nächt'ge Dunkel
Tolgieva gli animai che sono in terra,
Entzog die Wesen, die da sind auf Erden,

Dalle fatiche loro, ed io sol uno
All ihren Mühen und einzig ich allein nur
M'apparechiava a sostener la guerra
Bereitete mich zu bestehn das Kämpfen,
Sì del cammino e sì della pietate,
So mit dem Pfade wie mit allem Mitleid,
Che ritrarrà la mente che non erra.
Was schildern wird Erinn'rung, die nicht irret.
O Muse, o alto ingegno, or m'aiutate,
O Musen, o erhab'ne Kunst, nun helft mir!
O mente che scrivesti ciò ch'io vidi,
Gedächtnis, du, das aufschrieb, was ich schaute,
Qui si parrà la tua nobilitate.
Da hier wird sich dein Adel offenbaren!
(II. Gesang, Vers 1–9)

Dennoch nähert sich Kopisch Dantes Rhythmus und Klangfarbe sehr bewusst an (*bruno* – dunkel; *toglieva* – entzog; *sol'uno* – allein nur; *terra* – Erde; *guerra* – Kämpfen; *pietate* – Mitleid; *erra* – irret; *nobilitate* – Adel). Der schwere Rhythmus der Verse entspricht der Beklemmung und der Demut Dantes vor dem Betreten der Hölle. Wie anders wirkt dagegen die Übersetzung derselben Verse zum Beispiel durch Wilhelm Hertz:

Der Tag verging; das Dunkel brach herein
Und nahm auf Erden den lebendigen Seelen
Die Last des Tages ab; nur ich allein
Begann mich für den heißen Kampf zu stählen
Mit des Erbarmens, mit des Weges Qual;
Gedächtnis, das nicht abschweift, solls erzählen.
O Musen, helft mir! Hilf mir, Ideal!
Gedächtnis, das du registrierst mein Leben,
Hier weist es sich, ob du aus gutem Stahl.

Der federnde Rhythmus dieser Übersetzung lässt die schwermütige Gemütslage beim Betreten der Hölle nicht erkennen. Den weichen Klang der geschmeidig starken und doch demütig klingenden italienischen Worte hat Hertz durch Worte ersetzt, deren Bedeutung dem Italienischen teilweise nicht entspricht (*nobilitate* bedeutet nicht «Stahl», es klingt auch nicht «stählern»; *apparechiare* bedeutet «sich vorbereiten», nicht aber sich «für den heißen Kampf zu stählen»). Ein «Stahlgewitter» oder der «Ritter ohne Furcht und Tadel» werden assoziiert, obwohl es bei Dante um Dichtung und einen Dichter geht. Das Ertragen (*sostener*) widerstreitender Gefühle im Erinnern ist kein «registrieren». Erinnern ist bei Dante mit der hohen Kunst des Schreibens verbunden. Das Schreiben stand mit seiner sinnlich reichen Ornamentik der Malerei des Mittelalters sehr nahe.

Die beiden Übersetzungen präsentieren uns zwei verschiedene Charaktere: bei Hertz den stählernen Ritter, der kein Gefühl an sich heranlässt; bei Kopisch den Menschen, einfühlsam, ungeschützt, offen und edel. Thomas Mann hat die Verse italienisch belassen: *O mente, la tua nobilitate!* – O Thomas Mann, ein wirklicher Mann!

Dante war zu seiner Zeit «politisch», ein glühender Verehrer Heinrichs VII., also ein Anhänger des deutsch-römischen Kaisertums und kritisch gegenüber dem Papst eingestellt. An politischer Härte und Grausamkeit hat es zu Dantes Zeiten nicht gemangelt, aber Dante hält dem die Empathie entgegen.

Auch zu Dantes Zeiten führten alle Wege nach Rom. Nicht immer mit einem glücklichen Ende, wie man am Auf und Ab in der Geschichte des deutsch-römischen Kaisertums sieht. Eher selten wandten sich Italiener ohne Not nach Norden. Giordano Bruno zum Beispiel, der Rebell gegen Kirche und Kirchenstaat, musste nach Norden entweichen, als Italien an einem religiösen und politischen Tiefpunkt angelangt war. Er ging nach Paris, nach London, nach Wittenberg und Frankfurt, um als Philosoph und Astronom lehren und schreiben zu können. Er war ein Rebell und wich vor der römischen Inquisition nach Norden aus. Aber sein Weg führte zurück nach Rom. Wäre doch Giordano Bruno im Norden geblieben, er hätte der Menschheit noch so viel mehr Bedenkenswertes auf den Weg geben können!

Auch die deutschen Romantiker waren Rebellen. Aber *sie* kamen nach Rom, weil die Zeiten sich gewandelt hatten. Die romantischen Rebellen lehnten sich gegen den in Dogmatismus erstarrten Geist der Aufklärung auf und empörten sich aus patriotischen Gründen gegen Napoleon. Sie suchten im katholischen Rom einen neuen Weg, trotz oder gerade wegen ihrer meist protestantischen Herkunft. Rom wurde ihre geistig-religiöse und künstlerische Zufluchtsstätte, eine Stadt ihrer Inspiration, ein Kontrapunkt zur Aufklärung. August Kopisch war 1824 aufgrund einer persönlichen und künstlerischen Krise nach Rom gekommen. Ein gebrochenes Handgelenk hinderte ihn an der Malerei. Er wollte sich in Italien «neu erfinden», wie wir heute sagen würden. Eins seiner Gedichte handelt von einem Paradies, das sich statt in religiöser Schwärmerei wie bei Dante und bei manchen deutschen Romantikern ganz weltlich verwirklichte: Durch *Die Heinzelmännchen von Köln* (so der Titel seines Gedichts). Die erledigten nämlich die Arbeit der Menschen im Gedicht. Diese Vision eines *dolce fare niente* muss Kopisch wohl beim ewig schönen Wetter am Golf von Neapel erschienen sein – ein Traum vieler Italienbesucher und Italiener. Doch der Mensch zerstört im Gedicht durch unbedachte Neugierde das Paradies. Im Zweiten Deutschen Fernsehen erinnern nur noch die «Mainzelmännchen» vor der Werbung an diese paradiesische Vision, vielleicht um den Fernsehzuschauer auf die paradiesischen Verheißungen der nachfolgenden Werbesendung einzustimmen. Das Kindergedicht von Kopisch begegnete uns schon in der Schweizer Schule. Als ich später erfuhr, dass dessen Verfasser regelmäßig das Caffè Greco besucht hatte, war mein Interesse geweckt, und ich begann, in den Bibliotheken Nachforschungen zu betreiben. Kopischs Leben in Rom spielte sich, wie das der meisten deutschen Künstler, zwischen den drei großen C ab: Caffè Greco, Campidoglio (Kapitol) und Campagna (also der um Rom liegenden Landschaft). Der Palazzo Caffarelli auf dem Kapitol war damals Sitz der preußischen Botschaft. Die Botschaft bot den Künstlern in beispielhafter Großzügigkeit Kontakte und Unterstützung, trotz deren rebellischer Haltung. Die Künstler arbeiteten, malten, tranken Kaffee und Wein. Sie genossen das römische Leben, das *dolce far niente* wie im Gedicht, ob mit oder ohne schöne Römerinnen und Römer.

August Kopisch sagte sich bald von den übrigen «Deutschrömern» los und ging nach Neapel, wo er fünf Jahre, von 1824 bis 1829, blieb.

Fortan lebte er mitten im Volk. Er horchte auf die Sprache und in die Menschen hinein, ohne sich seine preußische Herkunft zu verleugnen, im Gegenteil: Er fand in Italien sein Ich, sein Selbst und vollendete sein wichtigstes Werk, jene Übersetzung der *Göttlichen Komödie*.

Kopisch wurde als Maler, Übersetzer und Dichter zum Vermittler zwischen Deutschland und Italien. Kronprinz Friedrich Wilhelm, der spätere preußische König Friedrich Wilhelm IV., ließ sich von Kopisch durch Italien führen, wobei Kopisch nicht nur einen Prinzen, sondern Preußen für Italien gewann.

Kopisch war ein ausgezeichneter Schwimmer und entdeckte zusammen mit dem Maler Ernst Fries die Blaue Grotte von Capri, die er fast poetisch beschrieb: «Welch ein Schrecken kam über mich, als ich das Wasser unter mir sah, gleich blauen Flammen entzündeten Weingeistes. Unwillkürlich fuhr ich empor, denn vom Feuer noch geblendet, glaubte ich im ersten Augenblick, eine vulkanische Erscheinung zu sehen. Als ich fühlte, dass das Wasser kühl war, blickte ich an die Decke der Wölbung, meinend, der blaue Schein müsse von dort herkommen. Aber die Decke war geschlossen, und ich erkannte endlich, vom Feuer abgewendet, halb und halb einiges von ihrer Gestalt. Das Wasser aber blieb mir wunderbar, mir schwindelte darin, denn wenn die Wellen etwas ruhten, war mir, als schwömme ich im unabsehbaren blauen Himmel.»

Mit diesen Worten schuf August Kopisch das erste in Sprache gefasste Bild des Lichtes der Blauen Grotte und begründete einen Mythos, bevor er nun selber wieder zum Pinsel griff und die Blaue Grotte malte. Italien hatte ihn nun auch als Maler gerettet. Ferdinand Gregorovius, der aus Ostpreußen gebürtige Geschichtsschreiber Roms, erklärte die Blaue Grotte in seiner Schrift *Wanderjahre in Italien* zum «deutschen Eigentum und deutschen Symbol», als spiegele die Blaue Grotte einen Wesenszug des Deutschen wider. Gregorovius wies auf die romantischen Dichter Tieck, Novalis, Arnim, Brentano, Fouqué und Eichendorff mit den Worten: «Lasst uns das Grab der verstorbenen Dichter mit dem blauen Wasser von Capri benetzen, als unserem Totenopfer. Denn alle haben diese Grotte geträumt, aber das Verdienst ihrer Entdeckung in der Wirklichkeit kommt nur dem Maler und dem Dichter zu: Kopisch und Fries, Zeitgenossen derer, die die blaue Blume der Dichtung in der Tiefe des Meeres und in seinen sanften Wellen, im Hügel der Frau Venus und in den unterirdischen Grotten der Isis gesucht haben.»

Auf dem Gipfel von Capri stehen noch heute die Ruinen des Palastes von Kaiser Tiberius, des mächtigsten und einsamsten römischen Cäsaren. Tiberius wurde zu einem Sinnbild wie der König von Thule, Belsazar von Babylon oder Kaiser Barbarossa unter dem Kyffhäuser. Ängste oder Erlösungsfantasien knüpfen sich an solche Herrscher. Ist etwa auch im Wesen des Tiberius ein deutsches Symbol zu sehen? Der Mythos, der sich um Tiberius rankt, lässt sich fast deuten wie die Landschaft Capris. Felswände stürzen senkrecht schroff und Furcht einflößend vom Palast hinab ins Meer. Auf der Höhe seiner Macht hatte sich Tiberius hierher zurückgezogen und verteidigte seine Einsamkeit mit grausamer Entschlossenheit. Seine Mutter soll ihn in früher Jugend gezwungen haben, seine geliebte Frau zu verlassen, um deren Mutter zu heiraten, die ihm als Tochter des Kaisers Augustus zum Thron über das Weltreich verhalf. Die Brandung des Meeres, die Legenden von Teufeln und Dämonen, die sich an dieser Küste gebildet hatten, das überirdische Leuchten der Grotte, das Blau ihrer Tiefe, das Raum und Zeit aufzuheben scheint, das war ein Stoff, aus dem Träume geschaffen werden: Träume von Schönheit und Träume von Angst vor der Schönheit. Dass sich dieser *Don Augusto il Prussiano* auf meine Beziehung zu Deutschland mehr als geahnt oder geträumt auswirken würde, war noch nicht abzusehen. Erst nach der Verfertigung meiner Dissertation *Der italienische Aufenthalt von A. Kopisch, 1824–1829* und nach dem Abschluss aller Examina erschrak ich wie Kopisch in der Blauen Grotte – nämlich bei einem Gespräch mit meinem Doktorvater, Professor Chiarini, der mir vorschlug, nach Berlin zu gehen.

«Nach Berlin? In die DDR?», fragte ich entsetzt, mich an alte und neue Schauergeschichten erinnernd: an die Weltjugendfestspiele, an den erschossenen Italiener, an das Schicksal von Wolf Biermann und auch an den eisigen Nordwind, der seit geraumer Zeit im Fernsehstudio meiner Mutter wehte. Deutschland war interessant – aus der sicheren Perspektive Italiens. Sollte ich das Land wirklich aufsuchen, von dem meine Eltern diskriminiert wurden, in dessen Osten die eigenen

Bürger drangsaliert wurden, wenn sie Lust auf Freiheit hatten, und dessen Grenzsoldaten einen italienischen Lastwagenfahrer hinterhältig erschossen hatten?

«Doch, doch, Sie sollten gehen, aber nicht in die DDR», fuhr er fort, «nicht nach Ost-Berlin – nach West-Berlin, an die Freie Universität. Das ist nicht vergleichbar. Gerade Sie müssen dorthin. Es gibt keinen besseren Ort in Deutschland für Ihre Studien. Ich selbst bin mit Lehraufträgen des Öfteren dort. Die Stadt hat ein gewisses ‹Etwas›, glauben Sie mir!»

Ich glaubte ihm nicht, bewarb mich aber trotzdem um ein Stipendium des Deutschen Akademischen Austauschdienstes – DAAD nach West-Berlin und stürmte ein paar Wochen später, im Sommer 1980, in unsere Wohnung mit dem Ruf: «*È arrivata* – sie ist da! Im Oktober gehts los!» Ich wedelte aufgeregt mit der Einladung nach West-Berlin herum. Aber niemand in der Familie schien mich zu beachten. Das war eindeutig der falsche Moment für meine Botschaft, in der Mittagshitze dieses Junitags. Unsere Wohnung in der Via Moena glich einem Schlachtfeld: Kisten und Kartons stapelten sich und versperrten den Weg, dazwischen Hausrat und Möbel. Und überall: Bücher, Bücher, Bücher! Etwa fünfzehntausend Bände der Bibliothek waren zu verpacken, in Plastikkisten, nach einem Entwurf meines Vaters. Heinzelmännchen hin oder her – für ihn und meine Mutter gab es nur ein Paradies: die Bibliothek! «*Il paradiso è una immensa biblioteca*» – diesen Spruch hatten sie golden eingerahmt. Aber auch Paradiese brauchen Ordnung und ganz besonders ein Bücherparadies!

Für meine Eltern war ein anderer Traum in Erfüllung gegangen – nicht etwa mein Stipendium, sondern eine Wohnung im historischen Zentrum, am Fuße des Kapitols. Dahin wollten sie mit uns ziehen. Nun war es so weit. Mit dem Herzen waren sie schon dort, aber noch immer waren nicht alle Kisten gepackt. Es waren Tage des Abschieds von einer Wohnung und von einem langen Lebensabschnitt. Auf der Terrasse der Via Moena hatte sich unser tägliches Leben von den ersten Frühlingstagen im März bis zu den letzten Strahlen der Oktobersonne abgespielt. Das war jetzt Vergangenheit. Unsere ganze Kindheit, die Schule, das Studium, unsere Feste, die Silvesterfeiern mit Raketen, die Polenta am Kamin, unsere Gespräche über Politik, Geschichte, Kunst und Liebe, unser Singen und Lachen um den Weihnachtsbaum. All das würde zur bloßen Erinnerung verblassen.

Beim Spazierengehen durch die römischen Gassen hatte Babbo, den es immer wieder zur Via Caetani zog, wo Aldo Moro gefunden worden war, ein leer stehendes Haus in einer Seitengasse entdeckt, abseits der Touristenströme, zwischen Piazza Campitelli und Piazza Margana. An der Piazza Margana soll schon Goethe gespeist haben, nachdem Faustina ihm ihre Nähe und Nächte geschenkt hatte. «*Vendesi* – Zu verkaufen», hatte ein Schild im Fenster des heruntergekommenen Palazzo des Kardinals Cavalletti aus dem 16. Jahrhundert verkündet. Nach der Restaurierung mithilfe einiger Freunde war nun alles fertig geworden. Als wir zum letzten Mal vor unserer Via Moena ins Auto stiegen, um in die neue Wohnung zu fahren, schaute ich nach vorn; Marco warf traurige Blicke zurück. Die Mama sprach aus, was uns bewegte, auf Deutsch: «Sabinella und Marco, ihr seid euch doch immer treu geblieben. Marco denkt nach, und Sabina denkt vor, so wart ihr schon immer. Manches lässt sich auf Deutsch eben besser ausdrücken», ergänzte sie. Der Tag des Umzugs fiel auf den 14. Juni 1980, dem Datum der Schlacht von Marengo, mit der Napoleon einen für Italien wichtigen Sieg gegen Österreich errungen hatte. Nachdem die Umzugsschlacht geschlagen war, rückte endlich meine Reise nach West-Berlin in den Vordergrund.

Alle Wege führen nach Rom. Das ist ein Naturgesetz. Auch aus West-Berlin würde ich also zurückkehren. London und Paris hatten mich nicht halten können, immer war ich zurückgekommen, sogar aus Usbekistan, wohin ich meinen Vater 1978 begleitet hatte, und das war wirklich weit weg gewesen. Doch es meldeten sich auch Bedenken: Die politische Lage, die geostrategische Lage West-Berlins! Galt da wirklich noch unsere alte Regel? Schließlich befand man sich dort in einer wirklich eingemauerten Stadt! Wie würde ich wieder nach Hause kommen, im Falle eines Falles? Die Mama machte mir Mut: «Hat nicht Kennedy gesagt, jeder Mensch der freien Welt darf von sich sagen: Ich bin ein Berliner! Aber nimm das nicht zu wörtlich. Am besten kaufst du dir mit der Hinfahr- gleich die Rückfahrkarte.»

Die Freunde verlangten: «Und schwöre uns, nicht mit so einem *crucco* zurückzukommen.» *Crucco* ist eine abfällige Bezeichnung der

Italiener für die Deutschen; so wie die Deutschen die Italiener gerne als «Schpaghetti» bezeichnen. Eigentlich ist das Wort slawischen Ursprungs, denn *kruch* bedeutet Brot im Kroatischen. Im Ersten Weltkrieg wurden die Jugoslawen als *crucchi* bezeichnet, aber im Zweiten Weltkrieg übertrugen die in Jugoslawien kämpfenden italienischen Soldaten die Bezeichnung auf die Deutschen. Ich versprach allen alles und packte warme Sachen in meine Koffer: Pullover, Handschuhe, Wollsocken, obwohl am römischen Himmel noch immer die wärmende Oktobersonne stand. In Deutschland würde der Winter schon bald kommen. Man hörte Schreckliches über die Kälte dort oben. Gut ausgerüstet, machte ich mich auf den Weg.

«Pass auf dein Geld auf! Denke an Paris!», tönten die letzten spöttischen Ermahnungen. Denn im Liegewagen nach Paris war ich morgens, noch im Halbschlaf, durch den Gang zur Zugtoilette gewankt, hatte abgeschlossen, den Deckel geöffnet und mich niedergelassen. Da durchzuckte mich ein Schreck: Mein gesamtes Geld – im Schlüpfer vor den Dieben sicher verwahrt – flatterte in das weit geöffnete Abflussrohr. Ich hatte das Geld nicht halten können, der Fahrtwind riss die Scheine fort! Irgendein Glückspilz hat es hoffentlich gefunden und damit sein Leben zum Guten verändert.

Die Kollegin meiner Mutter, die mich an jenem 8. Oktober 1980 am Bahnhof Zoo abgeholt und zu meiner Unterkunft am Hindenburgdamm gebracht hatte, rief einige Tage später an, um mit mir spazieren zu gehen. Spazieren gehen läge mir nicht, erwiderte ich, aber wenn sie es gerne wünsche, ginge ich trotzdem mit. Wo sie denn spazieren wolle?

«Auf einem sehr schönen Friedhof, hier ganz in der Nähe.»

Mir stockte der Atem. Auf einem Friedhof spazieren? Im November in Berlin? Ich konnte nicht an mich halten, sondern platzte mit meinem Unmut heraus.

«Meine Liebe, nimm es mir nicht übel», setzte ich an, «aber hier ist es grau und kalt. Meine Bushaltestelle bietet mir jeden Morgen preiswert meine Bestattung an. Selbst an der Endstation finde ich ein solches Angebot nicht nett, schon gar nicht auf der Fahrt, auch nicht in Telefonzellen und wo sonst noch. Zum Krankenhaus musst du am Steinmetz für Grabsteine vorbei, bevor du zum Arzt gelangst. Wozu gibt es hier eigentlich Krankenhäuser? Im Bus die Menschen! Ich fühle mich dort wie im Altersheim. Um den Bahnhof schleichen jung ergraute Gestalten wie Greise. Die Stadt ist eingemauert. Im Schaufenster stehen Särge im Sonderangebot. Und jetzt willst du mir einen Friedhof zeigen? Weißt du nicht, dass man im Süden einen weiten Bogen um Friedhöfe macht? Wir sind nicht von jener, sondern von dieser Welt. Wenn man traurig ist, wird auf dem Friedhof alles noch schlimmer. Und wenn man fröhlich ist, braucht man keinen Friedhof. So ist das! Und solltest du nicht wissen, wie du dich fühlst, dann entscheide dich für die Fröhlichkeit und nicht für den Friedhof. Ein Friedhof, als Denkmal, na ja, der könnte mich vielleicht interessieren …» Ich brach ab, weil ich erst einmal Luft holen musste.

Die Freundin entgegnete ruhig: «Die Friedhöfe gelten als Spiegelbild der deutschen Seele. Aber gut, wenn du nicht willst, komm zum Tee, dann reden wir über deutsche und italienische Mentalität.»

Beim Tee in der gemütlichen Wohnung schämte ich mich ein bisschen wegen meiner heftigen Reaktion. Aber der Tod macht schließlich jedem Menschen Angst. Er *muss* Angst machen, erst recht in dieser Stadt. Wer den Tod nicht fürchtet, der fürchtet in Wahrheit das Leben.

Der Ritter in Albrecht Dürers «Ritter, Tod und Teufel» ist ganz in Eisen gepackt. Warum panzert er sich, statt zu leben?

Oder hatte es mit dem Friedhof gar nichts zu tun? Hatte ich einfach nur eine Heimweh-Attacke gehabt? Es gibt kein Wort für «Heimweh» auf Italienisch. Man kann es nicht übersetzen. *Nostalgia* drückt die gelassene Sehnsucht nach der Vergangenheit aus, jedoch nicht jenes schmerzhafte Leiden der Heimwehkranken. Fehlt das Wort, fehlt auch der Sinn? Weil wir Italiener das Gefühl nicht kennen? Es gibt eigentlich keinen Grund, Italien zu verlassen, wenn es nicht die Not gebietet. Aber es gibt viele Gründe, um nach Italien zu gehen. Das wussten die Germanen schon seit der Völkerwanderung. Weswegen wären sie sonst in Scharen gekommen? Viele sind geblieben. Wenn Italiener außer Landes gehen, tragen sie die Heimat in sich. Wer in sich wurzelt, findet überall Heimat. Im Grunde konnte ich aufatmen, denn ich wusste endlich: Hier gehöre ich nicht hin. Ich wollte fort, egal wohin, und sei es nach Amerika. Aber Heimweh nach Italien hatte ich nicht.

Und doch war da etwas Neues. Hatte ich eine Art von Heimweh nach der Freiheit der anderen? Litt ich schon an Mauer und Stacheldraht?

Oft stieg ich an der Mauer die Treppen zu den Aussichtsplattformen hoch, um zu sehen, ob drüben jemand das gleiche Verlangen nach Begegnung verspürte wie ich, eine Art Sehnsucht nach den anderen da drüben? Aber die Menschen von drüben mieden den Blick auf die andere Seite, wenn überhaupt Menschen in Sicht waren. Wenige Meter von mir entfernt mussten die Menschen um ihr Leben fürchten, wenn sie dort sein wollten, wo ich mich befand. Ich schickte meinem Vater Bilder von der Leere des Potsdamer Platzes, vom Steinplatz in Charlottenburg und von einem Stein am Steinplatz mit der Aufschrift: «Den Opfern des Stalinismus», und den vertrockneten Blumen davor.

Der Potsdamer Platz, der «lebendigste Platz der Welt», wie es ehemals hieß, lag an der Mauer, tot und leer, dahinter, jenseits der Mauer, der Leipziger Platz, einer Sandwüste gleichend. Ein deutscher Schäferhund – *pastore tedesco* – zog seine Spuren durch den Sand im Todesstreifen, vor meinen Augen – plötzlich verfolgte er mit wütendem Gebell ein Kaninchen, das ihm zu nah kam. Ich zuckte zusammen – doch an ein Laufband gekettet, in einem begrenzten Radius festgehalten, konnte der

Bluthund das Kaninchen nicht fassen. Es hoppelte gelangweilt weiter, um nach ein paar Grashalmen in dieser Wüste zu suchen. Es wusste, dass der Hund an der Kette war. Am Rande ragten die Ruinen von Haus Vaterland und dem verlassenen Hotel Esplanade ins Leere. Nach Westen erstreckte sich eine Brache mit Wildwuchs bis zur Philharmonie. Neben der Aussichtsplattform hatten ein paar Überlebenskünstler die Reste einer niedergerissenen Häuserfront in eine Würstchenbude mit Souvenir-Shop verwandelt. Ein Souvenir, das brauchte man hier. Auf der Suche nach den Konturen ehemaliger Straßen entdeckte ich einen eisern abgedeckten und verschraubten Eingangsschacht zum alten Bahnhof Potsdamer Platz unter der Erde. Löwenzahn wuchs aus dem alten Asphalt, zarte Pflanzen, die den Durchbruch geschafft hatten. Mit Farbe verschmiert und zugewachsen, stand ein bronzener Lessing im Gestrüpp am Lenné-Dreieck. Goethe war abgeschraubt. Im Esplanade verstaubte der Kaisersaal. Unter einem flachen Hügel im Todesstreifen vermutete ich Hitlers Bunker unter der verschwundenen Reichskanzlei. Der Schäferhund bellte noch immer wütend, weil er das Kaninchen nicht zu fassen bekam. Wie zerfetzte Glieder brachen die Straßen und Häuserfluchten, die auf diesen Platz hinzustreben schienen, an der Mauer ab. Pockennarbig zeigten ein paar ferne Häuser Einschläge der Kriegsgranaten. Irgendwo zwischen Ruinen und Brandmauern donnerte die Abrissbirne. Unterdessen träumten – weit entfernt von der verlorenen Mitte – in Zehlendorf und Grunewald elegante Villen in Gärten und Parks, die so schön gelegen waren, als gäbe es nichts Böses in der Welt, nichts Böses in dieser Stadt.

Das Heimweh nach den anderen zog mich nach Ost-Berlin, per S-Bahn über die Spree und den Todesstreifen, hin und her, als wollte ich mir antrainieren, als normal anzunehmen, was so abnorm war: die Mauer und dahinter fast die Hälfte der Menschheit. Wir im Westen pendelten von einer Seite der Mauer zur anderen, hin und her, nach Osten und Westen, ins Jenseits und Diesseits, die von «drüben» mussten drüben bleiben, das war obszön.

Eines Morgens klingelte in unserer WG das Telefon. Simona schlief noch. Ich zögerte, sie zu rufen. Musste ich schon wieder mit ihrer Mutter am Vesuv sprechen? Aber was sollte ich noch sagen? Ratlos nahm ich den Hörer: *«Pronto?»*

Doch da rauchte kein Vesuv, kein Erdbeben kündigte sich an. Eine angenehm unbekannte Männerstimme entschuldigte sich für die frühe Störung: «Ich bin Albrecht, bist du Sabina? Eine Freundin aus Cambridge hat mir deine Telefonnummer gegeben. Sie kennt deinen Bruder durch einen Freund in Cambridge. Das klingt kompliziert und um die Ecke, wie die Berliner sagen, aber ich wollte dich fragen, wie es dir geht und ob ich für dich etwas tun kann?»

Er konnte: Ich ließ mir Berlin von ihm zeigen. Denn je bewusster mir geworden war, dass dies nicht die Stadt sei, in der ich leben wollte, desto williger ließ ich mich auf sie ein. Ich gewöhnte mich an verödete Straßen und Plätze, an kalte Winde und an das Treiben der Menschen hinter den Mauern. «Was machst du heute Abend? – Ich geh zum Italiener», hörte ich Berliner oft sagen. Restaurants und Kneipen aller Art luden von morgens bis abends und abends bis morgens zum Verweilen ein, ohne Pause, ohne Unterbrechung. Drinnen war es warm, auch wenn der Nachtfrost klirrte.

Ich ging meinen Studien nach, in Ost und West. Ich hörte Vorlesungen an der Freien Universität, in denen es oft leise um mich herum klapperte. Das waren die Stricknadeln von Studentinnen, die, in Bio-Wolle gewandet, Pullover strickten und ihren Kuchen kauenden Freunden fertige Teilstücke anprobierten, während vorn auf dem Podium Professoren über die Kunst des Klassizismus und der Romantik referierten. Die biegsamen Nadeln für die Rundung der Ärmel und Kragen bewunderte ich. Meine römischen Kommilitoninnen hatten in den Vorlesungen nur mit Stiften geklappert. In der Sapienza in Rom vernahm man nur das Kratzen von Tintenfedern auf Papier. Vom Stricken verstehe ich nichts. Schon im Handarbeitsunterricht der Schule hatte die Lehrerin für mich Linkshänderin kein Verständnis. Sie gab mir trotz meiner Ungeschicklichkeit unermüdlich Strafarbeiten im Stricken und Häkeln auf, die meine Mutter routiniert für mich erledigte. Doch je besser die Mama für mich strickte, desto widerspenstiger erschien ich der Lehrerin, wenn ich mit «zwei linken Händen» ratlos vor einem verknoteten Wollknäuel saß. Doch es war Winter in Berlin und bestimmt gerechtfertigt, an warme Strickware zu denken!

In den Supermärkten staunte ich über den Hunger der Berliner Vögel. Die Regale waren prall gefüllt mit Vogelfutter. Das würde noch ein kalter Winter werden, fürchtete ich: Leinsamen, Kleie, Hafer, alles von echtem Schrot und Korn. Erst spät begriff ich, dass das Futter nicht für die Vögel bestimmt war, und verstand, warum die Berliner so gern beim «Italiener» essen. Es war nicht leicht, zwischen Döner, Kebab, Tsatsiki, Spaghetti, indischem und chinesischem Huhn oder japanischen Fischgerichten die echte Berliner Küche zu finden. Meine Freundin klagte: Nach jedem deutschen Kaffee müsse sie eine Zigarette rauchen, um den schlechten Nachgeschmack loszuwerden.

Aber da waren auch noch die Philharmonie und ihre Philharmoniker und die Theater. Ich besuchte sie alle. Der große Saal der Philharmonie umfasste mich wie ein Amphitheater, das Menschen, Raum und Musik zur Einheit verbindet. Der *Ode an die Freude* in Beethovens Neunter zu lauschen, war nicht nur Unterhaltung am Rande des Alltags dieser Stadt – das war ein Ereignis des Absoluten an der Grenze der freien Welt, am Potsdamer Platz. Während «drüben» Schäferhunde und Scheinwerfer kreisten, stiegen hier die Kadenzen von «Seid umschlungen, Millionen – Diesen Kuss der ganzen Welt» kristallklar in den Zenit des Raums. Die Schaubühne am Halleschen Ufer zeigte die Trilogie der *Orestie* von Aischylos. In die völlige Dunkelheit des Zuschauerraums verteilt, sprach der Chor als das Volk von Athen. Nur der Mund und die Augen der Schauspieler waren von kleinsten Kerzen erhellt. Sie sprachen die Verse auf Griechisch, so dunkel wie das Orakel von Delphi. Griechische Sprache erfüllte flüsternd den Raum, sie steigerte ihre Kraft in Rede und Gegenrede, um sich am Schluss zu einer Klage zu vereinen: *«Zeus!»* Die Kerzen verloschen, der Chor verstummte, jeder war mit sich allein und mit dem Fluch der Atriden. Troja und Mykene, das alte Athen lebten wieder auf. Es war ein Drama, wie geschaffen für die geteilte Stadt, in der Bücher und Menschen gebrannt hatten und noch immer Menschen an der Mauer sterben mussten. Kassandras Rufe in Troja und Mykene blieben unerhört. Troja, Mykene – und jetzt Berlin?

Mir war, als stünde ich im letzten Akt einer letzten Tragödie. Wie würde es weitergehen? Wer würde Kassandra erhören? Die Mauer aus Stahlbeton verwandelte West-Berlin in eine Art faradayschen Käfig. Die politischen Spannungen zwischen den Weltmächten entluden sich gemäß dem physikalischen Gesetz am Käfigrand, an der Mauer, doch drinnen blieben wir unbehelligt. Wie die Pythia in Delphi orakelten die Politiker, Kommentatoren und Journalisten weltweit mit Weissagungen über geheimste Bewegungen oberster Mächte in der fernen Kreml-Festung in Moskau. Die «Kreml-Astrologie» etablierte sich als Berufsstand. Für die Menschen aber – in diesem faradayschen Käfig – waren die Naturgesetze außer Kraft gesetzt: In welche Richtung auch immer die West-Berliner ihre Stadt verließen, sie gingen immer *in* den Osten oder *durch* den Osten. Während Berlin-Mitte im Osten lag, war ihre Mitte der Westen. Im Westen wurde gefeiert, gelacht, geliebt und gejubelt oder politisch gekämpft. Es war ein Tanz auf dem Vulkan. Die Polizeistunde war abgeschafft. West-Berlin ist eine Stadt, in der die Sonne nicht untergeht – weil rundherum nur «Osten» ist. So scherzten die einen, während andere im Namen der kommunistischen Morgenröte und des Friedens Panzer rollen ließen, auf östlichen und im Reflex auf westlichen Paraden. Häuser und Straßen bebten, sie erzitterten wie bei einem richtigen Erdbeben, als Vorgeschmack auf alles, was da noch kommen mochte im letzten Akt. Das beruhigte die einen und verstörte die anderen – alles ist relativ.

Auch ich geriet in einen Zustand vollkommener geophysikalischer Verwirrtheit. Nicht einmal der sichere Kompass meiner italienischen Gefühle konnte mir helfen. In einem solchen Zustand lud mich Albrecht zum Frühstück ein, nein, nicht zum Frühstück, zu einem «Brunch», bei ihm zu Hause, am Sonntagmorgen Anfang Januar.

Dem Gesetz der Schwerkraft zum Trotz, dem ich sonst am Sonntag willenlos zu gehorchen pflegte, erhob ich mich schließlich doch vom Bett und schleppte mich zu diesem Brunch, einer Art Imbiss, bei dem man weder frühstückt noch zu Mittag isst und sich den ganzen Tag verdirbt. In Italien gibt es keinen Brunch, weil man nicht frühstückt, sondern gleich gut zu Mittag isst. In Rom genügt morgens zum Aufwachen ein aufgeschäumter Cappuccino und das warme *cornetto*, worauf man sich schon im Bette freut.

Ob man beim Berliner Brunch pünktlich erscheint oder gar nicht, ist egal. Die anderen Gäste waren schon eingetroffen, als ich spät erschien, ich war anscheinend die Letzte. «Hallo, ich bin Irene!», begrüßte mich fröhlich eine Frau etwa in meinem Alter. Sie hatte einen Mann im Schlepptau. Er war einige Jahre älter, und er stellte sich mir ebenfalls vor:

«Hallo, ich bin Uli oder Ulrich!»

«Du bist … wer, bitte?»

«Ulrich, wie der *Mann ohne Eigenschaften* von Robert Musil – oder wie *Uli der Knecht* von Gotthelf», versuchte er es noch einmal. Ein Mann ohne Eigenschaften oder ein Knecht?

Uli oder Ulrich schwieg beim Brunch und schien vermeiden zu wollen, mit mir auf der Klavierbank Platz zu nehmen, die wir herangeschleppt hatten, weil Stühle in der Wohnung fehlten, obwohl Platz für einen großen Flügel vorhanden war. Er blieb in meiner Nähe, aber er schwieg. Auf was wartete er? Wenn einer mit den Ohren singen kann, könnte einer auch schweigend reden? Immer wieder blickte er mich forschend an. Als nach ein paar Stunden und nach der roten Grütze mit Kaffee der allgemeine Aufbruch eingeläutet wurde, öffnete er schließlich den Mund:

«Ich bin mit dem Auto da. Willst du mitkommen?» Wieder Schweigen. Dann: «Wir könnten mal telefonieren.»

Tage später rief Irene mich an und schlug vor, mit ihr und einem britischen Bekannten Schlittschuh zu laufen. Er hieß Adam, sie sprach es aber britisch aus: *«Ädm»*, was im Vergleich zum italienischen *Adamo* etwas kurzatmig klingt. Adam war Offizier der britischen Schutzmacht. Er war nicht so kurzatmig, wie sein Name klang, sondern ein enthusiastischer Marathonläufer, und auf den Schlittschuhen lief er auch nicht schlecht. Noch nie hatte ich auf Schlittschuhen gestanden, hatte noch nie einen gefrorenen See gesehen, um von einem Eisstadion gar nicht erst zu reden. Aber wo schon sonst alles durcheinandergeraten war, warum sollte ich dann nicht auf Wasser laufen, wenn es gefroren war? Ich lernte also, dass die Kälte auch ihr Gutes hat. Von Adamo und Irene eingerahmt und sicher untergehakt, gestützt und geschoben, kam ich durch die erste Runde. Die zweite schaffte ich stolpernd und purzelnd allein. Bei der dritten erinnerte ich mich an längst vergangene Ballettstunden, spürte plötzlich die Leichtigkeit des Gleitens auf dem Schlittschuh und drehte Runde um Runde im Eisstadion. Wenn Irene und Adamo mich einholten, hatte ich für Augenblicke die Illusion, ich flöge ihnen voraus, bis sie im rhythmischen Klirren und Schaben der Kufen aufmunternd an mir vorüberzogen, auf dem weißen Rondell, inmitten der Nacht, die uns umgab.

«Und?», fragte Irene erwartungsvoll, als wir auf der Umkleidebank aus den schweren Schlittschuhen wieder in die leichten Schuhe schlüpften: «Hat er schon angerufen?»

«Wer?»

«Na, der Mann ohne Eigenschaften. Er hat es doch versprochen.»

«Ach, das sagt man so, *all' italiana*, das bedeutet nichts.»

«Na, wie der dich die ganze Zeit angeschaut hat.»

Und tatsächlich räusperte sich eines Tages eine verlegene Stimme am Telefon mit dem Angebot, mir die Berliner Mauer zu zeigen – bizarre Stellen, die mir «gefallen» würden!

Gefallen? Mir? Nein danke, sagte ich. Und außerdem hätte ich mich ins Kino verabredet, ins Gloria am Kurfürstendamm, aber er könne gern mitkommen, wenn ihn der Film interessiere.

«Was für ein Film? Ach, egal, ich komme mit und zeige euch danach eine Kneipe in meinem Kiez. Die gehörte mal einem Boxer in den Goldenen Zwanzigern.»

Was sagte er? Egal? Also kam er nicht wegen des Films? Aber ich war zum Glück nicht allein. Simona und der blonde Schweizer begleiteten mich, und so trafen wir uns zu viert an der Abendkasse. Im Kino waren nur noch drei zusammenhängende Plätze frei, sodass Uli der Knecht in der Reihe vor uns, zu unseren Füßen sitzen musste. Er grinste von unten herauf und verrenkte sich fast den Hals nach mir: «Beim Brunch habe ich mich nicht getraut, neben dir zu sitzen. Jetzt trau ich mich, kann aber nich'.» Das letzte «t» verschluckte der beginnende Film, dem ich entspannt über sein Grinsen hinweg folgte.

Nach der Vorstellung führte uns Uli der Knecht in den *Diener*, eine Kneipe in der Grolmannstraße unter dem Tattersall: «Wie sinnig bei deinem Namen», lachte der Schweizer.

Ein weißhaariger Herr grüßte vom Nachbartisch herüber.

«Das ist Robert Biberti von den legendären *Comedian Harmonists*», erklärte Uli der Knecht. «Er hat mir von dem ersten schweren Bombentreffer im Krieg erzählt. Die Bombe schlug 1941 in der Carmerstraße 11 ein, wo Biberti damals lebte. Ich wohne gleich nebenan. Biberti sitzt oft im *Zwiebelfisch*, eine Kneipe drüben am Savignyplatz, da kommt man leicht ins Gespräch. Er überlebte damals, weil er im Luftschutzkeller hinter einem Pfeiler saß, doch zehn Tote lagen plötzlich vor ihm, von einer Sekunde zur anderen. Die Bombe hatte einen Zeitzünder gehabt, sie explodierte im Keller vor den Augen der Menschen. Ein unvorstellbarer Schock. Er hat alles fotografiert und mir die Bilder gezeigt. ‹Veronika, der Lenz ist da› hieß das beliebteste Lied dieser Gruppe damals, aber die hatte das anders gemeint. Unter den Nazis wurde die Gruppe verboten!»

Wir vom Kapitol, aus Napoli und der Schwyz hörten im Diener zum ersten Mal solche Geschichten vom Kiez, über benachbarte Kneipen, über Nachbarn in den Kneipen, über das Terzo Mondo gegenüber, die Kneipe eines Griechen von mächtiger Statur, der Gitarre spielte und sang, oder von der dicken Wirtin in der Carmerstraße, von Heinrich Mann in der Fasanenstraße und seiner Geliebten Nelly Kröger, von Carl von Ossietzky, der im Konzentrationslager ermordet wurde, der die *Weltbühne* an der Kantstraße über der Paris-Bar herausgegeben hatte, von der Paris-Bar, dem Treffpunkt der Berliner Filmfestfans, von Rudolf Diesel, dem Erfinder des Dieselmotors, von dem Maler Otto Dix am Savignyplatz und Robert Musil am Kurfürstendamm, von Asta Nielsen und Walter Benjamin – alle waren plötzlich zum Greifen nahe, Menschen, die irgendwie noch immer zum «Kiez» um den Diener gehörten. Das beeindruckte auf andere Weise als die verfallenden Bauten.

Es war sehr winterlich, und wenn dem Berliner zu wohl wird, dann geht er aufs Eis, das wusste ich bereits und war nicht überrascht, als Uli der Knecht sich anbot, mir ein paar «interessante Stellen» auf dem Havel-Eis zu zeigen. Wir starteten auf den Schlittschuhen an der Lieper Bucht im Grunewald. Trotz meiner frisch erworbenen Fähigkeiten – mit einem Mann ohne Eigenschaften oder mit noch vielen unbekannten Eigenschaften war das ein Wagnis. Vielleicht begab ich mich auf zu dünnes Eis. Egal! Um wenigstens der Kälte zu trotzen und notfalls weich zu landen, im Falle eines Falles, hatte ich mich dick eingepackt. Mein Schal war dreifach um den Hals gewickelt, denn das Thermometer zeigte fünfzehn Grad unter null, nachts sank es unter minus zwanzig Grad.

Uli trat in Bluejeans an, in leichter Windjacke, Handschuhen, Mütze und einem Schal, der so leicht und locker umgebunden war, dass er im Fahrtwind flatterte, und er erzählte vom Eis. Mit einem Freund sei er auf der Havel gewesen, bei sternenklarer Nacht. Das Wasser war bei völliger Windstille und trockener Kälte so schnell und so tief gefroren, dass es glatt wie ein Spiegel war und das Sternenlicht reflektierte:

«Die Sterne leuchteten vom Eis herauf und vom Nachthimmel herunter und wir dazwischen, oben und unten war eins, eine Einheit von unvorstellbarer kristallklarer Reinheit.»

«Aber schwarz wie die Nacht! Eine schwarze Romantik!», rief ich, während er Kreis um Kreis um mich zog, tief gebückt, gleitend, ohne die Füße zu heben, wie von unsichtbarer Kraft bewegt, sich nähernd, sich entfernend. Das Meer ist still und bewegt zugleich, es ergießt sich zum Strand und weicht, es scheint sich zu nähern und ruht doch in sich.

«Wie könnt ihr in dieser Kälte überleben?» Ich schaute den Schwaden meiner gefrorenen Atemluft nach. Er glitt heran und ergriff meinen Arm. «Pass auf», rief ich erschrocken schwankend mit erstarrten Lippen.

«Wir müssen beide aufpassen! Man muss sich bewegen, nur Bewegung gibt Sicherheit und Wärme. Wer steht, der fällt und verfällt.»

«Bei euch ist alles grau, das Eis, die Atemluft, der Himmel, der Dunst, die Stadt, und schon am Nachmittag ist alles dunkel, wie haltet ihr das aus?»

«Bei euch ist alles blau, das Meer, der Himmel, die Felsen, und immer heiß und hell – wie hält man das aus, so geblendet? Du solltest die Sommertage *hier* erleben und die hellen Nächte. Aber schau, da kommt ein Eissegler. Höre, wie das Eis unter ihm singt!»

Ein Segel, hoch über dem flachen Schlitten gebläht, kam schnell heran. Von einer vermummten Gestalt gesteuert, schwebte es leise knirschend vorbei und verschwand im Dunst. Seine Kufen hinterließen einen sirrenden Ton, wie von einer überspannten Saite und lange nachhallend. Von fern her schoss plötzlich ein peitschender Knall durch das Eis, mit einem Nachklang, wie wenn Glas zerspringt.

«Wenn es kälter wird, reißt das Eis, das ist ein gutes Zeichen, ein reiner Ton, er lässt die Stadt vergessen.»

Immer weiter zog es uns in die mir unbekannte Weite. Eine Insel erschien im Dunst. Ich schaute zurück. Unsere Spuren verloren sich irgendwo, ich hatte keine Ahnung, wo ich mich befand in dieser Grenzenlosigkeit.

«Dort liegt die Pfaueninsel, wir ziehen noch ein Stück weiter darüber hinaus und rechts vorbei.»

«Jetzt schau dich um: Diese Landschaft ist eine Bühne, auch wenn sie eisig ist. Die Schlossruine dort auf der Insel, auf der Höhe da oben die Zwiebeltürme von Nikolskoe und gegenüber die Sacrower Kirche. Das alles gehörte einmal zusammen, als *ein* Kunstwerk, ein Landschaftskunstwerk, ein sommerlicher Lustgarten, ein Theater aus Natur und Schauspiel. Musik und Lachen gab es hier einst. Sogar ein russischer Zar wurde hier gefeiert. Jetzt ist alles vorbei, zerbrochen und gefroren.»

Mit dem wehenden Schal blieb er vor mir stehen und richtete sich auf. Seine Atemwolken stiegen auf:

«Vor Jahren habe ich einen Film gesehen, *Blow-up*, von Michelangelo Antonioni, du kennst ihn bestimmt, ein italienischer Film. Ein Fotograf sucht ein Motiv, aber nicht irgendeins, nein, er sucht *sein* Motiv, sein ganz persönliches Motiv. Er findet es in einem Park: einen Mann und eine Frau, ein Paar. Sie umarmen sich, sie lösen sich, der Mann folgt der Frau, sie lockt ihn, sie stößt ihn fort, zieht ihn wieder heran, er zieht sie in seine Arme, sie folgt, sie weicht, zieht ihn heran, wie in einem Liebesspiel. Der Fotograf schießt wie besessen Bild um Bild, jede Bewegung soll auf den Film, er drückt ab, so schnell, wie die Kamera nachladen kann. Indiskrete Bilder einer Leidenschaft. Er wird entdeckt, von der Frau verfolgt, er flüchtet. Im Labor entwickelt er die Bilder, sucht *sein* Motiv, vergrößert, sucht, vergrößert und vergrößert, und beim maximalen Format entdeckt er im noch nassen Bild, im Rotlicht der Dunkelkammer, plötzlich eine erhobene Hand im Gebüsch, mit einer Pistole, hinter dem Paar: Sie zielt. Er hatte einen Mord statt einer Liebesszene gefilmt! Und jetzt schau nach Sacrow hinüber, zur Kirche und dem Ufer daneben!»

Zwischen Schilf, Röhricht und Bäumen am anderen Ufer entdeckte ich erst nichts – doch dann erkannte ich eine Mauer im Wald – *die* Mauer, die Berliner Mauer! Vor uns im Eis war eine Boje festgefroren, eine Boje mit einem Schild: «Staatsgrenze der DDR» in Schwarz-Rot-Gold. Geborstene Eisschollen ragten schräg und fast senkrecht um sie empor. Ein Eisbrecher hatte sie für die Fahrrinne zur Seite geräumt, jetzt war alles erstarrt. Die Eisschollen türmten sich auf wie die *Gescheiterte Hoffnung* im Gemälde von Caspar David Friedrich.

Wir blieben, bis die Glocke von Nikolskoe die volle Stunde schlug. An der Lieper Bucht deutete Uli aufs Eis: «Hier bin ich letzten Winter gestürzt, das Eis war morsch und meine rechte Hand gebrochen, mit links musste ich zur Unfallklinik fahren. Motor anlassen, schalten, lenken, alles mit links, klingt leichter, als es war, klappte aber gut, mit zusammengebissenen Zähnen, weil ich plötzlich an einen Onkel dachte, der hatte einen verkrüppelten rechten Arm aus dem Krieg. Er hatte mir als Kind meine erste Autofahrt geschenkt, mit links sozusagen. Was der konnte, schaffe ich auch, dachte ich. Aber wenn dir das Eis in der Nacht zu unheimlich ist, dann lass uns dem Sonnenuntergang nachlaufen, da glüht das Eis im roten Schein und trägt dich doch, du hörst nur den Fahrtwind und das Kratzen deiner Kufen. Der Schnee und das Eis glitzern wie Marmor. Ein gefrorenes Arkadien. Ein Dichter ging hier in die Unendlichkeit ein, Georg Heym, der Symbolist, 1912. Beim Schlittschuhlaufen war sein Freund eingebrochen. Georg Heym starb, weil er den Freund aus dem Eiswasser retten wollte.»

Ein paar Tage musste ich verschnaufen nach diesem Ausflug in die Kälte. Aber wir zwei Italienerinnen wussten nun, was unsere Berliner Freunde brauchten, und kochten eine gute Pasta. Als «Pasta-Gemeinschaft» hatten auch wir von nun an ein WG-Etikett. Wie zufällig blieb ein Platz neben mir frei, für den Schlittschuhläufer. Als es auf den Tellern appetitlich dampfte, fragte ich provozierend in die Runde: «In welcher Sprache sprechen wir heute? Wollen wir Italienisch, Englisch, Französisch oder vielleicht Züridütsch reden? Ich bin für Italienisch, wer macht mit?»

Ein leises Stöhnen, Stille.

«Spricht niemand meine Sprache hier, warum denn nicht? Ist Italien schon die Dritte Welt für euch?»

«Versuchen wir es lieber mit Latein, zurück zu den Wurzeln, zur *lingua principalis et universalis!*», schlug Uli der Schlittschuhläufer vor.

Das sei zu lange her, protestierten die anderen.

«Mag ja sein, ist aber trotzdem aktuell. Wie wärs denn damit: *Germania est omnis divisa in partes tres, quarum unam incolunt berolinensi, aliam germani, tertiam, qui ipsorum lingua Genossen nostra Brüder und Schwestern appellantur.* Germanien in seiner Gesamtheit ist in drei Teile geteilt, in dem einen wohnen Berliner, im anderen Germanen und im dritten die, die in ihrer eigenen Sprache *Genossen,* in unserer jedoch *Brüder und Schwestern* genannt werden.»

«Aber Scherz beiseite, habt ihr gemerkt, wie sich das Denken der Menschen in Berlin verändert?», warf ein Tischgenosse ein, während er einen zweiten großen Schlag Pasta auf seinen Teller fallen ließ. «Leute, die in Westdeutschland gerade erst ‹De-De-Errr› zu stottern gelernt haben, sprechen nach paar Wochen in Berlin nur noch vom ‹Osten› oder von der ‹Zone›. So kurzlebig ist die Sprache der Politik, wenn die Verhältnisse nicht stimmen!»

«Ja, man muss eben die Sprache der Liebe lehren und lernen, obwohl auch hier die Verhältnisse nicht immer halten, was sie zu Beginn versprechen», bemerkte Uli der Schlittschuhläufer süffisant und wandte sich mir zu: «Aber um auf deine Frage zurückzukommen – wir können doch heute bitte bei Deutsch bleiben, wenigstens hier am Tisch.» Und er ergänzte provozierend: «Deutsch ist die Sprache der Liebe.»

Sprachlose Blicke richteten sich auf ihn, als hätte er eine gefährliche Pirouette gedreht. Ich dachte daran, wie er mir sein vereistes Arkadien andienen wollte, als Uli der Knecht.

«Hey, icch würd lieeber Züridütsch rede», konterte der Schweizer, wobei seine Stimme so tief und guttural in der Kehle versank, dass ich Sorge hatte, die Zunge würde ihm ganz unsinnlich im Halse stecken bleiben. Doch dann wandte er sich fast singend und elegant auf Hochdeutsch zu seiner Simona: «Oder bleiben wir beide bei Italienisch, *amore mio di Napoli?*» Er schaute meiner Freundin dabei so leidenschaftlich in die großen braunen Augen, dass ich um die Ruhe des Vesuvs zu fürchten begann.

«Nein, wirklich im Ernst», fuhr der schwarze Romantiker unbeirrt fort, «spürt ihr nicht die Alliteration zwischen *Leben* und *Lieben* – und hört ihr nicht die Distanz zwischen *amore* und *vita* heraus? Ein ganzes dürres Alphabet passt dazwischen. Leben und Lieben liegen dicht beieinander, das eine ist ohne das andere nicht möglich. Denkt an die zweite Gretchenfrage an Faust im Gefängnis: ‹Deine Lippen sind kalt, wo ist dein Lieben geblieben?›»

«Liegen geblieben, bis mittags um zwei, auch in der Vorlesungszeit!», spottete es vom Tischende her mit lautem Gelächter.

Die lateinische Ansprache mit dem umgewandelten Cäsar-Zitat aus dem *Gallischen Krieg* hatte mir gefallen. Noch besser wäre sie gewesen, wenn sie im italienischen Tonfall gesprochen wäre, dann wäre fast alles richtig gewesen. Der Abend verging wie im Fluge, und Irene warf mir vielsagende Blicke zu.

Eines Tages behauptete Uli der Schlittschuhläufer mit den Sprachpirouetten und Gretchenfragen: «Du warst nicht in Berlin, wenn du *diesen* Film nicht in Berlin gesehen hast!»

Er meinte eine neue Dokumentation des Autors Dieter Hildebrandt (nicht zu verwechseln mit dem berühmten Kabarettisten) über die Ermordung der europäischen Juden – *Der gelbe Stern* (1980). Auf welches Eis wollte er mich nun schon wieder führen? Und warum sollte ausgerechnet ich mir diesen Film antun und mich in eine Vergangenheit ziehen lassen, die nicht meine war, in den dunkelsten Ort der Geschichte überhaupt. Warum wollte er ihn sehen und ausgerechnet hier mit mir, der Römerin, die auf der Suche nach dem anderen Deutschland war? Es war mir nicht «egal», in welche Filme ich ging, und *diesen* wollte ich absolut nicht sehen. Ich kannte alles und wusste, was ich wissen musste, und noch viel mehr von Freunden meiner Eltern, deren Familien ausgelöscht worden waren. Aber ich gab schließlich nach und ging doch mit.

Nach dem Film umkreisten wir den nächtlich kalten Savignyplatz, zogen unsere Runden wie um ein schwarzes Loch, unfähig, in das Treiben der umliegenden wärmenden Kneipen auszuweichen. Ein schwarzes Loch ist das unerforschte Zentrum einer gewaltigen Gravitation im All, die alles an sich reißt, den Raum, die Zeit, das Licht und alles, was Geschichte ausmacht.

«Ich kannte in Rom Menschen, die sich schämten, Deutsche zu sein, wie ertragt ihr hier eure Vergangenheit?», fragte ich deshalb. Kein Italiener würde sich des Faschismus wegen schämen, natürlich erst recht nicht, wenn sie Antifaschisten waren.

«Jeder trägt den Anteil seiner Schuld, aber die Verantwortung lastet auf allen, da kann man sich nicht wegstehlen. Die Menschen jenseits der Mauer müssen, ohne mehr Schuld zu haben, den schwersten Teil der Folgen tragen.»

«Und eure Beziehung zur Geschichte?»

«Die ist auch Geschichte.»

«Wann habt ihr zum ersten Mal von diesen Verbrechen gehört?»

«Ich persönlich hatte lange Zeit keine Vorstellung davon. Unsre Eltern haben uns geschont. Weil man wohl mit Worten nicht vermitteln kann, was da geschehen ist. Ich hatte keine Ahnung, bis uns die Schule in Erwin Leisers Film *Mein Kampf* schickte, mit den gleichen Bildern wie im *Gelben Stern.* Albträume und Abwehrreflexe folgten darauf, so heftig schockierten uns die Bilder. Aber man muss sie einmal gesehen haben, weil sie jedes Wort und jede Vorstellung übersteigen. Sie ließen mir keine Ruhe mehr. Ich musste selber sehen, wo alles geschehen war. Jetzt bin ich in Berlin, um zu verstehen. Ich bin schon vor Jahren nach Auschwitz und Birkenau gefahren. Im Dezember war es. Die Kamine der zerstörten Baracken ragten noch in den winterlichen Dunst, einige Baracken waren noch erhalten. Die Schändung der Menschen, die Schändung der Sprache, die wir noch heute sprechen, die war noch an den Wänden zu lesen, als furchtbare Drohung: ‹Eine Laus dein Tod!›, stand da. Man muss verstummen, der Sprache entsagen, wenn man das liest. Krähen flogen krächzend um die Kamine und Wachtürme, saßen auf dem Zaun um das Lager. Es war fast alles noch da: die Rampe, die Eisenbahnschienen, seit jenem Film auf schreckliche Weise vertraut – so tief hatten sich die Bilder in das Denken gebrannt. Ich war fast allein in diesem gewaltigen Lager, kein Mensch war zu sehen. Aber diese Krähen! Und als ich an die Rampe kam, war mein Gedanke: Das ist die Wirklichkeit. Ich wollte, die Ermordeten würden auferstehen, jeder sollte in unserer Erinnerung bleiben. Abends kehrte ich in eine Krakauer Gaststätte ein, die war fast leer. Ein älterer Mann war der einzige Gast. Ich setzte mich. Er trat an meinen Tisch, schaute eindringlich in mich und sagte: ‹Sie sind deutsch! Ich hasse alle Deutschen!› Dann schwieg er und sah mich an. Ich schwieg, schaute ihn an, ich musste seinem Blick standhalten, als müsse ich ihn persönlich um Verzeihung bitten. In seinen Augen, in seinem Gesicht las ich keinen Hass, nur Trauer und Verzweiflung. Ich konnte nicht sprechen, die Stimme versagte. Ich bat ihn im Schweigen, meinen Blick zu verstehen. Er ging.»

«Du warst allein dort?»

«Nein, trotzdem ist man allein. So ist der Ort. Man muss allein dort sein. Das ist das Tiefste. Man muss allein hinein.»

«Und deine Eltern, ich meine, damals, als das alles geschah?», fragte ich.

«Sie meinten, es sei wie eine Naturkatastrophe über die Menschheit gekommen. Sie waren machtlos. Mein Vater war damals ein junger Offizier.»

Ich blieb wie angewurzelt stehen: «In der Wehrmacht?», entfuhr es mir unbedacht.

«Schon vorher in der Reichswehr. Er war Offizier aus Familientradition, aber nie in der Partei, als Offizier gehöre sich das nicht, sagten unsere Eltern. Die seien dort zu brutal und vulgär.»

Berlin war die Stadt Albert Einsteins, die Stadt jenes Physikers, der die schwarzen Löcher nicht nur im physikalischen Sinn vorausgesagt hatte. Nach ein paar Tagen, als ich von einem neuen Café las und hörte, das «EinStein» hieß, wollte ich es als vermeintliche Stätte des Physikers kennenlernen und dachte an meine Besuche im Caffè Greco. Aber ich wunderte mich über das große S im «EinStein», das offensichtlich kein Druckfehler war. Das Café hatte, so fand ich heraus, mit dem Physiker gar nichts zu tun. In der Speisekarte war stattdessen etwa Folgendes zu lesen: Der Raum bilde nur mit den Menschen in der Zeit ein Ganzes, einen Stein, deshalb gebe das Café seinen Räumen den Namen «EinStein». – Ein Café, in dem Menschen sich mit Zeit und Raum vereinen? Das klang attraktiv. Auch hatte ich Lust, Raum und Zeit mit jenem Menschen zu vereinen, über dessen vorhandene und nicht vorhandene Eigenschaften ich reden wollte. Zusammen durchquerten wir also wenige Tage nach unserem Kinobesuch die helle Empfangshalle mit einer Bar, an der elegant an Zapfhähnen, Gläsern und Flaschen hantiert wurde. Wir schlenderten durch den Salon mit einem Konzertflügel, Stühlen, Tischen und gepolsterten Sitznischen wie im französischen Bistro und betraten eine Bibliothek mit weiß gedeckten Tischen. Junge Leute lasen lässig Zeitung, tranken Melange oder vertieften sich beim Bier oder mit einem Espresso ins Gespräch. Hier steht die Zeit still, spürte ich, als mein Begleiter mit blond gewelltem Haar zielstrebig um die Tische kurvte, als wäre er hier zu Hause. Holzgetäfelte Wände und Bücherschränke in den Raumnischen der Bibliothek schufen eine runde Geschlossenheit. *Il paradiso è una immensa biblioteca* – das Paradies ist eine grenzenlose Bibliothek. Ich wünschte, meine Eltern wären bei mir. In wenigen Wochen würde Ostern sein, ich hätte viel zu erzählen. Beim Apfelstrudel mit Vanillesoße und heißer Schokolade unter dem Schlagobers konnte sich das EinStein gut mit der italienischen Piazza messen. In Rom gibt es viele Bars, aber nur wenige Caféhäuser. Neben dem Caffè Greco fällt mir noch das Babington ein, ein bekanntes englisches Teehaus an der Spanischen Treppe. Hauptsächlich lassen sich ausländische Rombesucher dort nieder. Die Römer selbst bevorzugen die nächstgelegene Bar, trinken stehend eilig den Espresso (im Sitzen kostet er den doppelten Preis) und gehen, als hätten sie keine Zeit oder kein Stehvermögen, denn es gibt in den Bars nur wenige Stühle. Aber die Römer haben Zeit, nur lassen sie sich nicht gern beim Zeitvertreib beobachten. Im EinStein hatten die Menschen nichts dagegen, beim Lesen und Reden beobachtet zu werden. Und ich beobachtete meinen Begleiter, um seinen unbekannten Eigenschaften auf den Grund zu gehen. Nicht zuletzt, um zu erfahren, weshalb er mir den schweren Stein des *Gelben Stern* vor die Füße gerollt hatte.

«Warum hast du mich in diesen Film geschleppt?», fragte ich ihn unumwunden.

Er antwortete mit einer Gegenfrage: «Berlin ist ein Kontrast zu Rom. Es gibt ebenso viel Schönes in Rom, wie es Grauenhaftes in Berlin gibt. Kann man es aushalten hier, wenn man Römerin ist?»

Sollte das alles sein, oder wollte er ausweichen? Gab es da Flecken in der Vergangenheit, fragte ich mich im Stillen.

Ein Herr im grauen Anzug setzte sich an den benachbarten Tisch gegenüber.

«Das ist ein Strafverteidiger der RAF, der Baader-Meinhof-Gruppe, ein Stammgast im Café, Otto Schily. Wir sind Kunden in der gleichen Buchhandlung, in der Autorenbuchhandlung in der Carmerstraße. So klein ist Berlin», erklärte Uli diskret.

«Erzähl mir von deiner Familie», forderte ich selbstbewusst. Denn jene ehemalige «Achse» zwischen Berlin und Rom war mit viel Hitler und wenig Mussolini am Steuerknüppel ins Verderben gelenkt worden. Was hatte seine Familie damit zu tun? Wir Italiener hatten uns schließlich selbst von Mussolini befreit, wenngleich die Landung der Alliierten in Italien eine große Hilfe dabei war. Wir halten nichts von

Nibelungentreue, wir halten der Menschlichkeit die Treue. Viele Juden, Nachbarn, Freunde oder Fremde wurden von Italienern vor den Deutschen gerettet, oder die Italiener hatten es wenigstens versucht, sie zu retten, oft unter Gefahr für das eigene Leben. Unser Automechaniker aus der Werkstatt hinter der Piazza Margana war als Kind im Getto versteckt und gerettet worden. «Wo also war dein Vater im Krieg?», wollte ich wissen.

«Nicht in Italien, er war im Osten. Obwohl: Ein Kommandeur meines Vaters, der oft als Gast bei uns verkehrte, hatte für kurze Zeit ein hohes Kommando in Italien, nach Mussolini, ein General von Zangen, der das traurige Schicksal hatte, dass er alle seine Söhne an der Front verlor.»

«Und sonst?», beharrte ich.

«Das ist Geschichte!»

Lachen, heitere Gespräche, das Klappern der Gläser und Teller drangen vom Tresen herüber. Doch mein Begleiter nahm das Gespräch wieder auf.

«Er hat sich hoffentlich nichts zuschulden kommen lassen in Italien, der General. Wir hatten damals unseren Eltern mal eine Schallplatte mit Beethovens fünfter Symphonie geschenkt, das ging gründlich schief. Die Erinnerungen an den Krieg waren wohl noch zu frisch. Sie konnten diese Schicksalssymphonie nicht mehr hören. Missbrauchte Musik, sagten sie. Musik bedeutete ihnen eigentlich alles im Leben. Das hatten wir verstanden, wir hörten aber die Platte als unser eigenes Schicksalsklopfen.» Ohne den ironischen Unterton, den er eben noch angeschlagen hatte, setzte er fort: «Bei der ernsten Musik sahen wir oft eine solche Schwermut und Trauer in ihren Gesichtern, dass wir nicht wagten, sie durch Fragen zu verletzen. Aber sie haben uns eine Identität gegeben, durch ihre Musik und die Literatur. Wir hörten gemeinsam viel Musik, das war unsere tiefste Verbindung.» Dem Strafverteidiger am Nachbartisch wurde ein neues Getränk serviert. «Richard Wagner hörten sie nie mit uns, sie liebten die feinen leisen Töne. Das hysterische Polit-Geschrei war immer unerträglich für ihre Ohren, damals wie heute. Sie blickten damals immer nach vorn. Zurückzublicken schien schwer, wie wir in ihren Gesichtern lasen. Sie hatten wohl recht. In vielen Mythen ist der Blick zurück gefährlich, wie in Sodom und

Gomorrha oder in der Unterwelt, bei Orpheus und Eurydike. Dem Sänger war nach dem Besuch in der Unterwelt der Blick zurück auf Eurydike verboten. Denn der Blick auf Eurydike, die hinter ihm ging, war auch ein Blick zurück in die Schrecken der Unterwelt. Orpheus blickte zurück. Er hat nicht nur Eurydike verloren: Er verlor die Kraft zur Musik, die Lebenskraft, seine Musik verstummte. Er konnte nicht mehr lieben, er konnte nicht mehr leben, nach dem verbotenen Blick zurück.» Mein Begleiter schaute mich an. «Aber einmal muss dieser Blick wohl sein, ein Blick in dieses Grauen bleibt heute keinem erspart.»

Der Herr im grauen Anzug lehnte sich über den Tisch zu seiner Begleiterin hinüber. Ich hätte gerne gewusst, worüber sie sprachen, aber unter dem Tellerklappern und dem Gerede der anderen Gäste war nicht ein einziges Wort aufzufangen. Als hätte mein Begleiter meine Neugierde geahnt, raunte er mir grinsend zu: «Ich glaube zwar nicht, dass sich die beiden über die Rote-Armee-Fraktion unterhalten. Aber die Terroristen können ihren Blick wohl auch nicht von der Unterwelt lösen.»

Ich stocherte im Apfelstrudel und dachte an meinen Vater und seine Feinde, suchte einen Haltepunkt für meine Augen an der dunklen Täfelung, an den Büchern im Eckschrank und tat, als ob ich die Titel lesen würde. Nur wenige Menschen können Wahrheit ertragen, und trotzdem ist der Mensch zum Verzeihen geboren.

«Warum fährst du schon an Ostern nach Rom?», nahm mein Begleiter das Gespräch wieder auf.

«Ich muss! Meine Freundin hat ein Baby bekommen, ich will es sehen, ich bin so neugierig!»

«Lässt es sich machen, dass auch wir uns dort sehen?», seine Hand griff nach meiner, ich schaute auf, ohne mich zu entziehen. «Nach Rom! Es ist so lange her!», sprach er mit dem leise gedehnten Unterton einer fernen Sehnsucht: «Eine neue Himmelsrichtung täte mal gut, wo es in Berlin nur Osten und Westen gibt.»

Das erste Semester meines Stipendiums ging zu Ende, meine Freundin kehrte nach Neapel und ihr Freund in die Schweiz zurück. Am Hindenburgdamm wurde es still. Meine Vermieterin kündigte ihre Rückkehr aus den Vereinigten Staaten an. Ich zog in eine neue Wohngemeinschaft um, an der Pariser Straße in der Nähe des Savignyplatzes. Kaum war mein Koffer ausgepackt, zeigte der Mann, der nun den Süden suchte, eine neue Eigenschaft. Er lud zu einem Abendessen ein. Auf dem Büfett für die Gäste stand eine Schüssel mit gekochtem Weißkohl und geraspeltem Parmesankäse – *parmigiano!* Bei allen Gegensätzen unserer Kulturen verschlug mir dieser Fehlgriff wirklich die Sprache, um vom Appetit ganz zu schweigen. Was sollte ich von einem Land und einem Menschen halten, der den edelsten Käse *mit Kohl* vermischt? Nicht ein Gast rührte die Schüssel an. Das versöhnte mich, und Uli der Knecht, von mir zur Rede gestellt, gab den Fehlgriff zu. Seine Freunde hatten bewiesen: Man kann nicht *alles* mit *allem* mischen, es muss zusammenpassen.

Für die Osterfeiertage kehrte ich also nach Rom zurück und erzählte von Berlin.

«Ich mag einen Deutschen», sagte ich zu meiner Mutter leichthin, so nebenbei beim Plaudern in der Küche.

«Sabinella, das heißt, ich mag *Deutsch*», korrigierte sie mich, während sie die Spaghetti aus dem kochenden Wasser in das Abtropfsieb gleiten ließ. Dichte Schwaden dampften um ihr Gesicht. Sie kniff ihre Augen in der aufsteigenden Hitze zusammen. Ich setzte noch einmal neu an.

«Nein – einen Deutschen, einen Mann. Ostern kommt er nach Rom, er will uns besuchen.»

«*Wie bitte?*» Der heiße Topf sank ihr aus der Hand. Die Nachricht war angekommen. Mit Genugtuung erinnerte ich mich daran, mit welcher Gleichgültigkeit die Bewilligung meines Stipendiums vor einem halben Jahr zur Kenntnis genommen worden war, obwohl es um eine so wichtige Angelegenheit wie die deutsche Romantik ging. Wenigstens die Angelegenheiten meines Herzens sorgten also noch für Reaktionen. Die Mama wedelte wie die Pythia von Delphi den Dampf zur Seite und fasste mich prüfend ins Auge.

«Was ist passiert?»

«Nichts ist passiert.»

Sie löste das Band ihrer Küchenschürze. «Gottlob!»

«Mama!», protestierte ich. «Ihr habt uns zu selbstständigen Menschen erzogen, warum machst du dir Sorgen? Du hast uns mit Babbo erzogen, was erwartest du denn? Ich habe gesagt, dass er Ostern kommt. Er arbeitet den ganzen Tag. Abends sitzt er an seiner Doktorarbeit, und gelegentlich gehen wir zusammen aus.»

Die Mama sprang zur Tür: «Vitto, komm sofort! Es gibt neue Nachrichten!»

«Und das Essen?», rief er vom Schreibtisch zurück.

«Das muss warten!» Vitto war der Spitzname meines Vaters als Partisan, die Kurzform von *vittoria* – Sieg. Wenn meine Mutter ihn so nannte, war meist irgendetwas vorgefallen. Wenn aber das Essen warten musste, musste es sich um etwas wirklich Ernstes handeln. Viel bleibt in unserem Land über Jahre und Jahrzehnte unerledigt. Aber bei der Pasta läuft alles prompt und pünktlich. Wenn die Pasta auf dem Tisch steht, gibt es kein Zögern, keine Ausreden, dann ist Essen die *ultima ratio.* Mein Vater eilte daher zu uns in die Küche.

«Also, Vitto, wir erhalten Besuch aus Deutschland ... So, Sabo, jetzt bist du dran.»

Ich sah meinen Vater an. «Wir bekommen Besuch von einem Deutschen. Einer, der aussieht wie aus der *Göttlichen Komödie* entsprungen: *Biondo era, bello e di gentile aspetto*», rezitierte ich mit weihevoller Stimme und rollte die Augen. Ich war auf Babbos Reaktion gespannt.

«Manfredi?», fragte er. Er hatte das Zitat erkannt. Das war ein gutes Zeichen.

«Babbo, darf er bei uns wohnen?»

«Also, Manfredi heißt er, und er gefällt dir?»

Das Zitat stammt aus einer Stelle, in welcher Dante seine Begegnung mit dem *Principe Manfredi* im Fegefeuer beschreibt. Manfredi war ein Sohn des staufischen Kaisers Friedrich II. von Palermo, einem Gegner des Papstes und einer der letzten Staufer, er herrschte um 1266 über Süditalien, eine wichtige Gestalt in der italienischen Geschichte.

«Na ja, Manfred heißt er nicht gerade», nahm ich den Faden auf, «aber sein Vater heißt so. Die Wurzeln der Familie reichen bis in Dantes Zeit und an die Universität von Bologna zurück. Wer weiß, vielleicht gab es schon damals eine Liebe zu Dante oder Italien.»

Meine Eltern lachten, als ich von dem Brunch am frühen Morgen in Berlin mit dem Mann ohne Eigenschaften erzählte.

«Aber besucht er Rom oder dich?», fragte mein Vater präzise.

«Er schaut mich an unter all den Leuten, er spricht kein unnützes Wort, er geht mit mir in Filme, die ihn nicht interessieren, er freut sich, mir Dinge zu zeigen, die er schon kennt, und schleppt mich im Winter auf dünnes Eis. Rom hat er schon früher einmal besucht, wie deutest du das?», fragte ich zurück.

«Zeige ihm Rom aus deiner Sicht, er soll bei uns wohnen.»

Zu Ostern betrat *il biondo* die römische Erde. Er küsste nicht den Boden, sondern mich und begrüßte meine Mutter mit den Worten: «Vielleicht bin ich der einzige Deutsche, der Sie noch nie gesehen hat, das tut mir leid, aber ich habe keinen Fernseher.»

Sie lachte: «Zum Glück gibt es noch Menschen, die ohne das Fernsehen auskommen und Bücher lesen können.»

«Hier habe ich etwas für Sabinas Vater», damit überreichte er eine Flasche Met, den germanischen Honigwein, mit weiß-grüner Manschette und roter Schleife verziert. Eine Zahnbürste steckte darin, denn ich hatte ihm von den Geschichtslektionen meines Vaters erzählt: «Damit die Römer wieder über die Germanen siegen können, ohne die Pizza verpfeffern zu müssen. Für Sabina habe ich eine Peitschenwurst mitgebracht, mit Grüßen von Nietzsche, denn wenn der Mann zum Weibe geht, soll er die Peitsche nicht vergessen. Die Peitschenwurst heißt wirklich so im badischen Freiburg.»

Die meterlange dünne Wurst war mit roten Schleifen zum Herzen geformt. Das war eine gefährliche Mischung für jemanden, der für sein Leben gern Würste isst.

«Na, wenn das keine Provokation ist – mit der Peitsche zu zwei emanzipierten Frauen zu gehen, in die Höhle der Löwinnen!», lachte die Mama.

«Nein, man muss den Nietzsche nur richtig verstehen. Die Peitsche ist nur als Ansporn zur Emanzipation gedacht! Denn vielen Frauen fehlte damals noch der Wille zur Freiheit und Emanzipation, entweder aus Trägheit oder aus Unwissenheit.»

Nach dem kleinen Diskurs über die Emanzipation in der Philosophie schritt der Berliner für einige Tage über die Hügel der Stadt: «Selig, o selig, wer mit heiteren und klaren Augen, schöne Länder betrachtend wandelt, wem weder Hass, weder Leid, noch nagenden Kummers Last gehäuft …» So dichtete August von Platen in seinem Italien. Ich freute mich, Ulrich mein Rom zu zeigen, während meine Eltern und Freunde nach den verborgenen Ecken und Kanten des deutschen Gastes Ausschau hielten.

Mein Rom: «*Tantae molis erat, Romanam condere gentem* – solcherlei Mühsal bedurfte es, das römische Volk zu begründen», so beginnt Vergil sein Epos über die ewige Stadt. In den Mythen der Gründung geht es um Liebe und Leidenschaft, um den Bruch eines Gelübdes und um Verrat. Rom ist auf Verrat gegründet, aber auch auf Menschlichkeit, denn was ist menschlicher als der Verrat um einer Leidenschaft willen. Schon Paris, der Prinz aus Troja, der in Mykene die ihm zugedachte Helena entführte, die Frau seines Gastgebers Menelaos, war ein Verräter und Helena mit ihm. Und das Gelübde jener am Tiber zur Keuschheit verpflichteten Vestalin Rhea Silvia? Es wurde von Mars gebrochen! Die arme Rhea Silvia wurde von Mars verführt. Was hätte sie tun sollen gegen einen Gott? Und dann wurde *sie* von ihm verlassen und verraten! Aus der verbotenen göttlichen Liebe gingen Romulus und Remus hervor. Mutter und Kinder wurden zum Tode verurteilt – von Menschen, weil die Menschen meinten, von göttlicher Gerechtigkeit mehr zu verstehen als ein Gott. Was die Götter verfehlen, müssen leider die Menschen ausbaden. Mars ließ die verführte Verlassene und Verurteilte doppelt im Stich und begab sich auf neue Abwege. Nur der Flussgott Tiber, ein «Plebejer» in der Hierarchie der Götter, zeigte Herz und Verstand. Er entführte die Mutter und die Zwillinge, um sie vor der menschlichen Gerechtigkeit zu retten. Dort, wo der Janusbogen aus der römischen Antike noch immer nahe am Tiber steht, landete der proletarische Flussgott die Zwillinge in einem Korb im sumpfigen Binsenkraut an. Die Liebe hat vier Gesichter, so wie der Janusbogen vier Ausgänge hat: Verführen, Verlassen, Verurteilen, Retten. Zwei Gesichter hat Janus, aber vier Ausgänge stehen im Janusbogen zur Wahl, als könne man dem Janus und den Göttern ein Schnippchen schlagen. Der Tiber rettete Romulus und Remus, eine Wölfin nährte sie, Rhea Silvia blieb verschollen, aber unvergessen. Im Namen der Liebe ist Göttern und Menschen alles erlaubt, die helfende Natur wird es schon richten, scheint der Mythos zu lehren.

Meine Eltern wollten alles über *il biondo* wissen. Die Freunde mahnten mich an mein Versprechen: «Wehe, du kommst mit einem *crucco* zurück!» Mein Bruder fragte den Preußen, die Augenbrauen in grübelnde Falten gelegt: «Was hat dein Vater im Krieg gemacht?»

«Offizier!»

«Wo?», hakte er weiter.

Ich kam Ulrich zu Hilfe. «Nicht in Italien, Marco. Muss das jetzt sein, die Fragen kennt er schon!»

Lucio, der mit mir auf der Weidendammer Spreebrücke gestanden hatte, wollte genauer wissen: «Ist die Wiedervereinigung Deutschlands heute noch möglich?»

«Natürlich, sie ist Verfassungsziel und im Grundgesetz verankert», lautete die schlichte Antwort.

Lucio sah Uli verwundert und zweifelnd an. Verständlicherweise, denn im Jahr 1981 war für die meisten Westdeutschen das Thema Wiedervereinigung *ad acta* gelegt. Glaubte der Deutsche etwa, es gebe irgendwo noch einen Seitenausgang aus der Geschichte, wie im Janusbogen?

Die Mutter unseres Freundes Pino hieß Tosca. Sie verkaufte auf dem Campo de' Fiori Kartoffeln und Zwiebeln, um wieder auf bodenständiges Römertum zurückzukommen. Der Berliner schaute bei unserem Rundgang staunend auf diese Marktfrau hinter ihren Kartoffel- und Zwiebelkisten und raunte mir zu: «Wer ist denn diese schöne Frau?» Er hatte recht. Trotz ihrer erdigen Hände war sie mit wachen blauen Augen, ihrer schlanken hohen Gestalt und silberweißen Haaren eine stolze schöne Römerin. Ihre Schwestern hießen Norma und Aida. Tosca, Norma und Aida, ihr Vater hatte Opern geliebt und wohl die Schönheit seiner Töchter vorausgeahnt. Doch Pino zeigte einen Hauch von Wehmut, wenn er den Deutschen mit mir zusammen sah, und meinte, ihm freundlich auf die Schultern klopfend: «Du bist eine *catastrofe!*», wobei er das «O» leidvoll und mit Kopfschütteln betonte: «Du raubst uns die Sabina aus Rom!» Die Freundinnen hingegen sprachen mir gegenüber immer nur von *«il tuo Helmut Berger»* und rollten dabei das römische «R» noch sinnlicher als sonst. So brachte der Mann ohne Eigenschaften mindestens drei Namen aus Rom nach Hause: Für Pino war er die *catastrofe*, für meine Freundinnen «Helmut Berger» und für meine Mutter «der Preuße», nachdem sie ein paar Anekdoten seiner Herkunft vernommen hatte.

«Also wart ihr nun Preußen, oder seid ihr es noch?», bohrte sie mit ihrer typischen Hartnäckigkeit.

«Das ist ein weites Feld, wie Fontane sagt», entgegnete Uli lachend, weil er die Sympathie meiner Mutter für Preußen verspürte. Preußen hatte im 19. Jahrhundert die Einigung Italiens gegen Österreich unterstützt und stand deshalb bei uns in hohem Ansehen. In Berlin im Gropius-Bau an der Mauer hatte eine erste große Ausstellung nach dem Krieg über den lange verpönten Staat stattgefunden. Auch Deutschland begann, nach seinen preußischen Wurzeln zu suchen, und wir begegneten dem Thema mit Interesse, ohne Vorurteile: «Wie haltet ihr es heute mit dem Gehorsam?» Es klang dennoch wie ein Verhör.

«Der Gehorsam ist die Gretchenfrage des Preußentums», parierte Uli die Frage: «Wir haben zu Hause gelernt, dass ein preußischer Offizier auch wissen musste, wann ein Befehl nicht befolgt werden dürfe. Um es offen zu sagen: Jeder Mensch, der gehorchen muss, braucht wohl auch eine Erziehung zum Ungehorsam.»

Das hörte sich gut an, hatte aber den Untergang Preußens und alles Weitere nicht verhindern können. Richtig preußisch sei die Familie nun doch nicht mehr, hörten wir weiter. Schon der Urgroßvater sei in den Süden, nach Baden gegangen. Er hatte Hindenburg im Generalstab ausgebildet, betonte «der Preuße» mit dem Hinweis auf meine Berliner Adresse am Hindenburgdamm, als hätte der General «Zufall» bei meiner Wohnungssuche die Hände im Spiel gehabt, und wirklich gehörte meine Vermieterin zufällig schon vor meiner Ankunft zu Ulrichs Freundeskreis. Sein Urgroßvater sei, von den freundlichsten Grüßen seines Feldmarschalls Moltke begleitet, ein Badenser in Freiburg geworden, im Herzen aber wohl Preuße geblieben, «denn auch die Preußen haben ein Herz», betonte der Urenkel. Der Urgroßvater fühlte sich im badischen Freiburg so wohl, dass er dem Großherzog von Baden herzlichst dankte: «... mit den aufrichtigsten Gefühlen für alles, was mich in dem schönen Land Baden, von der ersten bis zur letzten Stunde meiner Anwesenheit, beglückt hat, vornehmlich auf das mir in überreichem und unverdientem Maße zuteilgewordene Wohlwollen Eurer königlichen Hoheit und allerhöchstderen Familie». Das las ich zwar erst später in einer Briefabschrift, nachdem ich die badische Küche lieben gelernt hatte, fand deshalb aber diese Sentenz erst recht überzeugend.

Unser Preuße in Rom wagte aber auch den Gegenangriff: «Gibt es denn keine Musik, kein Instrument in eurem Haus?»

Nein, und da gäbe es auch nichts zu berichten, erklärte ich ein wenig verlegen, als wäre bei uns etwas schiefgelaufen, versuchte aber, mich mit dem Hinweis zu retten: «Aber ich habe mit meinem Vater oft Schallplatten gehört. Zum Beispiel das *Erzherzog-Trio*.» Ich kramte sofort die alte Schellackplatte aus dem Regal hervor.

«Wo habt ihr denn die her?», fragte Uli. Das klang, als wäre es undenkbar, dass sich derartige Musik bis nach Rom verirrte. Nein, nein, so sei das nicht gemeint, er sei nur selbst mit dieser Musik aufgewachsen: «Als es nach dem Krieg bei uns weder Preußen noch Plattenspieler gab, haben meine Eltern selber musiziert. *Das Erzherzog-Trio* von Beethoven wurde zu unserer Erkennungsmelodie, sie war unser Hit, fröhlich und leicht und tief. Ein Cellist kam oft zum Üben zu uns, ein leidenschaftlicher Musiker, eigentlich ein Physikstudent. Er schlief oft bei uns, in einer engen Not-Wohnung, die mehr einer Scheune als einer Wohnung glich. Aber ein Flügel stand da. Wenn der Cellist spätabends ankam und wir schon schliefen, stellte er seinen Cellokasten vor unser Bett, seine Schuhe davor und malte mit Kreide ein lachendes Gesicht auf den Schneckenkasten des Cellos, damit wir beim Erwachen gleich wussten: Musik liegt in der Luft.»

Wenige Wochen nach diesem römischen Divertimento, das dank meiner Mutter heiter im Allegro und manchmal *alla tedesca* im Andante maestoso ging, besuchte mich meine Mutter in Berlin, unter dem geteilten Himmel, in der geteilten Stadt. Denn im wunderschönen Monat Mai hatte sie dienstlich beim SFB, dem Sender Freies Berlin, zu tun. Eine willkommene Gelegenheit, bei der Tochter mal nach dem Rechten zu sehen. Meine Mutter erhielt trotz ihrer Diskriminierung durch den Bayerischen Rundfunk große Unterstützung von anderen deutschen Sendern, besonders durch den WDR und den SFB. Ich hatte in meiner neuen WG Platz für sie, das heißt: Sie schlief im Bett und ich zu ihren Füßen auf dem Boden. Es war ein wenig provisorisch, aber sie übernachtete lieber bei mir als allein im Hotel und ich lieber auf dem Boden neben ihr als alleine ohne sie. Für ein paar Tage wurde also die elegante Fernsehjournalistin Mitglied unserer WG. Wir waren gern zusammen, wir zwei Frauen ganz unter uns. In weiblicher Komplizenschaft wollten wir die Stadt genießen. Aber schon am frühen Morgen nach der ersten Nacht schaute sie mich mit besorgter Miene an:

«Meinst du wirklich, dass diese WG das Richtige für dich ist?»

«Warum denn nicht?»

«Nun», zögerte sie, «heute Nacht musste ich ins Badezimmer. Da traf ich im Flur einen dunklen Mann – was mich im Prinzip nicht stört, ich habe nichts gegen die Hautfarbe. Aber», sagte sie, «er war splitterfasernackt, und einen Haarschopf hatte er, so breit wie ein Regenschirm, mit Perlen darin! Glaub mir, das war wirklich eine Überraschung für eine Signora, im Dunklen um Mitternacht!»

Ich platzte fast vor Lachen. «Aber Mama, du weißt doch, Berlin ist eingemauert, deshalb müssen die Menschen ein bisschen zusammenrücken. Du hast heute Nacht einen Freund meiner Mitbewohnerin kennengelernt, er kommt aus Jamaika, ein sehr freundlicher und lieber Mensch.»

Den Preußen trafen wir gleich nach dem Morgenkaffee am Savignyplatz. Der Flieder duftete. Durch ein blühendes Staudenbeet mit Eisenhut und Rittersporn trat er auf uns zu. Meine Mutter spottete flüsternd: «Mein Gott, was für eine Stadt, heute Nacht der nackte Jamaikaner und jetzt ein Aristokrat, wie auf dem Weg zur Guillotine. Man hat ihm schon den Kragen abgeschnitten, wie in der Französischen Revolution.»

In der Tat trug Uli ein Baumwollhemd ohne Kragen. Man hätte auch an Gandhi oder an Karajan denken können, aber meine Mutter liebte nun einmal den Spott.

Wir besichtigten die Stadt. Uli zeigte uns die Stätten des Widerstands gegen Hitler an der Stauffenbergstraße, in Plötzensee, auch die Mauer am Potsdamer Platz und zur Erholung das KaDeWe. Ich zeigte ihr die Gemälde in Dahlem und bereitete meine Mutter – unter vier Augen – auf eine Einladung zum Abendessen bei unserem Reiseführer vor. Um sie zu beruhigen, versicherte ich: «Dein Preuße hat mir versprochen, nie wieder Weißkohl mit *parmigiano* zu mischen», worauf sie protestierte: «Er ist immer noch *dein* Preuße!»

In der Carmerstraße wurden wir abends mit den Worten empfangen: «Willkommen zu Pellkartoffeln und Quark, mit Rollmops und Heringsfilet. Zum Nachtisch gibt es Tarte tatin von Le Nôtre im KaDeWe!»

Das war ein überzeugendes Küchenprogramm mit Berliner Kiezgefühl. Vor allem waren wir erleichtert, dass es keine weich gekochte Pasta gab, wie in Deutschland leider oft üblich. Als der Gastgeber die Teller schließlich auch noch selbst abräumte, hatte er die Signora wirklich beeindruckt.

FRONTSTADT, FREIBURG, FREIHEIT

Wie anders als diese deutsch-italienischen Freundschaftstreffen verliefen die deutsch-deutschen Begegnungen, die ich danach erlebte! Jedes Wochenende jagten in den Jahren vor dem Mauerfall die West-Berliner zu Tausenden über die AVUS, um nach kurzer Strecke am Kontrollpunkt Dreilinden im Stau vor der «Staatsgrenze der DDR» zu stehen, wo sie die Prozedur der Grenzabfertigung im Transitverkehr über sich ergehen lassen mussten. Auch wir drängten zum Korridor, um durch den Osten in den Westen zu fahren, in südlicher Richtung nach Freiburg. Einmal während meines Aufenthaltes wollte ich Freiburg sehen. Nach all den hässlichen Polit-Begriffen, mit denen das Leben in Berlin umschrieben wurde, wie: Frontstadt, selbstständige politische Einheit, nach all den Sektoren, Kontrollpunkten, Passierscheinen und Transitvisa und so weiter klang der Name des badischen Städtchens Freiburg verheißungsvoll und befreiend in meinen Ohren. Doch vor die «Freiheit» hatte der reale Sozialismus die Kontrolle gesetzt. Wir befanden uns schließlich im Brennpunkt der Machtinteressen der Weltmächte. Das sollte niemand vergessen, dafür sorgte die Obrigkeit der DDR. Die Gelassenheit der mit allen weltanschaulichen Wassern gewaschenen Berliner stand im bizarren Gegensatz zur tatsächlichen Lage. Ich jedenfalls war trotz aller Entspannungspolitik kein bisschen entspannt, als ich zwischen dem «Checkpoint Bravo» der Westmächte und dem kommunistischen «Kontrollpunkt» Dreilinden im Territorium der DDR am Autobahnrand einen sowjetischen Panzer entdeckte, dessen Kanone auf mich und die Stadt gerichtet war. Nach langem Warten und Autoschieben fragte uns ein Volkspolizist in den Wagen hinein: «Führen Sie Waffen oder Munition mit?»

Ich schaute vor und zurück auf die Autoschlange. Bei jedem einzelnen Fahrzeug hatte er diese Frage gestellt, wie am Fließband. Wie Charlie Chaplin in seinem Film *Moderne Zeiten* produzierte er Zehntausende Mal am Tag die immer gleiche Frage: Führen Sie Waffen oder Munition mit? Jeder dachte bei der Antwort wohl im Stillen: «Wieso? Braucht man das bei Ihnen?» Aber nach außen wurde die Frage höflich verneint, und alles schien in bester Ordnung.

Die Fahrt durch den Korridor auf der Transitautobahn führte zu einer deutsch-deutschen Begegnung der besonderen Art. Irgendwo zwischen dem Fläming und Bitterfeld gaben uns die entgegenkommenden Autos heftige Lichtzeichen mit den Scheinwerfern. «Achtung, Volkspolizei!», bedeute das, erklärte mein ständiger Begleiter. Das gefiel mir. Hier kommunizierten Deutsche mit Deutschen ganz offensichtlich *all'italiana* – per Lichthupe, ein heimliches Bündnis Gleichgesinnter, die hier unbekannt aneinander vorbeirauschten. Tatsächlich verengte sich bald die Straße, und ein Volkspolizist erhob die rote Kelle, wir hielten an.

«Das kann dauern!», warnte mich mein Fahrer, bevor er das Fenster herunterkurbelte.

«Ihre Papiere, bitte!» Der Volkspolizist prüfte lange die Ausweise und Transitvisa und fragte dann: «Kennen Sie die Verkehrsvorschriften der DDR?»

«Ja!»

«Wie schnell sind Sie gefahren?»

«Vorschriftsmäßig.»

«Nein, Sie haben die zulässige Höchstgeschwindigkeit überschritten.»

«Nein.»

«Sie sind 115 Stundenkilometer gefahren, 100 sind erlaubt. Steigen Sie bitte aus. Ich belehre Sie und fordere Sie auf, eine Ordnungsstrafe von 80 D-Mark zu bezahlen.» Er sagte nicht Mark, sondern sehr betont «D-Mark».

Mein Fahrer stieg aus und antwortete höflich: «Da muss ein Irrtum vorliegen, ich bin vorschriftsmäßig gefahren.»

«Sie zahlen. Sonst fahren Sie nicht weiter.»

«Hören Sie», sagte mein Fahrer, «ich komme aus der Bundesrepublik Deutschland. Bei uns ist es üblich, dass ein Verkehrsverstoß nachgewiesen wird, ehe er bestraft wird. Da ein Verstoß von mir nicht vorliegt, müssen Sie sich irren. Vielleicht haben Sie sich mit einem anderen Fahrzeug vertan.»

«Wir irren uns nicht, und Sie werden bezahlen!»

«Schauen Sie, die DDR will doch ein sozialistischer Staat sein, oder etwa nicht?», dozierte mein Fahrer, mit dem Hauch eines ironischen

Lächelns, das um seine Mundwinkel spielte. Der Volkspolizist war für einen Moment sprachlos. «Und die DDR will doch sicher auch ein sozialistischer Rechtsstaat sein, oder irre ich mich? Wenn Sie also meinen, ich hätte einen Verkehrsverstoß begangen, den ich in Wirklichkeit gar nicht begangen habe, muss ein Gericht darüber entscheiden, was vorliegt. Wenn Sie recht bekommen, werde ich bezahlen, sonst aber nicht.»

«Sie bezahlen jetzt, oder Sie werden die Transitwege nicht mehr benützen», ereiferte sich der Volkspolizist.

Mein Fahrer ließ sich nicht aus der Ruhe bringen. «Bitte geben Sie mir also meine Papiere zurück. Meine Begleiterin, die Sie hier festhalten, hat mit der Sache gar nichts zu tun. Nennen Sie mir doch bitte Ihren Namen oder Ihre Dienstnummer.»

«Sie haben hier keine Forderungen zu stellen!» Der Volkspolizist hatte so laut losgebellt, dass ich zusammenzuckte und mich unwillkürlich duckte. Er stemmte auf meiner Augenhöhe die Arme in die Hüften. So klang das Deutsch, das ich immer gefürchtet hatte.

«Doch! Nennen Sie mir bitte freundlicherweise wenigstens Ihre Dienstnummer, ich habe als Bürger der Bundesrepublik Deutschland einen Anspruch darauf. Ich werde mir inzwischen das Kennzeichen Ihres Dienstwagens notieren», sagte mein treuer Begleiter, der nun auch mit meinen Nerven spielte. Er stellte sich demonstrativ vor das Polizeiauto, schrieb dessen Nummer auf und ergänzte: «Wenn Sie mir die Papiere nicht aushändigen, werde ich mich bei der Transitkommission beschweren.»

«Das werden Sie noch bereuen», schrie der Polizist und begab sich zu seinem Dienstwagen. Wir warteten in unserem Auto. Ich war schockiert.

«Mein Gott, diese Sprache! Wäre ich doch bloß in Berlin geblieben», entfuhr es mir. Der Mann, der hier mit meinen Nerven spielte, hatte mit Uli dem Knecht nichts mehr gemein.

Er schwieg ein paar Minuten. Dann erhob er sich: «Jetzt hole ich mir die Ausweise.»

Am Polizeiwagen hielt man ihm ein Dokument zur Unterschrift hin. Er las, beugte sich nieder und setzte zum Schreiben an. Plötzlich riss ihm der Volkspolizist das Papier aus der Hand, versetzte meinem Fahrer einen so heftigen Stoß vor die Brust, dass er nach hinten taumelte, und warf ihm unsere Ausweispapiere hinterher und brüllte: «Machen Sie, dass Sie wegkommen! Hauen Sie ab, und lassen Sie sich nie wieder hier blicken!»

«Was solltest du da unterschreiben?», wollte ich wissen, während er wieder Gas bis auf 100 gab.

«Ein Schuldbekenntnis. Als ich aber stattdessen meinen Widerspruch gegen den Tatvorwurf eintrug, hat er den Wutanfall bekommen. Ich habe nichts unterschrieben.»

«Erwartet dich jetzt ein Transitverbot? Kommen wir überhaupt raus aus der DDR? Und wieder zurück nach Berlin?»

«Kein Problem. Ich war im Recht, sonst hätte ich die Papiere nicht wiederbekommen. Die DDR braucht Devisen für den Aufbau des Sozialismus, sagen die Leute hier. Aber wenn wir als freie Bürger uns nicht wehren, wer wehrt sich dann?»

Kaum lag die Staatsgrenze der DDR hinter uns, wurde es lebendig auf der Autobahn. Hurtig spurteten glänzende Limousinen über den geschmeidigen Asphalt an uns vorbei. Auch wir drückten aufs Gaspedal, und wir alle fühlten: «Freie Fahrt für freie Bürger.» Jedoch hatte ich einen Moment lang gedacht: *Ach, wäre ich doch in Berlin geblieben?* – Was war aus mir geworden?

Als es Abend wurde, suchten wir uns ein Hotel in Bamberg. Wir tranken ein würziges Rauchbier im Schlenkerla, dessen rauchiger Geschmack gut zu der soeben durchlittenen Hölle im Korridor zu passen schien, mich aber auch an die verführerischen *Elixiere des Teufels* von E. T. A. Hoffmann denken ließ. Nach einem Blick auf den Bamberger Reiter am nächsten Tag fuhren wir weiter, und Uli kündigte uns unterwegs per Telefon bei den Eltern an: «Hallo Mutti, ich bins, wir kommen in etwa drei Stunden.»

«Ich bin gespannt auf die deutsche Mutti dieses Sohnes», verspottete ich ihn. Ich habe mich bis heute nicht an das Wort «Mutti» gewöhnen können. Auch zwei Schwestern würden in Freiburg sein, was meine Spannung noch steigerte. Robert Musils «Mann ohne Eigenschaften» hatte eine enge Beziehung zu seiner Schwester, und mein Begleiter hatte deren zwei. Sein Bruder war leider verhindert.

In Freiburg reckte sich der Münsterturm hochgotisch in den Himmel. Unter fortwährenden Ausrufen wie: «Dort war ich ...», «Hier hab ich …», «Hier war früher …», «Dort müssen wir …», gelangten wir schließlich an der Gartenpforte eines idyllischen Hauses am Berg an. Hinter dem Fenster bemerkte ich forschende Augen und dachte sofort an die Mülltonne am Hindenburgdamm, doch das Fenster ging auf.

«Da seid ihr ja, willkommen, endlich seid ihr da! Ich konnte es nicht mehr erwarten und habe nach euch Ausschau gehalten», so grüßte die Mutter. Weißes Haar umrahmte ihr Haupt, Augen von tiefblauer Klarheit schauten mich an. Ich liebe die tiefen Blicke.

Ein Garten umgab das Haus. Eine Trauerweide, auf Italienisch *salice piangente* genannt, ließ weinende Zweige hängen, als wolle sie das Haus melancholisch behüten. In der Ferne erhob sich der Kaiserstuhl, aber die Sicht reichte weiter darüber hinaus, bis in die Vogesen nach Frankreich.

«Pharao, *viens ici!*», rief plötzlich eine fröhlich helle Stimme aus dem Haus. Der Rauhaardackel gehorchte nicht. Er begrüßte uns kläffend, oder wollte er mich vertreiben? Ganz sicher war ich mir nicht. Doch dann wedelte er freundlich mit dem Schwanz. Die Schwester kam mit «Hallo» heraus, und hinter ihr folgten, halb schüchtern, halb willig drei blonde Köpfe der Nichten und des Neffen aus Paris. Ein kurzes *«bonjour»* sagten die Kleinen und verschwanden im Garten. Sie dachten wohl, einer Italienerin könne Französisch nicht schaden. Der Vater meines Begleiters kam mit freundlichen Lachfalten um die Augen und strahlte mich an. Im Haus duftete es nach Holz, das Parkett glänzte wie Bernstein.

Wir verplauderten den späten Nachmittag bei Pflaumenkuchen, Tee und Sonnenschein im Wintergarten. Immer tiefer neigte sich die Sonne nach Frankreich hinüber. Mir gefielen die an den Hund gerichteten Kommandos. «Pharao versteht nur Französisch», erklärte die Schwester.

«Kommandos klingen auf Französisch angenehmer als auf Deutsch, das habe ich gerade wieder auf der Transitstrecke erfahren», erwiderte ich und erzählte von der Verkehrskontrolle.

«Ich konnte den Kasernenton nie ertragen, schon damals nicht, als wir jung verheiratet waren», lachte die Mutter und ergriff die Hand ihres zustimmend lächelnden Mannes. Meine Augen ließen nicht ab von den Vogesen in Frankreich. Die Enkel sprachen ihre Großeltern mit Lalla und Vello an.

«Ist das Deutsch oder Französisch?», wollte ich wissen.

«Weder noch, aber ich will keine ‹Oma› sein, ich fühle mich zu jung dafür. Meine spanische Enkelin hat in Madrid diese Bezeichnung für ihre spanischen Großeltern erfunden. Damit war auch mein deutsches ‹Oma›-Problem gelöst, und jetzt bin ich eine europäische Großmutter, mit Enkeln aus Spanien, Frankreich und Deutschland.»

Drei Länder waren an diesem Familientisch also zu Hause, und entsprechend unterschiedlich waren die Temperamente. Ein Spaziergang im Sonnenuntergang beendete die ausgedehnte Teestunde.

Zur Gartenpforte zurückgekehrt, verweilte die europäische Großmutter im Abendschatten am Holunderbaum und schaute zum Jasmin hinüber. Sie deutete auf die Sträucher: «Wenige Wochen nach der Machtergreifung kam ich eines Abends mit meinen Eltern bei Dunkelheit nach Hause, als plötzlich aus diesen Büschen ein Mann auf uns zutrat. Nach dem ersten Schrecken erkannten wir in ihm den jungen Freund meines Vaters. Er hieß Josef Knecht. Er fragte, ob er bei uns wohnen dürfe, die Nationalsozialisten hätten ihn bedroht. Er wohnte für einige Wochen hier bei uns, heimlich, versteht sich. Nach dem Krieg wurde er Verleger und war Mitbegründer des Börsenvereins des deutschen Buchhandels. Wir blieben immer gute Freunde.»

«Auch ich habe gute Erinnerungen an ihn», warf mein Berliner Schatten in die Erzählung ein. «Zwei Portionen Rehrücken mit Spätzle und Preiselbeeren hat er mir spendiert, auf der Luisenhöhe, als ich klein und hungrig war.»

Die Mutter erzählte von ihrer Freundin Gerda und deren Vater, dem Philosophen Richard Kroner, der wegen seiner jüdischen Abstammung nach Amerika emigrieren musste: «Er war für mich wie ein Vize-Vater, mit seinem Freundeskreis, zu dem die Pringsheims, Thomas Mann und die Tänzerin Mary Wigman gehörten. Er war ein großer Philosoph, aber besonders stolz war er darauf, dass er ein preußischer Leutnant war.»

Gerda und sie hätten sich einst hinter einem Ofenschirm versteckt, um Mary Wigman beim Tanzen zuzuschauen: «Einer solchen Künstlerin bei der Arbeit zuzusehen, das kann ein Leben verändern, das vergisst man nicht.» – «Nach all dem Schrecklichen, was geschah, hat sich meine Freundin nach dem Krieg wieder zum jüdischen Glauben bekannt», ergänzte sie im nachdenklichen Schweigen.

Ich hörte gerne zu und verstand sehr gut. Sie sprach jedes Wort präzise und deutlich aus, und doch klang es immer natürlich und lebhaft. Noch nie hatte ich die deutsche Sprache so klar, so brillant gesprochen gehört. Als ich das erwähnte, meinte sie: «Sprache ist für mich Musik. Wenn man beim Musizieren nicht jedem Ton sein eigenes Gepräge gibt, entsteht niemals große Kunst. Das sage ich meinen Schülern im Klavierunterricht, und mit der Sprache verhält es sich ebenso.»

Nachts schaute ich durchs offene Fenster auf die hohen Fichten, die am Schlossberg in den Sternenhimmel ragten. Ein Duft von Harz und frischem Laub strömte ins Zimmer. Für mich war, wie in «alten Zeiten», ein eigenes Zimmer bereitet worden.

«Zum Münster und auf den Markt» lautete das Programm am nächsten Morgen. Doch zuvor wurde ein deutsches Frühstück zelebriert. Den dampfend heißen Tee schenkte die Hausherrin persönlich ein. Ein wachsweiches Ei, Lyoner Wurst, Vollkornbrot, Knäckebrot, Toast und olivgrüner Tannenhonig standen zur Auswahl. Für die Enkel gab es Kakao. *«Maman, regardes, qu'est-ce qu'il a fait!» – «Mais non, c'était toi ...»* So stritten sie um eine umgestoßene Tasse. «Sind sie nicht süß?», lächelten die Großeltern milde.

«Du kannst dir nicht vorstellen, wie die Stadt nach dem Krieg aussah», erzählte mein Berliner Schatten am Fuße des Münsterturms. «Freiburg war im Kern zerstört, rechts und links dieser Straße gab es nur Krater. Die Häuser waren weggebombt, der Schutt abgeräumt, aber das Münster und sein Turm waren wie durch ein Wunder fast unbeschädigt geblieben. Es war eine Verwüstung, die ich als solche gar nicht empfand. Für mich war das kein Ende, sondern ein Anfang, weil Frieden war und das Münster noch stand. Der Turm wirkte höher als heute, ich staunte nach unten in die tiefen Krater, nach oben in den transparenten Münsterturm.»

Hinter der Kirche auf dem Schlossberg rauschten die Bäume, kleine Bäche gurgelten durch die Gassen, Blumen leuchteten mit den vielfarbigen Früchten des Wochenmarktes um die Wette. Junge Menschen aßen Münsterwurst oder tranken Wein in der Stimmung des *dolce far niente* vor den Wirtshäusern. In der Metzgerei Munder atmete ich tief ein, in Erinnerung an all die Wurstscheiben, die ich mir als *bambina* mit meinem Schwyzerdütsch in Zürich verdient hatte.

Nachmittags tranken wir Tee bei der älteren Schwester, die mit fließendem Italienisch und Spanisch die französisch-deutsche Familie europäisch erweiterte.

Manche Erinnerungen schwimmen für immer obenauf im Gedächtnis, nichts kann sie zum Sinken bringen. Zum Tee gab es die «Schuhsohlen» von Freiburg. Nicht die zum Laufen, vielmehr nannte man so ein Feingebäck der Konditorei Kern, das wir bei der Schwester verzehrten. Zwei schmale, filigran wie der Münsterturm durchbrochene, knusprige Scheiben liegen aufeinander, durch eine Sahnecreme zart verbunden, bis sie lieblich auf der Zunge zergehen. Die romanische Kultur war so selbstverständlich und vertraut präsent, als hätte es niemals Feindschaft gegeben. Wir sprachen über Kunst und Petrarca, hörten Beethoven, Schubert und Chopin aus dem Repertoire der Mutter, nicht vom Plattenspieler wie bei uns in Rom, sondern vom Flügel im elterlichen Wohnzimmer.

Wir sprachen auch über Patriotismus. Es sei 1918 gewesen, erzählte Ulis Mutter. Als kleines Mädchen habe sie eine schwarz-weiß-rote Kokarde an ihrer Brust getragen und gegen fremde Jungen, die sie ihr streitig machten, verteidigt. Sie habe nicht losgelassen, so stark sei ihr patriotisches Gefühl gewesen. Den Stolz auf ihre Kokarde könne sie noch heute empfinden. Sie erwähnte die kleine Begebenheit mit solcher Leichtigkeit und Aufrichtigkeit, dass ich mit ihr fühlen konnte: eine Liebe zum eigenen Land, so natürlich wie meine.

In ihrem Arbeitszimmer, dessen Fenster von den Zweigen der Trauerweide verhangen war, zeigte sie mir einige ihrer Schreibarbeiten. Sie hatte sich in den Fünfzigerjahren einen Namen gemacht. Rudolf Pechel hatte Gedichte und Kurzgeschichten von ihr in der *Deutschen Rundschau* veröffentlicht. Ich las Verse von ihr, die entstanden waren, als mein Vater die heftigste politische Krise durchmachte – die Krise seiner Generation. Er hatte damals in die Weite gedacht, in die Freiheit, er hatte an einen Sozialismus in Freiheit geglaubt. Von Politik verstehe sie nichts, meinte unsere Gastgeberin, Politik habe sie nie interessiert, aber eins sei ihr in ihrer Lebensgeschichte deutlich geworden: «Der Nationalsozialismus und der Krieg haben das Patriarchat des Mannes endgültig widerlegt. Die Freiheit beginnt mit der Befreiung der Frauen. In meinem nächsten Leben würde ich gern Dirigentin im Orchester werden.» – «Wir Frauen», fuhr sie fort, «haben im Krieg unsere Last getragen und danach unsere Chance genutzt, haben sie nutzen müssen, weil es oft keine Männer mehr gab in den Familien. Über unsere Pflichten als Frauen brauchen wir unter Frauen ja nicht zu reden», meinte sie komplizenhaft ernst und zeigte mir ihr Gedicht *Am Fenster* aus der *Deutschen Rundschau*:

Ich blicke aus dem Fenster
Ins Astwerk der Weide.
Kräftig stößt sie vom Stamm
langrieselnde Zweige,
baut mächtige Blattkaskaden,
üppig wallender Vorhang
gegen die Schärfe des Lichts.
Gedanken keimen darunter,
wachsen am lebendigen Stamm,
laufen die Äste entlang,
durch die Schlitze des Vorhangs
leuchtet die Ferne,
setzen an zum Sprung in die Weite.

Der russische Dichter Maxim Gorki war ihr als Kind in der Kyburg, in Güntersthal bei Freiburg, begegnet. In einer kleinen publizierten Erinnerung zeichnete sie darüber ein persönliches Bild: «Ein Dichter, das war als Mädchen meine Meinung, musste eine Verbindung mit geheimnisvollen Mächten haben. So erklärte ich mir den in die Ferne gerichteten Blick Maxim Gorkis, mit dem er durch uns alle hindurchsah. Oft hatte ich das Gefühl, mich umdrehen zu müssen, ob auch ich erkennen könnte, was er so deutlich zu sehen schien, dass er nie von den anderen Tischgenossen Notiz nehmen konnte. Aber glücklich schienen die Bilder nicht zu sein, die er erblickte. Er lächelte nie und hatte ebenso einsame Augen wie meine Mutter.» Aber Maxim Gorki hatte ihr am Flügel zugelächelt: «Ein Dichter hatte mich angelächelt», und ihr Freund auf dem Spielplatz staunte sie an: «Mensch, hast du Kräfte!»

Wir unternahmen einen Ausflug zur Kyburg, wo Maxim Gorki mit seiner Geliebten, der Baronin Mura Budberg, geweilt hatte mit den in die Ferne gerichteten Blicken. Vielleicht schauten damals seine Augen zurück in den russischen Bürgerkrieg. Nun aber stand die Kyburg leer vor uns, dem Verfall preisgegeben. Ich sah Mura Budberg wieder vor mir, die bei uns, jenseits der *linea grigia,* zu Tisch gesessen hatte. Es war dieselbe, sie hatte Gorki in die Kyburg begleitet. Ich erzählte von unserem europäischen Haus in Rom, von meinem Vater, von seinen Problemen als junger Kommunist. Und wir sprachen über den Kollektivismus des Jahrhunderts, worauf unsere Gastgeberin aus ihrer Kurzgeschichte *Der Nachtfalter* zitierte: «Besorgte Spannung lag auf den Gesichtern der Menschen. Es wurde ihnen bewusst, wie sehr jeder schon in dem engmaschigen Netz des Kollektivismus gefangen war. Plötzlich fiel ein Nachtfalter aus der Höhe des Raums. Er lag in der Bahn der Rastlosigkeit (des Redners). Jeden Augenblick konnte ihn denkende Gedankenlosigkeit zerreiben. Ein Aufatmen. – Der Redner blieb stehen. Ich hob den Falter auf. In der dunklen Höhle meiner Hände erwachte er unter meinem Atem wieder zum Leben. Taumelnd stürzte er sich am offenen Fenster in die schwarze Nacht des schlafenden Dorfes. Noch einmal sah ich seine Flügel leuchten. Dann schloss ich beglückt das Fenster.»

In der italienischen Zeitung *La Repubblica* war wenige Tage vor unserem Freiburg-Besuch ein ausführlicher Bericht über die politische Rehabilitation meines Vaters erschienen. Ihm war es um Freiheit gegangen, wenn man auch taumelt in ihr, wie ein Falter in schwarzer Nacht, ohne zu wissen, wohin es gehen wird. Mein Vater hatte die wärmende Hand meiner Mutter gefunden und meine. Als ich über Jahr und Tag ein weiteres Mal von Rom nach Berlin aufbrach, um in Berlin zu leben, verstarb er in Rom, 1982, wenige Wochen nach meiner Abreise. Er war sein Leben lang standhaft und frei geblieben. Ich aber taumelte in meiner Freiheit, als sich die schwarze Nacht um ihn legte.

Diese fröhlichen Tage in Freiburg und Berlin genoss ich noch in ahnungsloser Zuversicht. Wir waren von der Kyburg nach Staufen gefahren, zum Abendessen ins Fauststübchen. Der Sage nach holte dort der Teufel den Faust in die Hölle. Mir aber wurde die erste badische

Flädlesuppe meines Lebens dort serviert, eine köstliche Versuchung, der ich bis heute nicht widerstehen kann. Dann gab es badische Spätzle mit Rahmsoße, die mich unsre Pasta vergessen ließen. Nach dem Essen bot uns der freundliche Wirt einen Schwarzwälder Himbeergeist an. «Um den Teufelsspuk in der Geschichte zu vertreiben», bemerkte der Vater meines Berliner Schattens fröhlich beim Trinken. Und so erholten wir uns in Freiburg vom Kalten Krieg um Berlin.

Nach Berlin zurückgekehrt, schien mir die Zeit nun schneller zu fließen, wie der letzte Vorrat einer Sanduhr. Was tun, um sie anzuhalten? «Auf eine Zeitreise gehen», entschlossen wir uns, mit einem Ausflug nach Brandenburg! Denn aufgrund einer Neuregelung der Einreisevorschriften durch das Politbüro der SED und das zuständige Ministerium konnten wir Ausländer «ab sofort» Tagesvisa für einen DDR-Aufenthalt bekommen. Wir wurden also den West-Berlinern gleichgestellt. Das war nur konsequent, denn auch die West-Berliner waren «Ausländer» aus der Sicht der DDR. Aber auch wir mussten den Pflichtumtausch von 25 D-Mark an der Landesgrenze zu Brandenburg entrichten. Man durchschaute die Absicht und war verstimmt: Es sollte nur ein neuer Zapfhahn geöffnet werden, um an westliche Devisen zu gelangen.

Ich nutzte trotzdem meine Chance und fuhr mit einem seltsam paradoxen Gefühl von Freiheit über die Heerstraße in West-Berlin bis zur Landesgrenze bei Staaken, in ein Land, das keine Reisefreiheit kannte. Ich rechnete mit einer neuen Grenzerfahrung und bekam sie auch: Der Kofferraum und der Motorraum meines Berliner Schattens wurden penibel geprüft, die Rückbank im Auto angehoben, der Unterboden abgespiegelt, im Tank herumgestochert, vom Bremspedal das Gummi entfernt. Es war übler als im Transitverkehr und zeitraubender. Dabei wollten wir doch durch unsere Reise Zeit gewinnen! Wir wollten nur ein kurzes Stück in die Brandenburger Geschichte zurück, wollten nur zum See Stechlin und nicht in die deutsche Kleinstaaterei. Endlich war die Prozedur überstanden, und nach wenigen Kilometern hinter der Grenze fuhren wir hinein ins 19. Jahrhundert.

Nur die eine Hälfte der Straße war gepflastert, für die Kutschen, die hier fuhren, die andere Hälfte war sandig, als schonender Untergrund für die Hufe der Reitpferde. So schnell wich die Zeit vor uns zurück. In Linum sahen wir Störche, meine ersten Störche in freier Natur. Ihr eleganter Anflug, das Recken und Biegen ihrer Hälse bei der freudig klappernden Begrüßung in der Familie am Storchennest – das kam mir regelrecht italienisch vor. Die Schlacht bei Fehrbellin ließen wir links liegen, um die Träume des Prinzen von Homburg nicht zu stören und um zeitig nach Schloss Rheinsberg zu gelangen, wo sich der junge Kronprinz Friedrich, später der Große genannt, vom Streit mit dem grausamen Vater erholte. Das Schloss wurde nun als Klinik genutzt, die Besichtigung war leider ausgeschlossen. Mir schien, als ginge es bei der Nutzung des Schlosses nicht um das Wohl kranker Menschen, sondern um ein krankes Verhältnis zur Geschichte. An den korinthischen Säulen des Schlosspark-Portals, an Klatschmohn und preußischblauen Kornblumen vorbei, führte uns die Zeitreise weiter zum See Stechlin, im Norden der einstigen Grafschaft Neuruppin, von dem Fontane in seinem Roman erzählt. Man kann den See kaum schöner beschreiben, als Fontane es getan hat, und er schien tatsächlich unverändert.

Von alten Buchen eingefasst, deren Zweige, von der eigenen Schwere nach unten gezogen, das Wasser mit ihrer Spitze berührten, lag der See vor uns. Wir mieteten uns einen Kahn und ruderten über die unbewegte Fläche, über der kein Vogel sang, kein Habicht seinen Schatten auf die Spiegelfläche warf. Alles war still, wie im Roman. Dann sahen wir das *Atomkraftwerk*, hörten leise seine Transformatoren summen. Das Kraftwerk solle die Schönheit des Sees zur Vollendung bringen, verhieß der aktuelle Reiseführer der DDR. Meine Hand zuckte wie nach einem elektrischen Schlag aus dem Wasser zurück, dessen Reinheit mir plötzlich steril erschien. Wir ruderten eilig weiter und badeten in anderen Buchten, wo Schlingpflanzen aus der Tiefe aufstiegen. Wir ruderten weiter von Bucht zu Bucht. Holunderbüsche standen in Blüte und dufteten würzig. Ihre Zweige sind außen holzig und rau, doch innen von einer weichen Seele durchzogen. Ich schaute in den See, von dem Fontane erzählt, dass er um geheimste Verbindungen in der Welt wisse. Ich schaute in die blaue Tiefe und suchte nach meinen eigenen Gefühlen. Auf langen Stielen, fast schwebend strebten die Wasserpflanzen zum Licht, von einer Strömung leicht bewegt. Wie würde es weitergehen, wenn wir nicht mehr wie Tucholsky unsere «Seelen baumeln» ließen? Zum Leben sind wir hier, um zu sein, um da zu sein! Doch wer folgt wem? Der Mann der Frau? Die Frau dem Mann, wenn überhaupt? Ein lauer Wind frischte auf und kräuselte das Wasser. Der Wind wurde stärker und wühlte den See auf. Der Kahn lag schwer im Wasser, das Rudern wurde anstrengend und war schließlich erfolglos im stürmischen Wind.

«Wir schaffen den Rückweg nicht», rief mein Fährmann. Der Wind schob schwere Wellen gegen uns. Bei jedem Ruderschlag spritzte das Wasser herein. Obwohl er aus voller Kraft gegen die Wellen und gegen den Wind ankämpfte, kam mein Fährmann nicht mehr voran. Zu meinem Entsetzen sprang er inmitten des Sees aus dem Kahn, packte das Halteseil und schwamm. Nach ein paar Zügen richtete er sich auf, stand hüfthoch im Wasser und lachte. «Auch das ist ein Geheimnis des Stechlin, er hat nicht nur Tiefen und geheime Verbindungen in andere Räume und Zeiten, sondern auch flache Stellen, die braucht man manchmal im Leben. Wir sollten uns nach drüben zum niedrigen Wasser treiben lassen. Im Seichten lässt sich der Kahn gut gegen den Wind ziehen. Du kannst drin sitzen bleiben.»

Er gab dem Kahn einen kräftigen Stoß in die angezeigte Richtung und schwang sich hinein. Ich duckte mich tief, um dem Wind weniger Angriffsfläche zu bieten, und schaute dem Ruderer zu. Die Wellen überstürzten sich seitwärts und schäumten. Es schaukelte wild. Nach einer Weile wurde es ruhiger, es schien nach Zypressen und Pinien zu duften. Doch über dem Bootsrand sah ich nur die märkischen Kiefern jenseits der Buchen am Hang. Der Fährmann stieg wieder aus, legte das Seil über die Schultern und schleppte mich bis zum sicheren Ufer.

Die Zeitreise zurück nach West-Berlin unterbrachen wir an der Gedenkstätte für die ermordeten Frauen des Konzentrationslagers Ravensbrück. Wir legten Blumen auf den See, in dem die Asche der Frauen ruht. Den Abend verbrachten wir im Schillertheater mit Kleists *Penthesilea*, jener mythischen Königin des Amazonenstaates, die bei Kleist – in eine Bestie verwandelt – den geliebten Helden Achilles aufgrund eines tragischen Irrtums zerfleischt. Im Schlussapplaus ging das Licht an. Wir erhoben uns erleichtert, denn wir waren in der Gegenwart.

Aber wie würde meine Reise weitergehen? Ich musste nach Rom zurück – ich allein? Oder sollte *ich* mein sonniges Italien einfach so hinter mir lassen? Warum nicht *er* das zerrissene Berlin? Penthesileas wunderbare, aber auf ewig vergebliche Frage schwebte noch im Raum: «Du willst mir nicht nach Themiscyra folgen – zu jenem Tempel, der aus Eichenwipfeln ragt?» – Bedarf ein Mann, der hierauf «Nein!» sagt, überhaupt noch einer Römerin? Paris raubte Helena, Mars und Tiber Rhea Silvia, auch die alten Römer hatten auf die Liebe der Sabinerinnen nicht gewartet.

Ich kehrte zurück, und er ließ mich gehen: «Wenn wir uns wiedersehen – in Rom!», erklärte er, «werden wir wissen, was wir wollen.» Und es dauerte nicht lange, bis der Preuße nach Rom geflogen kam. In den kapitolinischen Gärten siegte die Liebe und nicht die Räuberei.

Hochzeit auf dem Kapitol. Mein Vater lebte nicht mehr. Aber die Zeremonie fand im selben Raum statt, in dem meine Eltern geheiratet hatten. Es war wirklich derselbe Raum, versicherte meine Mutter. Als wir in das von Michelangelo gezeichnete Sternennetz traten, auf die Piazza del Campidoglio, flogen die Reiskörner der Freunde – ein römisches Lustspiel, dem die Touristen der Welt immer wieder gern zuschauen. In der Mitte des Sterns aus weißem Travertin stand hoch zu Ross die alte Statue des Marc Aurel, seine rechte Hand war zum Gruß wie aus fernen Welten erhoben.

Nach dem Fest reisten wir nach Capri, um mit dem Wasser der Blauen Grotte das magische Licht in unsere Hände zu schöpfen. Es musste Capri sein, denn Kopisch hatte uns zusammengebracht. Von der Terrasse vor unserem Zimmer verfolgten wir den Lauf der Sterne, die über dem Vesuv und um den Golf und Capri kreisen, ringsum und tief unten das Meer. Am Tage, wenn ich auf heißen Steinen im Bad des Tiberius die Sonne und das Meeresrauschen genießen wollte, begab sich der Mann mit noch nicht allen erkannten Eigenschaften in den Schatten der Felsen, oder er wollte in der Mittagshitze wandern, was kein vernünftiger Römer tut. Aber wer aus dem Dunkel des Nordens kommt, muss sich an das Licht des Südens gewöhnen.

Es war gut gewesen, mich gehen zu lassen, es war gut gewesen, zu meinem Vater zurückzukehren. Er hatte mir noch viel gegeben, wir waren uns nah gewesen und hatten miteinander gesprochen, glücklich darüber, dass es uns gab. Er hatte meine Gefühle verstanden und geraten: «Ich sehe dich lieber glücklich in der Ferne als unglücklich gegenüber. Aber denke immer daran: Wenn du in Deutschland leben wirst, werden deine Kinder Deutsche sein.»

Wer aus dem römischen Licht nach Berlin kommt, muss sich an das Dunkel gewöhnen. Ich hatte mich gut gefühlt in der geteilten Stadt, als ich dort noch nicht zu Hause war. Musste ich mich nun «hier» oder «dort» zu Hause fühlen? Ich fühlte nichts. Nur die Koffer waren ausgepackt, trotzdem: Eine schöne Zeit begann, als wäre ich wieder Gast in dieser Stadt. Die Carmerstraße, mit dem Kurfürstendamm in der Nähe, hatte zum Glück ein urbanes Gepräge, das mich ein wenig an Paris erinnerte, wenn auch der Stuck von den Fassaden brach. In den kleinen Geschäften der Nachbarschaft gab es alles zu kaufen: Brot und Bücher, Esoterik und Eisenwaren. Acht Buchhandlungen umgaben uns, denn der Mensch lebt nicht von Brot allein. Gegenüber im Hotel *Alpenland* nächtigten die Reisegruppen aus fast allen westdeutschen Ländern. Man hörte Bayerisch, Plattdütsch, Schwäbisch, Kölsch und das Gebabbel der Frankfurter vom Main. Sie saßen für den letzten Absacker nach den Fußballspielen und Mauerbesichtigungen vor der *Dicken Wirtin*. Auch meine italienischen Freunde reisten an, nicht für den Fußball, sondern um an der Klagemauer am Potsdamer Platz zu trauern – dass sie mich verloren hatten und ich sie – und um mir über die Trennung hinwegzuhelfen. Sie tauften den Savignyplatz in «Sabignyplatz» um.

Ich war «zu Hause», aber leicht ging das Wort nicht über die Lippen. Die Wohnung wurde mit Kachelöfen und Briketts beheizt, manchmal mit Holz, dann duftete es angenehm. Sich an einen Kachelofen zu schmiegen, war ein Genuss, wenn es nur nicht so kalt drum herum gewesen wäre. Tägliches Anfeuern, Asche entsorgen, Kohlen schleppen – das ließ er sich nicht nehmen, der Schatten, der die romantische Ursache für alles war. Als ich selber versuchte zu heizen, entströmte dem Ofen ein Höllengestank, oder die Kohle «verduftete» durch den Kamin, ohne zu wärmen. Jeden Spätherbst kam der Kohlenmann mit schwarzem Raureif im Gesicht und wuchtete die vollen Kohlenkiepen schwer auf den Küchenboden. Ich wurde beim bloßen Anblick blass und fühlte mich schwach wie das Aschenbrödel im Märchen. Stück um Stück schichtete der Kohlenmann das «schwarze Gold» auf den Stapel in der Küchenecke auf.

Wenn meine Mutter kam, wurde die doppelte Menge verfeuert. Ich half mit dem geöffneten Gasbackofen nach, und die noch fehlende Restwärme erzeugte ein elektrischer Radiator. «Gefroren habe ich im Exil genug», schmunzelte sie. Aber ihr gefielen die Öfen, denn sie mochte die in der Röhre schmorenden Bratäpfel mit Rosinen und Mandelsplittern. Kamen wir nach den Weihnachtstagen aus Rom zurück, standen Eisblumen im Fenster. Die Wohnung: *una Siberia* – ein Sibirien. Die Nachbarn waren freundlich, Gardinen wackelten nie, wenn es überhaupt welche gab. Wir verplauderten manche Stunde im Hinterhof, am Straßenrand und in der Autorenbuchhandlung. Niemand beschwerte sich über spielende Kinder. Niemand klagte über Klavierspiel oder späte fröhliche Gäste. Zum Sommerfest im Hinterhof spielte der «Leierkastenmann». Zum Advent bauten die Nachbarn Marktstände auf, backten Waffeln an der Straßenecke, tranken Glühwein. Meine Mutter brachte bei jedem Besuch *parmigiano*, Salami und selbst gefaltete Tortellini aus Rom nach Berlin, als würden wir im sowjetischen Sektor leben, weil «Emigranten sich helfen müssen». Wenn auf Glatteis oder in Schneeverwehungen der Transitverkehr durch die DDR zusammenbrach, wenn Eisenbahnzüge und Autoschlangen stecken blieben, war Berlin eine «Insel im roten Meer», wie es hieß, und Freunde wie Nachbarn rückten enger zusammen.

Bei einem heftigen Schneesturm fuhren wir zur Mauer vor dem Brandenburger Tor. Die Stadt schien ausgestorben, sie war fast unsichtbar, kein Mensch im Tiergarten, kein Auto auf der Straße des 17. Juni, nur wir. Schlingernd und rutschend kämpfte sich unser VW Käfer durch den Sturm bis zur Mauer. Die letzten Schritte stapfte ich mit dem schwarzen Romantiker Seite an Seite durch Wind und Schnee. Messerscharfe Eiskralle schlug uns der Sturm ins Gesicht. Vom Reichstag war im Schneedunst nichts mehr zu erkennen. Wir erklommen die Aussichtsplattform und sahen hinter dem massigen Betonwall der Mauer ein gespenstisches Bild: Kein Haus, kein Baum war jenseits der Mauer zu sehen – nur ein Wachturm und das Brandenburger Tor wurden vom Schnee gepeitscht. Der Soldat richtete seinen Feldstecher auf uns – wir schauten zu ihm zurück. Wer würde nachgeben, er oder wir? Wir hielten durch. Erst dann stiegen wir wieder hinunter. Im Schatten der Mauer kämpften wir uns zum Lenné-Dreieck vor, zum Standbild Lessings in den Dornen. Lessing trug eine scharfkantig verwehte Mütze aus Eis. Unter uns und unter der Mauer zitterte der Boden. Ein unterirdisches Kreischen drang aus dem S-Bahn-Schacht.

Dann und wann aßen wir bei unserem Griechen zu Mittag, bei Kostas im Terzo Mondo in der Grolmanstraße, meist Tsatsiki, dann Lammkotelett mit grünen Bohnen und einem Glas weißen Retsinas. Ich schabte gerade den letzten Brocken Fleisch vom Kotelettknochen, als draußen vor dem Fenster eine Gruppe heftig streitender südländischer Männer erschien. Einer riss plötzlich die Türe auf und stürmte herein, von den anderen mit unverständlichem Geschrei verfolgt. An meinem Teller drehte er sich um, brüllte und fuchtelte bedrohlich, um die Verfolger abzuwehren. Er versuchte, nach meinem Messer zu greifen, nach meiner Gabel – aber beides behielt ich fest in der Hand. Da packte er den abgenagten Knochen und stürzte sich auf die Verfolger, die verblüfft zurückwichen, sich aber gleich für einen neuen Angriff zusammenrotteten. In dem Moment mischte sich der mächtige Grieche Kostas ein, den wir wegen seiner archaischen Gestalt und seiner wilden schwarzen Haare unter uns Agamemnon nannten. Er packte mit seiner Rechten den ersten Eindringling und drängte mit der Linken die anderen Angreifer hinaus. Wir konnten erleichtert lachen, nachdem uns der starke Grieche gerettet hatte, vor diesem harmlosen Gewaltausbruch an meinem Tellerrand, von dessen ferneren Gründen wir aber nichts verstanden hatten. Aus anderen Richtungen schwappte jedoch eine gefährlichere Gewalt vor unsere Füße nach West-Berlin, als nur wenige Schritte von Kostas Terzo Mondo entfernt, im Cinema Paris am 25. August 1983 vor mir und meinem ersten Sohn im Kinderwagen eine Bombe des Terroristen Carlos explodierte. Ich stand gerade noch in der Grolmanstraße vor dem Kino. Ein Mann wurde getötet, und dreiundzwanzig Verletzte waren zu beklagen.

Über die einbetonierte Gewalt in der DDR konnten wir aber auch lachen dank unserer Freunde, die wir dort hatten, deren Leben uns näher war, die vom Westen träumten, aber nie zu uns herüberkommen konnten, sosehr wir uns das auch wünschten. Und weil sie uns nie in unserer «Pasta-Gemeinschaft» besuchen konnten, besuchten wir sie. Wir besuchten sie morgens und abends, wir besuchten sie nachts, wir sprachen von Italien und Deutschland, von ihrem Leben und unserem. Die meisten unserer Freunde waren von Beruf Restauratoren. Sie malten für sich in ihrer Freizeit und restaurierten Wandgemälde und Bilder in Kirchen und für die Museen oder Theater. Sie feierten heimliche Feste mit *Stars and Stripes*, mit Pepsi-Cola und Sahnetorte.

Die Freunde aus der DDR stellten mir eines Tages ein Rätsel: «Warum ist die DDR das einzige Land auf der Welt, wo sich die Menschen auf ihr Alter freuen?» Ich wusste keine Antwort. Darauf die Freunde: «Ganz einfach, wenn man hier alt ist, darf man endlich in den Westen reisen, mit dem Rentner-Visum!»

Wie eine Schildbürgerin versuchte ich auf meine italienische Art, ein wenig Sonne in den Osten zu tragen, soviel ich eben tragen konnte – eben wie die Bürger von Schilda in Tüten und Taschen. Vor jedem Grenzübertritt durchstöberten wir die «sechste Etage» am Wittenbergplatz. Jeder Berliner weiß, was die «sechste Etage» bedeutet: Dort befindet sich die Delikatessenabteilung des KaDeWe, wo auch westlich abgestumpfte Augen wieder das Glänzen lernen. Wir kauften frische Himbeeren im Januar, Weintrauben im März und Italienisches je nach Gelegenheit, um mit den Freunden zu teilen, sie teilhaben zu lassen an den Gabelbissen meiner Heimat, so wie ich das in der Kindheit gelernt hatte. Die Einfuhr von Büchern und Zeitungen nach Ost-Berlin war verboten, also konzentrierten wir uns ganz auf die kulinarischen Genüsse.

Einmal schwebte uns ein Abendmahl vor, mit *sugo al pomodoro* aus italienischen Tomaten, mit Basilikum und Oregano, mit Pasta aus Italien und was sonst noch alles *alla romana* dazugehört. Nur auf gutes Wetter am geteilten Himmel und auch gutes Klima im Grenzübergang mussten wir hoffen, denn das gab es sogar für West-Mark nicht zu kaufen. Mit einer schwabbelnden Schüssel im Plastikbeutel fuhren wir per S-Bahn zur Friedrichstraße, dem einzigen Grenzübergang, den ich in Berlin als Ausländerin mit einem West-Berliner passieren durfte. Im Bahnhof ging es, ohne zu stolpern, treppauf, treppab von einer Kontrolle zur nächsten, vom 25-D-Mark-Pflichtumtausch zur Personenkontrolle, dann zur Zollkontrolle. Wir wussten nicht, wie die Einfuhr eines noch warmen *sugo al pomodoro* in den Zollvorschriften der DDR geregelt war. Im schlimmsten Fall würde eine Beschlagnahme nur zur Verbesserung der Truppenverpflegung führen. Wegen der Farbe des *sugo* hatten wir keine Sorge, die war systemkonform, denn auch italienische Tomaten reifen meistens rot, die grünen essen wir nur als Salat.

Der erste Volkspolizist grinste vorschriftsmäßig höflich und meinte: Wozu denn das Essen rübertragen, zu essen gäbe es doch genug in der DDR.

«Ja, aber auch italienisch?», fragten wir fröhlich.

Der Beamte am Geldschalter wollte wissen, wie wir unser Geld ausgeben, wenn wir das Essen selber mitbrächten.

Das wüssten wir auch noch nicht, und das wäre in der Tat ein Problem, aber «mal sehen», versprachen wir und zogen zum nächsten Posten, zur Ausweiskontrolle. Der sächselte beim Sprechen und wollte unsre «Babbiere» und das *«linge Uohr»* sehen. Zu unserer Fracht stellte er keine Fragen. Dann ging es weiter zur Zollkontrolle. Beim Blick auf meine Tüten wurde ich von dem Posten mit strengem Blick ausgesondert: «Folgen Sie mir!»

Der Posten schloss die Tür des Untersuchungsraums. Der *sugo al pomodoro* wurde kalt und kälter, mir wurde dafür umso heißer. Seine Frage nach Waffen und Munition verneinte ich, obwohl ich mir der strategischen Bedeutung eines guten Essens bewusst war. Freundlich erklärte ich den Inhalt der Schüssel.

«Haben Sie Zweifel an der Ernährungslage in der DDR?», fragte der Zöllner mit kaltem Blick.

«Das nicht, aber ich weiß nicht, wie es hier mit italienischer Kost bestellt ist. Sie wissen doch, wir Italiener essen gerne italienisch.» Ich wusste natürlich, dass er das nicht wusste, denn er war noch nie dort gewesen, aber ich bemühte mich um Normalität.

«Warten Sie, das muss geklärt werden!» Er verschwand und ließ lange auf sich warten. Ich fragte mich, wie vielen Vorgesetzten er das Problem vortragen müsse, womöglich gar dem Politbüro? Dann kam er mit der Anweisung zurück: «Die Einfuhr von Lebensmitteln in die

DDR ist genehmigungspflichtig, Sie müssen auf dem Zollbüro einen schriftlichen Antrag stellen.»

Das schien mir übertrieben. «Entschuldigen Sie», wandte ich freundlich ein, «was ich hier bei mir trage, will ich nicht einführen, das ist mein persönlicher Proviant, den ich mit dem Bekannten, der in der anderen Schlange wartet, verzehren möchte. Mit dem persönlichen Proviant gab es noch niemals Schwierigkeiten, ist der nicht mehr erlaubt?»

«Wo wollnse das denn essen?»

«Ach so, na, da finden wir schon eine Bank oder so, vielleicht unter den Linden.»

Das war im Grund keine Lüge, sondern eine immerhin noch denkbare Möglichkeit, trotzdem befühlte ich vorsichtshalber nach Pinocchio-Art meine Nase, denn die Namen meiner Freunde wollte ich nicht preisgeben.

«Moment, das muss geklärt werden!» Er verschwand erneut, und ich wartete. Mit einem Vorgesetzten kam er zurück. Beide betrachteten die rote Soße.

«Wir könnten die Schüssel durchleuchten», grübelte der Erste.

«Das bringt nichts», wies ihn der Vorgesetzte zurecht und streckte ohne Zögern und Vorwarnung zwei Finger in den *sugo* und rührte ihn um.

Beinahe hätte ich ihn angefahren, er solle seine Finger ...! Aber ich riss mich im letzten Moment zusammen. Jetzt bloß nichts mehr sagen! Die gestrengen Zöllner konnten «kein Haar in der Suppe» finden und ließen mich endlich gehen.

«Mach dir nichts draus», trösteten mich die Freunde im Osten, «so ist der deutsche Sozialismus. Wir kochen die rote Soße auf!»

Und dann diskutierten und lachten wir den ganzen Abend über Kader und Köder diesseits und jenseits der Mauer, in Deutschland und in Italien.

Natürlich wollte ich nicht nur zu Hause herumsitzen. Ich bemühte mich daher um einen Job und hatte bald ein erstes Vorstellungsgespräch.

Der Mann: «Warum sind Sie nach Berlin gekommen?»

Ich: «Aus Liebe!» Das war mir so herausgerutscht.

Er: «Aus Liebe? Bei Ihrer Qualifikation? Da werden Sie sicher bald Kinder wollen!»

Ich: «Na ja.»

Er: «Unter diesen Umständen kann ich leider nichts für Sie tun.»

Frauenschicksal. Aber Kinder sind die Zukunft, sind das Licht der Welt, heißt es doch immer! *Bambini ante portas* bedeutete für mich: Kaiserschnitt – eine altrömische Erfindung. Im alten Rom wäre ich am ersten Kinde krepiert, in Berlin überlebten wir, die Kinder und ich, *carne della mia carne* – Fleisch von meinem Fleische. Die zur *nonna* beförderte *mamma* flog eilends aus Rom herbei, um ihren ersten Enkel zu begrüßen. Sie versäumte auch keins der weiteren Geschwister. Vater werden ist nicht schwer, Vater sein auch nicht sehr, denn der ging mit der jungen Nonna und Hermann Wiesler bei Florian in der Grolmanstraße essen, während ich mit dem Kind und Schmerzen im Bauch im Krankenhaus blieb. Frauenschicksal. Eine ältere Dame aus Hamburg erschreckte mich mit der Prognose: «Kinder großzuziehen ohne Garten in dieser Stadt, das ist ein trauriges Schicksal. Das werden sicher unglückliche Kinder!» Aus Rom kannte ich nichts anderes als eine Großstadtkindheit. Sollte das in Deutschland nicht möglich sein?

Es war möglich. Sogar der Berliner Kindergarten hatte keinen Garten, er hieß deshalb «Kinderladen», eine Erfindung der Achtundsechziger-Generation. Essenkochen, Saubermachen, Organisieren, alles lastete auf uns Eltern, und wir fühlten uns modern und progressiv dabei.

«In den Kinderladen müssen wir?», fragten die Kleinen zunächst besorgt. «Werden dort Kinder verkauft?»

«Nein», beruhigte ich sie, «das waren früher Kaufläden, in denen heute Kinder spielen.»

Ganz unbegründet waren ihre Besorgnisse ja nicht. In Italien hatte meine Mutter einen Bericht über den «Kinderhandel in Italien» gedreht. Wir hatten natürlich gute Absichten. Spielplätze gibt es in Berlin, Stunden und Jahre habe ich dort verbracht, auch der Vater.

«Kinder brauchen einen Vater, nicht Gärten ohne Väter, um von der Mutter gar nicht zu reden», hatte er der Dame aus Hamburg erwidert, und er hatte zu seinem Wort gestanden. «Ich bin nicht nach Berlin gekommen, um draußen in einer grünen Hölle zu versauern, unser Kiez lebt», versicherte er. Zwar gab es noch an einigen Höfen und Treppenhäusern in Kreuzberg und Neukölln ein paar Verbotsschilder aus alter Zeit mit der Aufschrift «Das Spielen von Kindern ist strengstens verboten», was für mich klang wie «Kinderkriegen ist strengstens verboten». In Italien sah ich solche Schilder nie. In *beiden* Ländern sind die Geburtenraten ins Bodenlose gesackt. An den Schildern kann es also nicht liegen, oder vielleicht doch ein bisschen?

Eigentlich könnte Berlin eine Hauptstadt der Kinder sein, eine Kindermetropole – wenn es genügend Kinder gäbe. Denn jedes Mietshaus hat Höfe, die wunderbar behütete Spielplätze bilden könnten. In jedem Haus gäbe es Rentnerinnen und Rentner für die Aufsicht. Vielleicht hilft eines Tages ein Schild: «Das Spielen von Kindern ist erwünscht!»

Zwischen der Mensa und dem Hörsaalgebäude der Technischen Universität lag ein Campus für Kinder: grüner Rasen, rauschende Bäume, klassische Säulen, die aus Fliederbüschen ragen. Großeltern, Eltern und Kinder der Nachbarn trafen sich inmitten der Studentenschaft auf dem Kinder-Campus der TU-Wiese. Die Kommilitonen lernten und ruhten, die Kinder schauten dabei zu, eine Stimmung wie in der antiken Stoa, der Philosophen-Schule. Doch eines Tages wurden die Spielgeräte herausgerissen, der Boden planiert, Drogensüchtige und Dealer kamen, Hunde und Kaninchen zerwühlten den Rasen, blutige Spritzbestecke lagen unter den Büschen. Die Kinder blieben fern, ihr «Arkadien» war untergegangen. Raum braucht man für die Fantasie der Kinder, an historisch geprägter Stätte, und mit Platz für ein paar Turngeräte, dann lägen auch weniger Spritzbestecke unter den Sträuchern. Und doch las man in der Zeitung, dass – nicht im letzten Jahrhundert, sondern dieser Tage – ein Kindergarten im Wohngebiet als Ruhestörung gerichtlich verboten wurde. Welche Vorstellung von Menschenwürde einen Richter bewog, Kinder zum Störfall und zu Lärm-Emittenten zu erklären, kann ich als Italienerin beim besten Willen nicht nachvollziehen.

«Deine Kinder werden Deutsche sein», hatte mein Vater mir auf den Weg gegeben. Als ich *in stato interessante,* also «in gesegneten Umständen» war, informierte ich mich über den neusten Stand der Wissenschaft zum Thema Zweisprachigkeit. Früher hieß es, zweisprachig erzogene Kinder liefen Gefahr, weder die eine noch die andere Sprache richtig zu beherrschen, und sie bekämen Identitätsprobleme – als hätten einsprachige Kinder keine! Heute heißt es dagegen, die Zwei- oder Mehrsprachigkeit verringere das Risiko der Altersdemenz. Für mich war der wichtigste Aspekt die Liebe. Ich wollte aus Liebe mit meinen Kindern italienisch sprechen. Meine römischen Freunde, die mir ebenso wichtig waren wie mein Berliner Leben, sollten mit ihnen reden wie ich, und sie sollten später ihre Freunde werden. Was immer Psycho- und Pseudo-Linguisten zu wissen glaubten, meine Kinder sollten zweisprachig werden. Aus Liebe. Weil Liebe nicht nur Zärtlichkeit ist, sondern auch Grenzen setzen muss. Dazu brauchte ich meine Sprache, um mit Verständnis und Einfühlung zu erziehen. Auch schien es mir undenkbar, ihnen meine Kultur, Giordano Bruno, Dante, Michelangelo und Tizian auf Deutsch zu erklären.

Wir sprachen und hörten Italienisch, sangen meine Lieblingslieder. Allerdings hatte ich die meisten Kinderlieder in der Schweizer Schule gelernt, daher hatte ich mit italienischen Kinderliedern ein Problem. Ich griff zum Ausgleich auf ein paar Klassiker meines sozialistischen Lieder-Repertoires zurück: *I morti di Reggio Emilia, Bandiera Rossa* oder *Bella ciao*, aber auch Schlager und moderne *canzoni.*

«Kannst du mir ein Lied vorsingen?», fragte am 6. Dezember der Nikolaus unseren fünfjährigen Sohn im Salon einer traditionsreichen Gesellschaft.

«Auf Italienisch?», fragte der artige Knirps.

«Wenn du willst, sehr gerne», meinte der Nikolaus. Die Eltern schauten sich fragend an. Ich biss mir auf die Lippen, was würde jetzt kommen? Da sang er mit fester Stimme das «*Bella ciao!, bella ciao!, bella ciao, ciao, ciao*», die ganze erste Strophe des Liedes vom Partisanen, der für den Freiheitskampf gegen die Deutschen seine Geliebte verlässt. Ob der Nikolaus ein Partisanenlied als passend empfand, war unter dem Wattebart nicht zu erkennen, aber er blieb freundlich, und wir klatschten doppelt so stark in die Hände. Wirklich nett, diese Deutschen, und so kinderlieb, aber hatten sie den Text verstanden?

Von meiner deutschen Schwägerin kam aus Frankreich die dringende Empfehlung, die eigene Sprache ständig zu üben, um sie nicht zu verlieren. Unsere Tischgespräche verliefen also deutsch-italienisch in

Stereo. Und wenn der Vater die Kinder versehentlich auf Italienisch ansprach, beschwerten sie sich: «Papa, sprich nicht so komisch.»

Zweisprachige Kinder entwickeln am Anfang einen sehr eigenwilligen Wortschatz aufgrund phonetischer Verwechslungen. Aus *alto*, was auf Italienisch «groß, hoch» bedeutet, wird dann schon mal «alt» und aus der römischen *rosetta*, dem Brötchen, eine Rosine. Das wuchs sich aber schneller aus als gedacht. Vielleicht wirkte die Zweisprachigkeit positiv auf die Sprachfantasie. Denn mit drei Jahren verlangte eins unserer Kinder nach seinem «Kuschelwasser» statt nach der Wärmflasche. Inzwischen sprechen sie ziemlich gut beide Sprachen – und nicht nur diese. Untereinander aber gebrauchen sie vorrangig Deutsch. Sie sind Deutsche geworden – aber nicht nur! Dafür sorgten die zahlreichen Besuche in der italienischen Heimat.

Das kindliche Heimatgefühl verlangte, dass nach jedem Italienbesuch ein Erinnerungsstück ins neue Zuhause mitgebracht wurde. Nach jedem Rom-Aufenthalt oder nach den Ferien in der *campagna* oder am Meer oder am See reiste zur Erinnerung ein kleines Möbel, ein Bild, ein Stein, ein Spielzeug und was nicht alles mit nach Berlin. Das ging in Berlin nicht ohne Meinungsverschiedenheit ab. Deshalb suchte mein Berliner stöhnend Unterstützung bei seinem ästhetischen Freund und Berater Hermann Wiesler, Kunstsoziologe an der Hochschule der Künste. Der antwortete nur mit: «Ach!» So wortkarg war Hermann zuweilen, wenn ihm etwas ästhetisch naheging. Aber nach einer Pause folgte ein Schmunzeln mit zugekniffenen Augen: «Ein bisschen weniger von deiner nordischen Melancholie in deiner Wohnung, du verstehst, was ich meine, ein bisschen weniger Bestattungslyrik und mehr römische Fröhlichkeit tut eurer Wohnung gut und dir bestimmt auch.» Ein herzliches Gelächter befreite uns.

Denn auch Hermann hatte melancholische Schwächen. Bei ihm zu Hause fühlte ich mich wie in Rom, dank seiner Bücher. Er staffierte Raum um Raum mit Büchern und Gemälden aus. Wurde es zu eng, mietete er vom Nachbarn den nötigen Raum hinzu. Seine Bibliothek befindet sich heute im Deutsch-Französischen Institut in Paris. Er selbst musste viel zu früh von der Tafel des Lebens aufstehen. Aber in seinem Lieblingsrestaurant, im Florian in der Grolmanstraße, das ganz nüchtern auf Wanddekoration verzichtet, hängt ein einzelnes kleines Bild, ein Polaroidfoto von ihm, von Hermann Wiesler, an seinem alten Platz. In Hermanns Bibliothek fand ich Kopischs Dante-Übersetzung von 1842, die gleiche Ausgabe, die mir Chiarini zum bestandenen Examen geschenkt hatte.

Statt mit Kopisch im Gepäck, schob ich einst die Kinder im Doppelpack, also im Doppel-Buggy, zur Spielwiese an der Hochschule der Künste. Der ältere Bruder vergnügte sich mit kleinen Steinchen, die er blitzschnell aus dem rollenden Buggy von der Straße aufhob, um sie dem kleinen Bruder zum Lutschen zu geben, der sie vergnügt in seinen Backentaschen versteckte. Ich gab ein italienisches Donnerwetter zum Besten. Da erklang von hinten plötzlich eine Stimme: «Was sind das für kraftvolle Klänge in dieser stillen Straße. Was tust du mit meinen kleinen Baronen?» Ich fuhr herum, und da stand Hermann, umarmte mich mit seinem ironischen Schmunzeln und zugekniffenen Augen.

Wenn Kinder schon ihre Kindheit an der Uni verbringen, darf die Erziehung zur Gleichberechtigung nicht fehlen. Ich schenkte den Söhnen ungefragt die schönsten Puppen, die ich finden konnte, einen Kinderwagen und die Puppenstube dazu. Wozu? Im Puppenwagen verstauten sie Werkzeuge und Autos, manchmal auch ihre Pistolen unter der Decke, um sie auf dem Weg zum Spielplatz vor den Blicken pazifistisch gesinnter Passanten zu schützen. Die Puppen blieben im Bett auf dem Kopfkissen – zum Einschlafen waren sie allemal gut. In Mädchenkleider stecken – wie Mutter Rilke ihren Rainer Maria – wollte ich meine Söhne keinesfalls. So weit sollte die Gleichheit nicht gehen. Deshalb bekamen sie ihre Spielzeugpistolen. Als aber ein kleiner deutscher Freund sie beim Schaufensterbummel begleitete, wurde mir «sträflich» bewusst, was ich angerichtet hatte. Unsre Kinder eilten aufgeregt zum nächsten «Waffengeschäft» und drückten ihre Nasen an der Scheibe platt. Der kleine deutsche Freund sprach tief erschrocken: «Da darf man doch nicht hinschauen, das sind doch Waffen!» Er hielt sich beide Augen zu und drückte sich verstohlen an der Scheibe vorbei, bis er von der Bordsteinkante kippte.

Doch die Aufrüstung mit Spielzeugwaffen war bald überstanden. Etwa zeitgleich mit der weltpolitischen Lage wurden auch im Kinderzimmer die Plastikpistolen abgerüstet. Ein Sohn entschied sich «aus Gewissensgründen», so drückte er sich aus, für den Wehrdienst, der andere für den «Zivildienst aus Gewissensgründen», obwohl der Zivildienst um Wochen länger als der Wehrdienst dauerte. Beide hatten mit den gleichen Pistolen gespielt, und beide wollten helfen, Kriege zu verhindern. Aber sie waren sich einig, dass niemand sich drücken sollte. Das bedurfte einer Gewissensprüfung, denn nach der deutschen Wiedervereinigung galt die Wehrpflicht auch in Berlin. Aber ich habe vorgegriffen, so weit waren wir noch nicht.

Unser Kinder waren noch klein, als wir den Bechstein-Flügel meiner Schwiegermutter aus Westdeutschland bekamen. Der Flügel sollte in unsere Wohnung gebracht werden. Die westdeutschen Spediteure machten am Treppenabsatz kurzen Prozess, das heißt, einen schlappen Versuch nach Augenmaß, um den Flügel dann doch nicht hochzutragen: «Passt nicht! Geht nicht!», sagten sie. «Holen Sie den Flügel selber ab. Ab der dritten Woche kostet es Lagergebühr.»

Panik brach aus! Ein mit vielen Erinnerungen befrachtetes Instrument sollte nicht durch das Treppenhaus passen? Das Instrument war der Mittelpunkt der Familie gewesen. Unter dem Flügel war ein gewisser kleiner *Mann ohne Eigenschaften* groß geworden. «Eine neue Wohnung suchen! Das Geländer absägen!», lauteten gut gemeinte Ratschläge. Wir klagten einem befreundeten Offizier der französischen Schutzmacht unser Leid. Er sagte verständnisvoll mit wunderbarem Akzent: «Isch 'abe eine Idee, wir machen eine militärische Übung und hängen den Flügel an einen 'elikopter. Dann lassen wir ihn mit dem Seil *directement* vor deinem Küchenfenster herab. Du brauchst ihn nur 'ereinzuziehen.» Die Idee, halb scherzhaft, halb im Ernst geäußert, tröstete uns. Wir hatten einen Alliierten! Aber dann fanden sich doch noch drei Berliner Kerle, die bärenstark und fit wie Bolle den Flügel packten und ihn, um den Transportschutz verkleinert, schraubenförmig durchs Treppenhaus drehten, als wäre er leicht wie eine Feder. «Wir kriegen jedes Klavier durch jedes Treppenhaus in Berlin», erklärten sie selbstbewusst. Wir glaubten ihnen aufs Wort.

Kaum war das Instrument gestimmt, versuchte ein Söhnchen, eine Melodie frei nach Gehör zu spielen, was ihm gut gelang, besser, als mir lieb war. Denn kaum hatte ich das Lied erkannt, stürzte ich reflexartig ins Zimmer und verbot es ihm: «*No, no, no!* Dieses Lied kommt mir nicht ins Haus! Im Namen dieses Liedes mussten Millionen Menschen sterben!» Es war die Melodie des Deutschlandliedes – ohne Text, den kannte er noch nicht auswendig. «Wieso?», fragte der kleine Sohn arglos und stolz. «Ich hab sie in der Schule gelernt. Das ist unsere Nationalhymne!» Der deutsche Sohn kümmerte sich keinen Deut um meine italienischen Gefühle. Empört schloss ich den Deckel, ungeachtet der zarten Finger. Da erschien der Vater: «Moment mal, ich will die hören. Er soll üben, was er will. Und wenn dir unsere Hymne nicht gefällt, dann bring ihm doch eure bei!»

Ich erzählte von den ermordeten Familien der Freunde meiner Eltern, von den Folterungen bester Freunde meiner Eltern im Krieg, Freunde, die auch die Kinder kannten. Luciano Bolis zum Beispiel, jener Freund der Familie schon seit Großvaters Zeiten. Er hatte sich mit einem Rasiermesser die Stimmbänder durchschnitten, um unter der Folter durch Mussolinis Schergen nicht die Namen seiner Gefährten preiszugeben. Nach dem Krieg konnte er sich nur noch heiser flüsternd verständigen. Mir wäre es peinlich gewesen, wenn beim nächsten Besuch eins unserer Kinder mit dem Deutschlandlied auf den Lippen Luciano in Verlegenheit gebracht hätte.

Die deutsche Nationalhymne entstammt einem Geist der Freiheit und des Widerstandes gegen Absolutismus und Restauration im letzten Jahrhundert, für ihren Missbrauch können weder der Komponist noch der Textdichter verantwortlich gemacht werden, ließ ich mich belehren. Aber die Bilder lassen uns nicht los, verteidigte ich mich, obwohl ich bessere Zeiten erlebt hatte. Unser kleiner Pianist ertrug in Ruhe die Redeschlacht. Irgendwann fragte er: «Kann ich endlich weiterspielen?»

Aber ein paar Jahre später wendete sich das Blatt, nach dem Schulunterricht über das Dritte Reich. Der gleiche Sohn fragte: «Na, Papa, wie findest du das, dass dein Vater in der Wehrmacht unter Hitler gedient hat?»

Ich mischte mich ein. Diese Frage traf einen Nerv zwischen uns Eltern, zwischen unserer unterschiedlichen Kultur und Geschichte: «Schaut auf die Wurzeln beider Familien, dann könnt ihr die Geschichte besser verstehen. Eure deutschen Großeltern waren jedenfalls keine Nazis.»

Der Vater schluckte den Brocken hinunter. Dann sagte er: «Ich will euch eine Geschichte erzählen, die *mir* oft erzählt wurde: Eine schwangere Frau kam 1945 zur Entbindung in ein NS-Mütterheim, weil kein Platz in den Krankenhäusern war. Man sagte ihr, die Zeit, um Kinder zu gebären, sei vorbei, und fragte, ob sie das Kind wirklich haben wolle, wo doch das Land in Scherben läge. ‹Natürlich›, hat sie entgegnet, ‹das Leben fängt jetzt erst an!› Die Geburt war kaum überstanden, da besetzten amerikanische Soldaten die Stadt, Schüsse, Panzerketten, Panik im Haus, alles flüchtete, auch das Heim wurde besetzt. Die Mutter war entkräftet mit dem Neugeborenen im Arm in ihrem Zimmer geblieben. Ein Soldat stürmte das Geburtszimmer, sah Frau und Kind, wich zurück, salutierte und verschwand. Endlich war Frieden. Das hat mir eure Großmutter über meine Geburt erzählt.»

An Weihnachten nach dem Gespräch lag ein Buch von Friedrich Andrae unter dem Weihnachtsbaum für den Vater: *Auch gegen Frauen und Kinder – Der Krieg der deutschen Wehrmacht gegen die Zivilbevölkerung in Italien, 1943–1945*. Mich schauderte. Was für ein Weihnachtsgeschenk, am heiligsten aller deutschen Feste!

Während unsere Kinder «in Freiheit» heranwuchsen, wuchs in der DDR die Bürgerbewegung. Es deutete sich an, dass es früher oder später zu einer Wende kommen müsste. Würde es eine Wende zum Besseren sein oder in eine Katastrophe münden? Egon Krenz, Sekretär des Zentralkomitees und Stellvertretender Vorsitzender des Staatsrates, war nach dem Massaker auf dem Platz des himmlischen Friedens im Juni 1989 in Peking zum Staatsbesuch gewesen und warnte bei seiner Rückkehr die Menschen in der DDR vor einer ähnlichen «Eskalation». Das klang im Sommer 1989 so bedrohlich, dass selbst die düstersten Blicke unseres göttlichen Janus noch vergleichsweise freundlich wirkten.

Ende Oktober 1989 nahmen wir in Reggio Emilia, in der Geburtsstadt meines Vaters in der Emilia-Romagna, an einem Kongress teil, der dem Wirken meines Vaters gewidmet war. Der Titel des Kongresses lautete: «*I Magnacucchi, Valdo Magnani e la ricerca di una sinistra autonoma e democratica* – Die Magnacucchi, Valdo Magnani und die Suche nach einer autonomen und demokratischen Linken.»

Das Istituto Gramsci und andere Organisationen hatten den Kongress organisiert, um die politische Rolle meines Vaters bei der Kontroverse der italienischen Linken über den Stalinismus zu diskutieren und zu würdigen. Cucchi war der wichtigste Weggefährte meines Vaters gewesen. Die Namen der beiden wurden damals zu «Magnacucchi» verbunden und zum Synonym für die linke Opposition gegen den Stalinismus und das Block-Denken in Italien. «Valdo Magnani – zehn verlorene Jahre», lautete die Bilanz dieses Kongresses. Nicht für meinen Vater waren es zehn verlorene Jahre, sondern für Italien und die KPI, die noch zehn Jahre gebraucht hatte, um sich von ihrer Moskauhörigkeit zu befreien. Enrico Berlinguer, Parteichef der KPI, hatte 1982 bei meinem Vater die Totenwache gehalten, eine Ehrenbezeugung der Partei und eine ganz persönliche Anerkennung Berlinguers. Seine Totenwache war Ausdruck seiner tiefsten persönlichen Überzeugung gewesen. Berlinguer verstarb im Juni 1984, viel zu früh für Italien.

Der Kongress hatte Symbolcharakter. Er bezog sich zwar vor allem auf Italien, aber die Teilnehmer verwiesen immer wieder auf die Montagsgebete und die Leipziger Demonstrationen, die seit Monaten der ganzen Welt vor Augen führten, dass sich große Veränderungen in der DDR und für die Welt ankündigten. Einen Tag nach unserem Kongress fand in Ost-Berlin die größte Demonstration seit Bestehen der DDR statt. «Wir sind das Volk!», skandierten die Menschen, während wir auf der Rückreise über die Autobahn durch den Korridor rasten. Ich wusste nicht, wo ich lieber gewesen wäre: bei meinem Vater in Reggio Emilia oder unter den Menschen auf dem Alexanderplatz in Ost-Berlin, um für eine bessere Zukunft zu demonstrieren.

Am frühen Abend des 9. November rief mich mein Bruder aus Rom an. «Sabina, die Mauer ist gefallen!» Er hatte es in der italienischen Nachrichtensendung *Telegiornale* erfahren. «Wie kann das angehen, gestern war die Mauer noch da!», entgegnete ich. Tatsächlich waren wir noch in der vergangenen Nacht an der Mauer vor dem Brandenburger Tor gewesen, in Gedanken an den Kongress in Reggio Emilia. Außer uns war kein Mensch dort gewesen. Es war kalt, leer und einsam, wie immer. Nur die hydraulisch hochgefahrenen Teleskop-Kameras standen seit der Demonstration noch an der westlichen Mauerseite, um weit in den Osten schauen zu können. Doch die Mauer stand, jeder Irrtum war ausgeschlossen.

Zu meinem deutschen Mann sagte ich aber: «Wer weiß, wer weiß, vielleicht hat Marco recht. Du musst gehen, schau mal nach. Ich passe auf die Kinder auf!» Und der Berliner kehrte erst spät wieder zurück.

Die Geschichte schien entschieden zu haben. Als das Volk um 22 Uhr über die Mauer zog, wurde Berlin zur Polis der Welt, es wurde über Nacht zur Weltstadt, wie Rom. Der letzte Akt der Trilogie hatte begonnen, nach Troja und Rom: jetzt in Berlin! Diese Nacht wurde zum archaischen Ereignis, wie einst in der römischen Geschichte, unter Menenius Agrippa: Die Plebejer zogen aus. Das römische Volk verließ den Staat der römischen Patrizier. So verließ das Volk von Ost-Berlin seine Stadt. Menenius Agrippa hatte das Volk mit der berühmten Fabel vom Magen und den Gliedern wiedergewonnen. Die Menschen im realen Sozialismus hatten aber das Fabulieren schon lange satt. Das Politbüro der SED konnte die Menschen nicht mehr vertrösten. Und die internationale Gemeinschaft schaute auf diese Menschen, die, ohne einen Tropfen Blut zu vergießen, Weltgeschichte schrieben. Die Freiheitsglocken läuteten.

Eine Freundin von der RAI berichtete für das italienische Fernsehpublikum. Rittlings saß sie auf dem Mauerkranz am Lenné-Dreieck zwischen Potsdamer Platz und Brandenburger Tor, und sie zeigte, was die Stunde geschlagen hat: «Die freie Rede reitet die Mauer und zügelt die Staatsgewalt» – das Berliner *Mauer-Rodeo*. Der Kalte Krieg war vorbei, aber die Telefone liefen heiß und sollten über Wochen nicht erkalten. Freunde und Verwandte aus Italien, Frankreich, Spanien, Westdeutschland wollten am Telefon dabei sein und baten um Mauerstücke. Wir gingen mit dem Hammer ohne Sichel zur Mauer, brachen aber nur kleine Stückchen heraus, so hart war der Beton, was wieder einmal lehrte: Nicht der Hammer siegt, mit Sicheln gewinnt man die Menschen. Aus den Berlinern und anderen Bürgern der Welt wurden «Mauerspechte», und ich fühlte mich als Berlinerin.

Die Mauer hatte viel zu lange gestanden, wenn auch nicht so lang, wie die Erbauer es sich gewünscht hätten. Der italienische Komiker Roberto Benigni stellte scherzhaft die Frage, ob die Mauer auch so lange gestanden hätte, wenn Italiener sie gebaut hätten. Seine Antwort lautete, nein! «*Sarebbe caduto naturalmente* – sie wäre auf natürliche Weise zerfallen.» Darüber muss ich noch immer schmunzeln! Denn tatsächlich war es ein Italiener gewesen, der Korrespondent der italienischen Nachrichtenagentur ANSA (Agenzia Nazionale Stampa Associata), Riccardo Ehrman, der am 9. November 1989 mit seiner nachdrücklichen Frage zum neuen «Reisegesetz» dem Sprecher des SED-Zentralkomitees Günter Schabowski die Worte entlockt hatte: «Reisefreiheit – ab sofort, unverzüglich, ohne Voraussetzungen», und damit jenen kleinen Stups veranlasst hatte, der die ins Wanken geratene Mauer endgültig zum Einsturz brachte. Den Rest von Schabowskis Erklärung wollte kein Berliner mehr hören, jeder wollte als Erster nach Westen, nicht zuletzt dank Gorbatschow, der angekündigt hatte: «Die Sowjettruppen bleiben in den Kasernen.»

Nach der friedlichen deutschen Revolution und der Befreiung Berlins und der DDR wurde 1990 die Präsidentin der Jüdischen Gemeinde Italiens, Tullia Zevi, eine Freundin meiner Mutter, offiziell nach Berlin eingeladen. Beim privaten Abendessen in unserer Wohnung fragten wir sie, wie die Menschen nach dem Ende des Kalten Kriegs den Frieden aushalten würden. Ihre Miene wurde ernst, als sie sagte: «Die religiösen Konflikte kehren zurück.» Sie mahnte, soweit ihr Einfluss reichte, zur gegenseitigen Versöhnung.

Blühende Landschaften wurden im Zuge der Einigung versprochen, doch sie ließen lange auf sich warten und strapazierten die Geduld der Bürger. Zu tief war das Land, die DDR, gefallen. Es hatte mehr als zehn Jahre verloren. Deutschland musste sich deshalb vorerst mit Erfolgen auf einem anderen Feld begnügen: Das wiedervereinigte Deutschland gewann 1990 ausgerechnet in Rom, in meinem Rom, die Fußball-Weltmeisterschaft! Ich empfand die Niederlage meiner Mannschaft als Enttäuschung, anders als meine Kinder. Sie waren wirklich Deutsche geworden, wie mein Vater vorausgesagt hatte. Darum bemühte ich mich, «ihren» Sieg mitzufeiern, und fürchtete zugleich das Gebrüll der Sieger. Nach dem Schlusspfiff der Partie zogen wir durch die Bahnhofshallen des Bahnhofs Zoo, wo sich Tausende von Menschen versammelten. Ihr Siegesgeschrei ließ das Stahlgewölbe über den Bahnsteigen zittern. Fluchtartig verließen wir das Gebäude.

«War Deutschland reif für die Wiedervereinigung?», fragten mich plötzlich die Freunde aus Rom nach dem ernüchternden Fußballspiel. Mir schien die Frage nebensächlich, war doch die friedliche Revolution von '89 so bedeutsam wie die Varus-Schlacht und die Französische Revolution, ein neuer Urknall der Geschichte, aber ohne Guillotine und ohne Blutvergießen. Doch das Fragen ließ nicht nach. Auch in Deutschland wurden ähnliche Fragen gestellt. Deutschland suchte sich. Schon früher hatte der Fußball dabei geholfen, eine neue nationale Identität zu stiften, wie 1954 beim «Wunder von Bern», als Fritz Walter die deutsche Mannschaft in die Weltklasse hinein und aus dem verlorenen Weltkrieg herausschoss. Ein gelungener Auftakt zum Wirtschaftswunder und zum späten Wunder der Wiedervereinigung. Doch das Schlagwort von den «blühenden Landschaften» wurde für viele zum Spottbegriff.

Ich suchte, den Spöttern zum Trotz, mit Freude die Landschaften auf, die ich vorher nur mit zwiespältigen Gefühlen und nach peniblen Kontrollen betreten durfte. Jedes Mal verspürten wir an den alten Grenzübergängen den Phantomschmerz. Die Dankbarkeit, ohne Visum und Sichtvermerk, ohne Zwangsumtausch, ohne Zollkontrolle, ohne Waffen und Munition, ohne rote Soße und Pasta den S-Bahnhof Friedrichstraße betreten und verlassen zu können – diese Dankbarkeit lässt nicht nach.

«Zurück zu den Wurzeln!», hieß es 1998 konsequent auch in meiner deutschen Familie, die ihre historischen Güter in Hinterpommern, nordöstlich von Stettin, besichtigen wollte. Mit zwiespältigen Gefühlen überschritten wir, eine Gruppe von fast neunzig Personen gleichen Nachnamens, die polnische Grenze. An historischer Stätte sollte der siebenhundertjährigen Familiengeschichte gedacht werden, die zu Dantes Zeiten begonnen hatte. Ich hatte dem Unterfangen sehr skeptisch gegenübergestanden, aber meine Bedenken erwiesen sich schnell als unbegründet. Ich wurde im Gegenteil Zeuge einer rührend versöhnlichen Szene bei einer christlichen Andacht in der ehemaligen Familienkirche, die im Stehen stattfand, weil es im wiederhergestellten Kirchenschiff keine Bestuhlung gab. Die polnische Dorfbevölkerung hatte die Kirche restauriert. Gemeinsam mit dem ansässigen polnischen Pfarrer betete die deutsche Großfamilie das Vaterunser, jeder in seiner Sprache. Während der Predigt des Pfarrers und beim Segen stießen sich die Vettern und Cousinen heimlich an, ein großer Umschlag wanderte von Hand zu Hand, jeder steckte eine Spende hinein. Ich dachte an die polnische Kirche in der Via delle Botteghe Oscure und an die Via dei Polacchi, an die Solidarność und alles, was wir diesem Land zu verdanken hatten. Der Pfarrer nahm gerührt die großzügige Spende entgegen, die, so versicherte er, eine neue Bestuhlung ermöglichen würde.

Von einem internationalen Fußballereignis zum nächsten veränderte sich in diesen Jahren das Verhältnis der Deutschen zu ihrer Fahne. Die Menschen bekannten sich zu Schwarz-Rot-Gold, auch nach der Niederlage in der Weltmeisterschaft von 2006, der fröhlichen WM in Berlin, bei der Deutschland am 4. Juli im Halbfinale gegen die italienische Mannschaft nach Verlängerung mit 0:2 unterlag. Auf der Straße des 17. Juni wogte trotz der Niederlage ein Meer von deutschen Fahnen. Deutsche und Italiener feierten gemeinsam die sportliche Begegnung und den italienischen Sieg. Italienische Fahnen sah ich fast keine. Sie alle waren unter Schwarz-Rot-Gold vereint, Farben, deren Tradition zurückreicht in die Zeit Napoleons, denn sie stehen für einen «Befreiungskampf, von dem die Kronen nichts wissen». Mit diesen Worten feierte Theodor Körner im preußischen Befreiungskrieg den Kampf der Lützowschen Jäger. Der junge Körner gehörte als dichtender Soldat dem Freikorps Lützow an. Napoleon verachtete «Lützows wilde verwegene Schar» (Körner) als «schwarze Räuber» – als «Partisanen», bin ich versucht, heute zu sagen. Das Schwarz-Rot-Gold ihrer Uniform wurde zum Symbol des Freiheitswillens gegen Napoleon und in der Revolution von 1848 zum Symbol für die Freiheit gegen die Restauration und schließlich in der Weimarer Republik die offizielle Nationalflagge der ersten Demokratie auf deutschem Boden. Sogar die DDR hielt Lützows Angedenken in Ehren. Alle Schichten des Volkes gehörten zu der «wilden verwegenen Schar». Schwarz war die Kleidung, um den Befreiungskampf auch für die Ärmsten der Armen nicht an einer Kleiderordnung scheitern zu lassen. Aus goldglänzendem Messing waren die Knöpfe und rot die aufgenähten Biesen am

Hosensaum. Die preußischen Offiziere von Lützow, von Helden und Christian Friedrich Engel von Petersdorff hatten am 9. Februar 1813 den preußischen König um die Genehmigung zur Aufstellung eines Freikorps ersucht und wurden damit als «schwarze Jäger gegen Napoleon» Gründer der schwarz-rot-goldenen Tradition. Wir Italiener waren, bei allem Respekt gegenüber Preußen, im Herzen überwiegend napoleonisch eingestellt. Wir standen damals auf der Seite Napoleons, weil er die Ideen der Französischen Revolution nach Italien getragen hatte. Und doch verbindet uns die gleiche Grunderfahrung im Freiheitskampf. Von Napoleon als Partisan und «schwarzer Räuber» verachtet, wurde der Preuße Petersdorff vom König mit Generalsepauletten und dem Pour le Mérite geehrt: *c'est la vie* – so ist das Leben! Noch heute kommt es in unserer Familie zu preußisch-italienischen Scherzgefechten, wenn wir über Napoleons Siege und Niederlagen diskutieren. Einmal, zum Abschluss einer hitzigen Diskussion, wandte sich mein Bruder an den Berliner Preußen mit den Worten: «Eines will ich gern eingestehen: Bei Waterloo haben wirklich die Preußen gesiegt. Wellington hatte die Schlacht schon verloren, es aber geschickt verstanden, den preußischen Sieg für sich zu reklamieren. Und trotzdem», klagte er wehmütig, «immer wenn ich ein neues Buch über Waterloo lese, hoffe ich, die Preußen würden sich verspäten und die Schlacht ginge irgendwann anders aus.»

Durch Waterloo war Preußen groß geworden und mit ihm die Hauptstadt Berlin. Berlin hatte in seiner Geschichte nicht nur ein Waterloo zu verkraften, sondern deren noch einige mehr: 1918, 1933, 1945 und das Ost-Berliner Regime das Waterloo von 1989. Jedoch stand 1989 das Volk auf der richtigen Seite. Niederlagen können also auch Siege sein.

Irgendwo zwischen Kiez und Kapitol klingelte plötzlich mein Telefon. Ich schreckte auf, aus tiefem Schlaf. Ich war übermüdet und hatte Mühe, mich zu orientieren. Im Hin und Her zwischen Rom und Berlin waren seit der deutschen Wiedervereinigung Jahre vergangen: «Kinder sind die Zukunft.» Wir hatten die Zeitmaschine noch einmal gedreht und ein Töchterlein für die neue Zukunft gewonnen. Trotz des schrillen Klingeltons schlief sie friedlich im Körbchen weiter. In der Nacht hatte sie nicht schlafen können, und so war es auch für mich eine unruhige Nacht geworden. Beim siebten Läuten fand ich endlich zwischen Krabbeldecke und Kuscheltuch den Hörer. Schlaflose Nächte sind eine typische Nebenwirkung der «Zeitmaschinen». Ich meldete mich also mit einem verschlafenen heiseren «Halloo?».

«Guten Tag, spreche ich mit Frau Magnani?»

«Welche meinen Sie?», fragte ich, denn manchmal gab es Verwechselungen mit meiner Mutter.

«Wir suchen Sabina Magnani.»

«Die bin ich.»

«Entschuldigen Sie die Störung. Wir sind das Kontaktbüro von Aldo Rossi in Berlin, Sie kennen den italienischen Architekten?»

«Natürlich.»

«Es geht um eine Präsentation eines Projekts von ihm in der Schützenstraße in Ost-Berlin. Kennen Sie die Gegend?»

Ich war schlagartig hellwach: «Ja, in Berlin-Mitte.»

«Genau. Wir planen die Pressekonferenz. Signor Rossi wünscht sich eine Dolmetscherin. Sie können Italienisch?»

«Allerdings.»

«Gut. Aber da wäre noch etwas. Signor Rossi möchte eine Dolmetscherin, die sich in Kunst und Architektur auskennt, es geht um künstlerische und architektonische Details und um die gewissenhafte Vermittlung seines Anliegens als Architekt und Visionär, verstehen Sie? Könnten Sie sich das vorstellen?»

Und ob ich mir das vorstellen konnte! Aldo Rossi, der *maestro,* ließ nach *mir* fragen? Der Schöpfer des schwimmenden Teatro del Mondo von Venedig, der Restaurator des Teatro Carlo Felice in Genua, der auch in Berlin mit wichtigen Projekten in Erscheinung getreten war und ein Historisches Museum hätte bauen sollen. Die Wiedervereinigung hatte den Planern dazwischengefunkt.

Und so begegnete ich im Jahr 1995 in Berlin Aldo Rossi. In Deutschland hatte ich mich längst damit abgefunden, zu den hochgewachsenen Menschen aufblicken zu müssen, aber Aldo Rossi war nicht größer als ich, wir schauten uns auf Augenhöhe an. Welch angenehme Nähe. Fühlte auch er sich erleichtert, nicht zu einer hochgewachsenen deutschen Giraffe aufblicken zu müssen? Ein Bündnis der Kleinen? Sympathie oder Einbildung? Zurückhaltend und sehr nachdenklich, fast schüchtern erschien er mir. Er stellte die Fragen, ich berichtete von meinen Studien und was ich über seine Arbeiten wusste. Er fragte nach meiner Herkunft, nach meinem Leben in Berlin, und wir sprachen über gemeinsame Freunde und Bekannte in Italien. Ich spürte eine Persönlichkeit, die ihre italienischen, ja lombardischen Wurzeln nicht versteckte und mir das Gefühl kultureller Verbundenheit und menschlichen Vertrauens vermittelte. Trotzdem prüfte er sehr gewissenhaft, ob ich für die Aufgabe geeignet war. Er hatte mich auf Deutsch angesprochen. Er fühle sich aber nicht sicher genug, um die Konferenz auf Deutsch zu führen. Er sei Berlin verbunden, er liebe diese Stadt, die sich nun auch architektonisch in einem historischen Aufbruch befinde. Berlin sei das Symbol für die Tragödie des 20. Jahrhunderts. Aber vielleicht auch die Hoffnung! Aldo Rossi hatte für eine Inszenierung der *Elektra* im Amphitheater von Taormina Reminiszenzen zum Löwentor von Mykene geschaffen. Die Architektur der Antike bewegte, ja erschütterte ihn als modernen Architekten: «Ich habe die Bauwerke der Atriden in unserer Welt gesehen, wie wir die Städte sehen, in denen wir leben: riesige Zerstörungen, zertrümmerte Gebäude, Elend, Sprachverwirrung, verlassene, einstürzende Fabriken, Risse im Mauerwerk, rostiges Eisen, Maschinen und Wagen. Die Geschichte der Atriden – eine Familie im Niedergang, mit ihren Verrückten, ihren geheimen Verbrechen und ihren Krankheiten. Der Fluch der Atriden setzt sich fort», sagte er. Immer wieder musste ich beim Anblick der Zerstörungen in Berlin durch Krieg und Teilung an diese Worte denken.

Das Dolmetschen wurde zu einer Herausforderung, als Aldo Rossi unter lebhafter Anteilnahme der Medien das Projekt seiner Wohnanlage in der Schützenstraße vorstellte. Ich übersetzte, erläuterte Fachbegriffe und Ideen, mit denen er, der Baumeister, die Schäden im Stadtbild durch seinen ganz persönlichen Stil heilen würde. Das war aufregend und trotz des offiziellen Charakters der Veranstaltung sehr bewegend. Gegen Ende holte ich tief Luft, nach dem Durcheinander der Sprachen, Fragen und Antworten.

Eine Frau berührte von hinten meine Schulter und schaute mich an: «Darf ich Sie etwas fragen?»

«Ja, natürlich.»

«Wo haben Sie so gut Italienisch gelernt?»

Verdutzt schaute ich sie an: «Italienisch, ich?»

«Ja, ich bin beeindruckt, ich spreche es selbst ein wenig, aber Sie ...!»

Ich lachte: «Entschuldigung, ich bin keine Deutsche, ich bin Italienerin.»

«Ach!»

«Na, dann erst recht, haben Sie gut gemacht!», erwiderte sie und verschwand.

Ihre Frage war nur eine kleine Freundlichkeit gewesen, aber sie hinterließ eine tiefere Spur.

Aldo Rossi lachte: *« Veramente impressionante* – wirklich eindrucksvoll. Darin steckt doch die alte Frage: Woher kommen wir, wohin gehen wir, wer sind wir? Es gibt ein Denkmal der nuragischen Kultur auf Sardinien, das dieses alte Rätsel anschaulich macht. Ich versuche, das Denkmal zu verstehen: Treppenstufen führen tief in die Erde zu einem jahrtausendealten unterirdischen Raum, der von oben erleuchtet wird, ein erhabenes architektonisches Werk, ein Ineinanderfließen der Ordnung. Es ist ein Unglück, dass wir sein Geheimnis nicht wirklich entschlüsseln können.

Aber hören Sie, da ist noch mein Projekt in der Landsberger Straße. Schauen Sie sich das an, für die nächste Pressekonferenz.»

Nachdem auch dieses Projekt der Öffentlichkeit präsentiert worden war, trennten sich unsere Wege wieder. Zwei Jahre später schockierte uns die Nachricht, dass Aldo Rossi am 4. September 1997 bei einem Autounfall ums Leben kam. Ich hatte im Jahr zuvor, im Oktober 1996, meine Mutter verloren, sie fehlte mir noch immer, wie auch meine alten Freunde im fernen Italien, die ich zu selten sah. «Ich sehe die Zeit wie ein plastisches Gebilde», hatte Rossi gesagt, «Bruchstücke, deren ursprüngliche Bedeutung wir vergessen haben, werden in Fragmenten wundervoller Gebäude aufbewahrt. Aber wir können nicht immer das Zerbrochene wieder zusammensetzen und das Vergessene verstehen.»

Fragmente der Zeit. Ich bin keine Architektin, kann Zerbrochenes nicht wieder zusammensetzen, kann das Zerbrochene nur erinnern. Festhalten kann ich die Schatten nicht, aber vielleicht versuchen zu verstehen.

In der Nachwendezeit tauchte ein neues Phänomen im Berliner Kiez-Alltag auf, das man so vorher hier nicht kannte: die Menschenschlangen. Es gab hier zwar schon immer die Schlangen mit kaltem Blut, aber Schlangen mit warmem Blut, die Warteschlangen, die waren neu im alten West-Berlin. Sie waren plötzlich überall anzutreffen: in Supermärkten, Banken, Elektrogeschäften. Sie zwangen den Kiezbewohnern eine neue Zeitrechnung auf, hauptsächlich beim Mittagseinkauf.

«Mama, was macht ein Ostfriese, wenn er in der Wüste eine Schlange sieht?», fragte mich einmal unsere kleine Tochter und kicherte sich voller Vorfreude ins Fäustchen.

«*Ma che pensi, da dove vuoi che lo sappia* – wo denkst du hin, woher soll ich das wissen?», fragte ich ahnungslos.

«Er stellt sich hinten an! Ha, ha, ha!», lachte sie laut.

Die Antwort konnte ich nun wirklich nicht ahnen, denn in Italien steht man nicht Schlange, sondern man drängelt sich trichterförmig in Menschentrauben um das begehrte Geschehen herum. Dann passen mehr Leute hin, wo es wichtig ist. Alle haben die Hoffnung auf das Weiterkommen, es zu beschleunigen und mehr Glück zu haben als die Nachbarn. Trotzdem kann man mit den Nachbarn ein Gespräch anfangen, gemeinsam um die besten Plätze ringen und – *correggere la fortuna* – vielleicht das Schicksal auch als Zu-spät-Gekommener günstig beeinflussen. Kein Italiener versteht die Hoffnungen der Warteschlangen. Er ist ein Meister im Improvisieren und denkt beim Drängeln nicht nur an sich, er drängelt gemeinsam mit den anderen. Je eher man sieht, was vorne geschieht, desto besser ist es für das Ganze hinten. Wer nicht weiß, was vorn geschieht, hat keinen Grund, sich hinten anzustellen. Man muss wissen, was man will. Italien ist ein schlechter Nährboden für Warteschlangen. Meine Mutter versuchte zwar hin und wieder – durch spontane Aktionen –, den italienischen Landsleuten das vermeintlich einfache und praktische Prinzip der Warteschlangen beizubringen. Doch vergeblich, denn verständnislos schauten die Leute durch sie hindurch, wenn sie in eine Menschentraube hinein die Frage richtete: «Wer ist hier der Letzte?» – «Das werden wir sehen», rief man ihr spöttisch zu. Man hielt ihre Frage für einen Trick, sich durchzuschlängeln.

Der Beschleunigungseffekt der Drängelei ist deutschen Warteschlangen unbekannt. Die italienischen Drängler beschränken sich aufs Wesentliche, sind kurz, präzise, schnell. Bündnispartner oder Konkurrenten stehen rechts und links, Konkurrenz belebt das Geschäft, und wer keine Kompromisse schließt, ist «weg vom Fenster». Entschlusskraft wird gefordert und gefördert. Das «Jetzt oder nie» macht vital, bringt Spannung, schafft Kontakt. Diesen Kick erleben Warteschlangen nie. Nie sah ich in Italien Menschen sich so geduldig und gelangweilt um Ecken, Kanten und Säulen winden wie in einer Warteschlange zu den Weihnachtsgänsen im KaDeWe. Hinten wusste niemand, ob es vorne weiterging, trotzdem wartete man geduldig wie bei Beckett auf Godot. Was würde passieren, wenn ein Witzbold die Warteschlange ablenkt und dorthin umleitet, wo es nur Wachteln statt fetter Gänse gibt?

Niemand darf zu früh drankommen in der Neidgesellschaft, lautet die Philosophie der Warteschlangen. Immer schön der Reihe nach, das ist hart, aber gerecht, egal wie lange es dauert. Warteschlangen gelten als ein Fortschritt, sonst gäbe es sie nicht! Im Sozialismus gab es Warteschlangen im Überfluss, und sie entsprachen dem Fortschrittsglauben der Kader und Funktionäre. Dort waren sie auch besonders langlebig, genügsam und duldsam. Der Kopf der Warteschlange dachte noch für die Letzten im Schwanz. Aber sie kamen dort so langsam voran wie die soziale Gerechtigkeit. Wie hätte sich die Weltgeschichte am 9. November 1989 entwickelt, wenn sich die Menschen, statt sich energisch über und durch die Mauer zu drängeln, brav in Warteschlangen vor den Passdienststellen eingerichtet hätten? Der Letzte hätte noch heute sein Visum nicht.

So manche Warteschlange überlebt im Westen selbst kälteste Wintertage und Nächte. In Wolldecken eingehüllt, mit ausgeklügelten Ablösesystemen und heißem Kaffee, wie zum Beispiel 2007 vor der MoMa-Ausstellung des New Yorker Museum of Modern Art und jedes Jahr wieder bei Konzert- und Filmfestspielen. Aber wehe, wenn der Schwanz den Kopf verliert oder das Ende sich für den Anfang hält.

Eines Tages in Berlin war ich wirklich in Eile. Supermärkte sind zu eng für Menschentrauben und Drängler. Ich passe mich an, will nicht als Ausländerin auffallen, warte geduldig, bin bereit für ein Gespräch mit der Vorder- oder Hinterfrau. Warteschlangen in Supermärkten sind meist weiblichen Geschlechts. Die Leute vor mir hatten den Wagen randvoll gepackt: Wenn mich die Vorderen vorlassen würden, würde sie das zeitlich kaum zurückwerfen, angesichts der wenigen Artikel, die ich in Händen hielt, und für die Menschen hinter mir machte es ohnehin keinen Unterschied. Also wies ich auf meine Waren und bat um Erlaubnis, vorrücken zu dürfen. Mir wurde freundlich zugenickt, ich dankte und arbeitete mich ermutigt weiter. Plötzlich keifte vom Schwanz her eine Stimme: «Ich habs auch eilig, ich muss zum Bus!» – «Dann fragen Sie doch», entgegnete ich – rückte aber, erschrocken und entmutigt wegen des keifenden Tons, wieder in meine alte Position ein. Während ich mich noch ärgerte, kam die Stimme vom Schlangenschwanz nach vorn, zahlte, ohne die anderen zu fragen, und ging ohne Dank und ohne Gruß. *All' italiana* wäre ich besser bedient gewesen. Mit fehlender Dankbarkeit hatte ich schon immer meine Schwierigkeiten, was mich in einer Stadt, die sich ihren ruppigen Umgangston als «Berliner Schnauze» sogar patentieren ließ, vor manche Herausforderung stellt.

Ein besonders extremes Beispiel von Undankbarkeit erlebte ich mit meiner Freundin Heidi am winterlichen Lietzensee. Wir sahen, wie ein kleiner Junge sich viel zu weit hinaus auf den nur halb gefrorenen See gewagt hatte, da brach er schon ein. Einen Augenblick blieb er im Wasser verschwunden, tauchte wieder auf, schrie laut um Hilfe. Meine Freundin handelte blitzschnell und ordnete an, was zu tun sei. Wir legten uns hintereinander flach aufs Eis, ich hielt sie an den Füßen, sie erreichte gerade noch die Hand des Jungen, ohne selber einzubrechen, und zog ihn heraus. Der Junge war allein. Tropfnass und durchgefroren brachten wir ihn in seine nahe gelegene Wohnung. Wir trafen zum Glück seine Mutter zu Hause an. Ohne uns überhaupt anzuhören, versetzte die Mutter dem Jungen eine Backpfeife, die sich gewaschen hatte, und schimpfte den schlotternden Knaben aus, statt sich zu freuen, dass er gerettet worden war: Es war wie in den Versen von Friedrich Wilhelm Güll: «Das Büblein hat getropfet, der Vater hats geklopfet»! Einer Poesie der Strafe wurde gehuldigt, wo Freude und Dankbarkeit angebracht gewesen wären. Strafe muss sein, aber bitte am rechten Platz!

Ich werde kaum als Ausländerin erkannt, weshalb die Leute sich bei mir so geben, wie sie zu ihren Landsleuten sind, ich muss die «Berliner Schnauze» daher nicht als persönlichen Angriff und ausländerfeindlich einordnen. Aber ich gebe zu, dass ich in diesem Punkt ein Anpassungsproblem habe.

Wir schoben einmal unseren Buggy mit den angeschnallten Kindern über den Steinplatz an der Hardenbergstraße und schenkten den Kindern zum Frühling vier Stiefmütterchen aus der Blumenrabatte eines Betonkübels. Der Freiherr vom Stein, dessen Bronzehaupt dort auf einem Pfeiler über die Freiheit wacht, hatte im Rahmen der Freiheitskriege viel für die Befreiung der Preußen vom Untertanengeist getan. Da durfte man sich wohl die Freiheit nehmen und den Kindern ein Stiefmütterchen pflücken, damit sie spüren, die sind für die Gemeinschaft aller da. Wir hatten uns kaum gesetzt, da stürzte ein Mann auf uns zu und bedrohte uns wegen der Stiefmütterchen. Fast wäre er gewalttätig geworden. Doch besann er sich und kündigte an, er werde uns anzeigen. «Tun Sie das!», erklärte der Vater meiner kleinen Preußen, die im Buggy verständnislos und erschrocken nach oben schauten. Dem frechen Berliner muss man selbstbewusst begegnen, lernte ich daraus, denn wir haben nie wieder von dem Mann gehört.

Das Berliner Wetter ist für eine Römerin wirklich schwer zu ertragen. Nie habe ich mich in Rom so über den Frühling gefreut wie hier im kalten Norden. Jede Blüte begrüße ich freudig. In Rom achtet niemand auf solche Erscheinungen in der Natur. Dort blühen unbeachtet die herrlichsten Mimosen, während es hier noch schneit. Als nun endlich der ersehnte Frühling wieder einmal da war, schwebte mir mit eleganten Schritten eine schöne Frau entgegen, sie im fließenden Sommerkleid, ich in Jeans auf dem Fahrrad fahrend, mit meiner Tochter im Kindersitz. Die Dame trug einen geflochtenen Hut mit Girlanden aus Sonnenblumen und Obst, so fein und fröhlich abgestimmt, fast wie bei Botticelli, dass ich unwillkürlich und begeistert ausrief: «Sie tragen ja einen wundervollen Hut, der steht Ihnen sehr gut!», denn ich konnte meine Freude über ihre Schönheit nicht zurückhalten. Da zischte sie mich böse an: «Können Sie mit Ihrem Fahrrad nicht auf der Straße fahren?»

Weg von hier, wo Freundlichkeiten so übel aufgenommen werden – wenn nur nicht die Liebe wäre, die mich hier hält. Ich biss mir auf die trockenen Lippen, denn mit der Tochter im Gepäck durfte ich doch auf dem Bürgersteig fahren.

CAPRICCIO ITALIANO

Wir verbringen die deutschen Ferien in der Regel *all'italiana* am Lago di Bracciano bei Rom, mit Blick auf den See, auf Ölbäume und freundlich grasende biblische Esel. Süße Feigen hängen am Baum, Zikaden zirpen friedlich und laut vor sich hin, das milde Klima und das seidige Wasser streicheln die Haut – zeitlose Harmonie. Unser fast neues Auto glänzte noch wie am ersten Tag, als ich zur Mittagszeit nach dem Cappuccino und dem Einkauf im *supermercato* mit den Kindern in einer flotten Kurve ums Gartentor bog. Wenigstens die Pasta muss in Italien bei allem *dolce far niente* pünktlich auf den Tisch. Doch da schabte und kratzte es erbärmlich am Auto. Der Wagen hing am Pfosten fest. Stopp! Steuer herum, Rückwärtsgang rein, Gas geben! Es schrammte noch schlimmer. Stopp! Das Auto saß fest. Die Kinder schreien, springen zur anderen Seite heraus und fliehen zum Vater: «Die Mama hat das Auto zu Schrott gefahren, jetzt scheidet ihr euch bestimmt!»

«Dann ist er auch nicht der Richtige», rufe ich wütend hinterher. Ich dachte an meinen Vater. Nach der bestandenen Führerscheinprüfung in Theorie durfte man in Italien mit einer Sondergenehmigung in «Rosarot» – *foglio rosa* – für drei Monate Auto fahren. In Begleitung eines Kopiloten. Mein Vater saß also neben mir, als ich zum ersten Mal sein Auto aus unserem Garagentor heraussteuerte. Die Ausfahrt führte steil nach oben mit einer scharfen Linkskurve. Ich gab zwar genügend Gas, vergaß aber, nach links zu lenken, und prallte mit Wucht auf die gegenüberstehende Mauer. Mein Babbo zuckte nicht einmal mit einer Wimper, sondern machte mir gleich wieder Mut: «Schalte in den Rückwärtsgang, das Ganze noch mal, du schaffst es.» Dafür bin ich ihm heute noch dankbar.

Ich weiß natürlich, was *einem* Mann das Auto bedeutet, hatte nun aber drei Männer gegen mich. Der Vater meiner Söhne sah beim Geschrei der Kinder erschrocken herüber – ich war ratlos, zittrig, wütend.

«Warum hast du denn nicht in den Rückspiegel geschaut, es ist doch ganz einfach?»

Die altkluge Art brachte mich erst recht auf die Palme, schließlich können auch verbeulte Autos noch fahren, war unsere Devise zu Hause gewesen.

«Wir reisen doch nächste Woche ab!», meinte der gestrenge Mann. «Da ist eine Reparatur hier wohl ausgeschlossen.»

In dem Moment gewann ich meine Fassung wieder. *Ferragosto* stand zwar vor der Tür, aber diese Deutschen sollten mein Land kennenlernen! Ferragosto ist heilig in Italien, gewiss. Seit Kaiser Augustus – nach dem dieser «Festtag des Augustus» benannt wurde – gehört er zum sozialen Brauchtum der Römer und aller Italiener. Ferragosto ist so wichtig wie Weihnachten für Deutschland, nur fröhlicher.

«Macht das Auto frei, *ich* fahre zum *carrozziere*», befahl ich energisch, weil *er* mich wegen meiner Wut nicht fahren lassen wollte: «Und regt euch nicht auf, wir sind hier nicht in Deutschland, was ist schon ein Auto. Es gibt Schlimmeres als Beulen oder Schrammen. Ich fahre allein, und ihr bleibt hier!»

Das Dorf lag bei zweiunddreißig Grad Hitze im Mittagskoma. Die Autowerkstatt am Dorfausgang schien verwaist – oder doch nicht? Der Rollladen am Tor war nur halb geschlossen.

«*C'è nessuno?* – Ist da jemand?», rief ich laut, denn Signor Pippo wohnte über der Werkstatt.

Der kam auch gleich verschwitzt ans Fenster: «*Si, perchè? Cosa c'è?* – Ja, was ist los?»

«O bitte, Sie müssen mir helfen, bitte! Retten Sie meine Ehe, und reparieren Sie eine Beule an meinem Auto. Ich bin mit einem Deutschen verheiratet und bin verzweifelt.»

«Wo ist denn Ihr Deutscher?», fragte Pippo neugierig, obwohl er die Werkstatt gerade für drei Tage schließen wollte.

«Er sitzt wütend zu Hause.»

Pippo legte die Stirn in Falten: «Lieben Sie ihn?»

«Natürlich, jedenfalls solange ihm sein Auto nicht wichtiger ist als ich!»

«Na, es wird uns ein Vergnügen sein. Machen Sie sich keine Sorgen. Wir finden eine Lösung, Ihr Deutscher wird sich wundern.»

Ein Stein fiel mir vom Herzen, wir lächelten uns an, das Bündnis stand: Italien gegen Deutschland. Pippo blies einen scharfen Pfiff durch die Finger. Hinter den Rollläden der anderen Tore wurde es lebendig.

«Kommt her», rief er seiner Mannschaft zu, «die Signora, die Ärmste, sie hat einen Deutschen zum Mann!» Neugierig und mitleidig näherten sich die Gesellen im Unterhemd. Pippo wies prüfend auf «meine» Schramme und beriet sich mit den Gesellen. Die waren nicht begeistert. Sie hatten sich schon auf Ferragosto gefreut. Dann aber sprach Pippo das erlösende Wort: «Das machen wir», und setzte väterlich hinzu: «Sagen Sie Ihrem Mann, er solle uns noch heute die Daten zum Farbentyp bringen. Ich versuche gleich selber, die richtige Farbcodierung zu finden!»

Ich fuhr erleichtert nach Hause und gewann Spaß an der Sache. Pippos Bereitschaft, mir aus der Patsche zu helfen, tröstete mich. Der Deutsche jedoch, der die Gartenpforte so schadlos zu nehmen wusste, blieb skeptisch: «Die haben doch keine Ahnung, das ist zu kompliziert mit den Farben, die kann man mit dem Auge nicht klar unterscheiden.»

Natürlich hatte er keine der notwendigen Unterlagen zur Farbcodierung dabei. Trotzdem begleitete er mich nach der Siesta zu Pippo und seinen Gesellen. Die suchten im Auto nach dem Zifferncode zur Farblegierung und begannen, das Auto hier und dort aufzuschrauben. Der Deutsche wurde blass und blässer.

«Das kriegen die nie wieder zusammen», stöhnte er leise. Ich aber fühlte mich stark und stärker:

«Signor Pippo, mein *deutscher* Mann», begann ich, mein Bündnis mit Pippo genießend, «er fürchtet, Sie würden es nicht schaffen, die Teile wieder zusammenzubauen.»

Pippo lachte: «Keine Sorge, mein Herr, wir arbeiten mit Ferrari und Alfa Romeo zusammen, da macht uns Ihr Volkswagen keine Probleme. Aber ich muss mit Milano telefonieren, mit Volkswagen-Italia, und einige Fahrzeugdaten durchgeben, die wir gefunden haben. Lassen Sie das Auto hier.»

Ich zweifelte keine Sekunde an seinen Fähigkeiten und erzählte ihm von meinem Großvater Magnani, der von Beruf Automechaniker war und sich um 1920 ganz allein ein fahrtüchtiges Auto gebaut hatte, mit dem er jeden Sonntag nachmittags zum Ausflug fuhr. Und ich erzählte, dass die Magnanis nach dem italienischen Befreiungskampf im 19. Jahrhundert als Schmiede Waffen zu Sicheln umgeschmiedet hatten, damit die Bauern ihre Felder wieder bestellen konnten. Meine Eltern hatten immer gehofft, eine Sichel mit deren Prägesymbol, zwei zum «M» verschlungene Sicheln, zu finden.

Am nächsten Tag hatte es Pippo geschafft und bei Volkswagen-Italia in Mailand die Daten zur Farblegierung gefunden. «Alles andere war eine Kleinigkeit», sagte er stolz, als er den Wagen ausgebeult und glänzend lackiert vorführte. Da spürte ich Heimat.

Italien ist ein Land der Improvisation, und das macht es so wunderbar. Aber es ist doch kein Land der Wunder. Zu oft verwandelten sich die erhofften Wunder in Hoffnungsfallen. Hoffnungsfallen kennen die Italiener zwar, aber sie haben kein eigenes Wort dafür, obwohl sie oft genug «reingefallen» sind, zuletzt mit Silvio Berlusconi, der viel versprach und doch nur an sein eigenes Wohl gedacht hatte. Welch ein Glück für Italien, dass sie keine Nibelungentreue kennen und ihm als verurteilten Steuerbetrüger im letzten Moment im Oktober 2013 die Gefolgschaft versagten. Niemand kennt alle Hoffnungsfallen, mit denen unser Land sonst noch durchsetzt ist.

Meine Hoffnungsfalle war ein Erlass der Regionalregierung von Latium zur Qualifikation der Lehrbefugnis für den Deutschunterricht an höheren Schulen. Man könne sich einer Prüfung unterziehen, hieß es, um den Befähigungsnachweis – *l'abilitazione* – zu erwerben. Urkunde ist Urkunde! Eine italienische Urkunde zum Großen Sprachdiplom des Goethe-Instituts könne nichts schaden, bestätigte meine Freundin. Also meldete ich mich. Trotz offizieller Bewerbung erhielt ich zur Prüfung keine amtliche Aufforderung. Ich erfuhr den Termin im Winter nur zufällig von meiner improvisationstüchtigen Freundin. Per Bahn fuhr ich nach Rom. Die Freundin brachte mich nach Frosinone, dem Prüfungsort, denn Freunde braucht man in Italien. Auch Italien braucht Freunde, manchmal verständige Nachsicht, manchmal ernste Ermahnungen, wie 2011 in der Finanzkrise, als Berlusconis Verschleppungstaktik nicht enden wollte. Auch in Frosinone aber ging die Schlamperei entschieden zu weit. In einer hygienisch verwahrlosten Schule versammelten sich über hundert Bewerberinnen und Bewerber, um in aller Herrgottsfrühe ihre Chancen wahrzunehmen. Im Winter ist es auch in Italien kalt, der Raum war trotz der geplanten Prüfung ungeheizt. Es gab keine Cafeteria und keine benutzbaren Toiletten für Menschen mit durchschnittlicher Vorstellung von Hygiene. Mir graute davor, dass hier Kinder lernen mussten, die alle irgendwann mal «müssen» mussten. Die angereisten Frauen und Männer suchten sich auf den Teilnehmerlisten, die so hoch angeheftet waren, dass wir unsere Namen gar nicht lesen konnten. Wir holten Tische und Bänke, um hinaufzuklettern, damit wir sie lesen konnten. Einladungen zu diesem Termin waren nur sporadisch verschickt worden, wie wir herausbekamen, aber wir befanden uns alle auf der Liste. Auf sieben Uhr bestellt, fröstelten wir untätig bis um halb elf, weil die Prüfungsaufsicht mit den Aufgaben nicht erschien. Alles schien so organisiert, als hoffe man darauf, dass möglichst viele Bewerber unverrichteter Dinge wieder abziehen würden, also eine «Schlamperei mit System». Außer dem Duden waren Hilfsmittel ausdrücklich verboten. Ich stand mit leeren Händen da. Andere Teilnehmer trugen Bücher in Taschen und Beuteln in den Prüfungssaal. Unbehelligt von der Aufsicht, benutzten sie ihre Lexika, Literaturgeschichten und Übersetzungen. War ich durch Berlin bereits so «verbogen», dass ich der offiziellen Anordnung wie selbstverständlich Folge geleistet hatte, statt mich *all' italiana* zu behaupten? Das musste ich mir selbst anlasten. Skandalös entwickelte sich der Fall in der Öffentlichkeit, weil niemand mehr von der Prüfung und ihren Ergebnissen hörte, bis die italienische Presse aufdeckte, dass die Prüfungsunterlagen teils verschwunden, teils verfälscht, teils nicht mehr zuzuordnen waren. Ich schämte mich für mein Land, in dem es so viel zu beklagen gibt, und freue mich, wenn Hilfe aus Europa kommt.

Andererseits ist Italiens Schönheit auf ewig rühmenswert. In der Bucht bei Sorrent, am Golf von Neapel, drängten sich die Badegäste. Auch wir lagen am Strand und blickten versonnen über den Golf und das Meer. «Den Golf sehen und sterben», schwärmten deutsche Klassiker und Romantiker einst. Badetuch grenzte an Badetuch, nicht mehr ganz so romantisch wie früher, aber trotzdem noch schön. Die Schatten der Sonnenschirme schufen natürliche Grenzen um Taschen voller Proviant. Das Wort Proviant trifft nicht ganz, was man da sah, denn es waren eindrucksvolle Gelage im Gange. Essen Italiener am Strand, wird nicht bescheiden, wie vielleicht zu Hause, aufgetischt, sondern üppig aufgefahren. Zu Hause dürfen auch die Reste vom Vortag gegessen werden, nicht aber am Strand, dort soll jeder sehen: Uns gehts gut! Essen ist ein Statussymbol. *Antipasti, pasta fredda, secondo, verdure, frutta,* blutrote Wassermelonen, Honigmelonen, gelb, süß und saftig, ein Bild barocker Genüsse. Die Stimmen der Badegäste hatten neapolitanisches Volumen und wurden vom Rauschen der Wellen untermalt. Der Neapolitaner spricht noch mehr aus der Tiefe des Bauchraums als der Durchschnittsitaliener, denn die Arien der Fischer und Matrosen mussten schon immer das Tosen des Meeres übertönen. Großmütter, Väter, Kinder, ganze Familien lagerten um die festlichen Tafeltücher. Wir hatten, *alla tedesca,* ein paar belegte *rosette* – römische Brötchen – und weiße Pizza trocken zwischen den Zähnen und eine Flasche Wasser im Plastikbeutel. Zwischen den sich brechenden Wogen schritt eine mit stattlicher Leibesfülle ausgestattete italienische *mamma* bis zu den Knien im Wasser auf und ab. Einen beladenen Teller trug sie vor sich her, als äße sie lieber beim *bagno asciuga,* dem Trockenbad, als draußen auf den heißen Steinen. Das *bagno asciuga* ist eine Art Wassertreten, die weiche Variante der Kneippkur im lauen Mittelmeer. Oben trocken mit *prosciutto* – mit Schinken auf dem Teller, unten gekühltes Wadenbein. Das sah nicht übel aus und schmeckte ganz offensichtlich. Doch irgendetwas stimmte nicht. Die *mamma* führte die gefüllte Gabel nicht zum eigenen Mund, sie trug sie vor sich her. Wohin? Ich suchte und hörte durch den Wellenschlag: «*Dai, dai, dai, mangia* – los, los, komm her, iss!» Da turnte ein bestens genährter, um nicht zu sagen, ein runder Knabe im Wasser und hielt die *mamma* zur Närrin. Er dachte nicht daran zu essen, der kluge Junge, er hatte es mit seiner gerundeten Form auch wirklich nicht nötig. Doch die *mamma* gab nicht auf. Und siehe da, sie hatte Glück – plötzlich erwischte sie den vagabundierenden Kindermund. Mir wurde schwindlig, wie sie mit voller Gabel und als Spielball kindlicher Launen auf und nieder tanzte.

Natürlich möchte auch ich bei den römischen Freunden sein, wenn gemeinsame Anlässe gefeiert werden. Freundschaft ist das Salz der Erde, heißt es in Italien! Fast alle Freunde waren an einem Ort versammelt, bei meiner Freundin Enrica in den Albaner Bergen bei Rom.

«Darf ich dich küssen?» Ich wandte mich der Stimme zu, die mir bekannt vorkam. Ein hochgewachsener Herr mit hellen Strähnen im dunklen Haar versteckte hinter seiner vorgehaltenen Hand das halbe Gesicht, um nicht gleich erkannt zu werden.

«Eugenio!», rief ich jedoch sofort. Denn sein Markenzeichen waren seine Augen; sein tiefer Blick wurde gerühmt bei den Mädchen im Gymnasium. Er war ein politischer *leader*, ein Wortführer in den Jahren nach 1968. In olivgrüner Jacke mit schwarzen Lederknöpfen, immer in vorderster Linie und mit dem Megafon in der Hand hatte er stets linke Parolen parat, um charismatisch die Diskussionen zu steuern. Er arbeitete als Journalist. Oft hatte ich in italienischen Zeitungen in Berlin Artikel von ihm gelesen. Nach meiner ersten Begegnung mit Enrica in der Kindheit war der seltene Fall eingetreten, dass unsere Eltern und wir Kinder uns gleichermaßen gut verstanden. Wir lernten bis zur *maturità* – dem Abitur – alles gemeinsam mit unseren Vätern, von der griechischen Philosophie über Dante bis zu Bismarck, von der Diaspora des jüdischen Volkes bis zu Alcide De Gasperi.

«Wo ist denn meine Allerliebste?», fragte jetzt Enricas Vater, der ebenfalls, wie unser Schulfreund, Eugenio hieß, als er auf mich zukam, groß und mit ausgebreiteten Armen. «Wo ist sie denn?»

Ich war gerührt, weil er mich so herzlich wie früher als Kind begrüßte und umarmte.

«Wo ist denn meine Liebste?», fragte er nochmals, als er mich aus seinen Armen wieder entließ.

«Wie? Eugenio, wen meinst du? Ich dachte, du schließt *mich* in die Arme, genügt dir das nicht?»

«Aber Sabina, du weißt doch, wer mir fehlt: eure Tochter! Wo ist die Allerliebste?»

«Sie muss in Deutschland zur Schule gehen und will auch selbst keinen Tag versäumen», erklärte ich ihm. «Glaub mir, unsere deutsch-italienischen Kinder haben wahres Pflichtgefühl. Sie wollen zur Schule gehen, wenn Unterricht ist!»

Um mich herum wurde gestaunt und gemunkelt: *Niente mezzi tedeschi, i tuoi figli, direi in questa occasione, interamente tedeschi* – das sind keine halben Deutschen, ganz und gar Deutsche sind deine Kinder geworden.

Enricas Vater war enttäuscht. «Wie schade, sie hätte sich bestimmt gefreut, wir alle wollten sie sehen», bedauerte Eugenio noch einmal, während Simonetta, Eugenios Frau, mich an ihre Wangen zog, um mich zu küssen. Die Jahre hatten sie kleiner werden lassen. Sie war in den Zwanzigerjahren in Berlin geboren und hatte in unserer Kantstraße gewohnt.

Von Arm zu Arm, von Freund zu Freund und von Freundin zu Freundin zog ich weiter über den englischen Rasen, der immer ein besonderer Stolz der Italiener ist, wenn er ihnen gelingt. Enrica und ich, wir hatten unsere runden Geburtstage immer gemeinsam gefeiert, seit dem sechzehnten Lebensjahr, es trennten unsere Geburtstage nur drei Tage voneinander. Unter Oliven und Orangenbäumen an üppigen Rosenbeeten feierten die Freunde und Freundinnen unsere Freundschaft, sie war ungebrochen wieder da. Die Sicht reichte weit über das Meer bis nach Ponza und zum Monte Circeo, wo die Zauberin Circe den geliebten Odysseus verführen wollte, nachdem sie seine Freunde in Schweine verwandelt hatte, aber Odysseus war treu und verlangte die Freunde zurück. Freundschaft ist lebenswichtig in Italien, mitunter lebensrettend. Aber Freundschaft «mit» Italien? Das hat in Deutschland keinen guten Klang, seit Italiens Abfall vom Achsenbund zwischen Mussolini und Hitler. Die italienische Treue hatte damals ihren Ruf in Deutschland verspielt. Wie gesagt, wir kennen die selbstmörderische Nibelungentreue nicht. Wir *pflegen* auch keine Freundschaft, wie es im Deutschen heißt. Das Wort «Pflegen» ist für uns in diesem Sinne gar nicht übersetzbar. Freundschaft bedarf nach unsrer Sitte keiner Pflege. Denn Freundschaft beruht nicht auf Gebrechlichkeit. Freundschaft ist Sympathie, Gemeinsamkeit, Gemeinschaft und wirkliches Leben – und nicht Lust am gemeinsamen Untergang. Italiener versprechen sich beim Abschied, der immer länger dauert als in Deutschland: «Wir telefonieren – wir sehen uns – wir denken an uns!» Sie können sich kaum trennen, deshalb dauern die Abschiede in Italien so lang. Dann aber vergehen die Tage, die Wochen, manchmal Jahre. Und wenn man sich wieder trifft, ohne telefoniert zu haben, ist es so herzlich wie beim ersten Mal, als wäre man nie fort gewesen, ja schöner vielleicht, weil es viel zu erzählen gibt. Und wenn nicht, ist man wenigstens höflich gewesen.

In Deutschland hört man dagegen oft den Vorwurf: «Du hast dich ja gar nicht gemeldet!»

Von den Gefühlen der Freundschaft, von Arm zu Arm ließ ich mich durch den festlichen Abend tragen. Später teilte ich mit der Freundin ein gemeinsames Zimmer. Wir plauderten bis in den Morgen und lachten viel, über Männer und Frauen, immer liebevoll, wenn auch mit Ironie.

Mein Preuße hatte eine Freundschaftsrede gehalten. «Er spricht Italienisch wie Bruno Ganz», flüsterten einige Freunde im Hintergrund, denn der Film *Pane e Tulipani* (*Brot und Tulpen*) mit Bruno Ganz lief gerade erfolgreich in den italienischen Kinos. Enrica lachte. «*Sempre giovane, ma come fa, è congelato?* – Immer jung, wie macht er das, ist er tiefgefroren?» Sogar Enricas Vater fragte ihn scherzhaft um Rat. Äußerlichkeiten, die gefallen, sind wichtig in Italien, im Land der schönen Künste, der Mode, des schönen Scheins und des Designs. «Freunde», hieß es also in der Rede, «ein Geheimnis ist heute gelüftet worden, eine Botschaft der Ewigen Stadt habe ich heute entschlüsselt! Ihr kennt den Schriftzug an den Mauern, an Palästen, an Laternen, ja sogar auf Kanaldeckeln im Straßenpflaster: die Buchstaben SPQR. Was bedeuten diese Zeichen? Was will Rom uns damit sagen? Auf dem Kapitol habe ich soeben die Lösung gefunden. Sie heißt: S*abina* P*etersdorff* Q*uando* R*itorni?* – Sabina Petersdorff, wann kehrst du zurück? Freunde, wir geben euch und der Stadt heute die Antwort und das Versprechen: S*empre ritorniamo* – wir kehren immer zurück!» – «Aber nicht zu spät», ergänzte ich, und wir tranken auf die Sympathie zwischen unseren Ländern. «*Madonna, ha poesia, veramente* – er hat wirklich Poesie, *il tuo Helmut Berger*», sagten mir die Freundinnen laut und vernehmlich ins Ohr und rollten das «R» so sinnlich wie immer. Denn Italienern und Italienerinnen fällt es nicht schwer, sich Gutes zu sagen und zu tun.

GEWISSENSAUFSTAND UND HOFFNUNGSFALLEN

Die deutsche Sprache nimmt mehr als die italienische fremde Worte auf und verwendet sie mit eigenen Bedeutungsnuancen als neue Begriffe. Sie schafft durch Verknüpfung und Trennung von Worten erweiterte Vorstellungsräume. Andererseits kann sich auch durch ein geringes Verändern der Schreibweise deutscher bekannter Begriffe deren Bedeutung ins Gegenteil verkehren. Um zu verstehen, wie sich das «Morgengrauen» in «morgen Grauen» verwandeln kann, muss man hier im Lande leben. Denn im Land, wo die Zitronen blühen und im dunklen Laub die Goldorangen glühen, graut der Morgen nicht. Mit Rosenfingern erhebt er sich, er wird als Aurora, als liebliche Göttin verehrt. Im Lichte Auroras stolpern zwar auch wir Italiener oft genug von einer enttäuschten Hoffnung zur nächsten, doch schon an der Bar beim ersten Cappuccino am Morgen sieht alles besser aus. Wer sich nach schlafloser Nacht aus seiner Berliner Hoffnungsfalle erhebt, den rufen schon im Morgengrauen unheimliche Stimmen zum «Gewissensaufstand».

Ein Wort hat sich mit rasender Geschwindigkeit in der deutschen Sprache verbreitet: das Wort «Holocaust». Ich habe sein Wachsen, seine Geschichte erlebt. Es begann etwa 1980 nach der gleichnamigen Fernsehserie aus den USA, die in Deutschland den Untertitel erhielt: *Die Geschichte der Familie Weiß*. Bis dahin hatte man den Begriff «Holocaust» in Deutschland geflissentlich vermieden. Warum gibt es keinen deutschen Begriff dafür, warum bedient man sich einer fremden Vokabel, bei dem sonstigen Reichtum der deutschen Sprache an Ausdrucksformen? In Italien verwenden wir oft das deutsche Wort «Endlösung» als Fremdwort, was aber verharmlosend die Sprache der Täter übernimmt und deshalb nicht geeignet ist zur Bezeichnung dieses Verbrechens. Wir sprechen auch von *sterminio* – von der Vernichtung, was ebenfalls die menschenverachtende Haltung der Täter fortschreibt. Im römischen Getto wird auf einer Gedenktafel der *Caccia agli ebrei* – der «Jagd auf die Juden» – gedacht. Das klingt auf Italienisch so schrecklich und unmenschlich, wie das Verbrechen in Rom tatsächlich war. In der deutschen Übersetzung entfaltet es nicht diesen

Schrecken. «Holocaust» dagegen klingt düster, dunkel, und dennoch geht es leicht über die Lippen, klingt fast englisch modern, obwohl das Wort aus dem Griechischen stammt. Es wirkt wissenschaftlich, distanziert, zeitlos und rückt das Geschehene in einen fremden Sprach- und Vorstellungsraum, als handele es sich um ein abstraktes Phänomen einer fremden Kultur und nicht um das schrecklichste Verbrechen der noch gegenwärtigen deutschen Geschichte. Das Wort *Holocaust* hilft, über die Wirklichkeit hinwegzugleiten, in angenehmer Distanz. Es vermittelt nicht die dem Verbrechen angemessenen Gefühle des Entsetzens. *Holocaust* bedeutet in seiner griechischen Wurzel «Brandopfer, Sühne, Dank an die Götter». Man darf aber den antiken Griechen nicht unrecht tun. In Deutschland ging es um Mord, um Staatsmord an den eigenen Bürgern und in benachbarten Staaten, um millionenfachen organisierten, industriell geplanten Mord aus niederen Gründen, heimtückisch, grausam, aus staatlicher und persönlicher Gewinnsucht. Ob die deutsche Sprache jemals einen deutschen Begriff dafür schaffen und annehmen wird?

Ein «Mahnmal zur Erinnerung an die Ermordung der europäischen Juden» steht seit dem 10. Mai 2005 in Berlin, ein Mahnmal mit einem langen Namen, der sich von einem einzelnen Begriff, der das Grauen des Verbrechens erfassen würde, immer weiter entfernt. Wir hatten immer gehofft, dass ein Mahnmal entstehen würde. Als es aber fertig war, tauchte ein neuer Begriff auf: Die Rede war von den «Stelenspringern am Holocaust-Mahnmal»! «Stelenspringer» seien Menschen, so hieß es, die von Stele zu Stele des Mahnmals springen – über seine Abgründe hinweg. Das beweise einen bedenklichen Umgang mit Geschichte. Mir aber erscheint das Wort *Holocaust* der erste Stelenspringer zu sein! Eine «Stele» ist ein leichtes, nach oben strebendes Gebilde, nicht vergleichbar mit der Last der Erinnerung und mit den düsteren Quadern aus schwarzgrauem Beton, aus denen das Mahnmal besteht, gewaltig und bedrückend.

Ich war oft mit Kindern dort, die sich das Unvorstellbare ebenso wenig vorstellen können wie Erwachsene, die aber trotzdem von der Architektur und der Bedeutung des Ortes eingenommen werden. Das Mahnmal zu erklären, zu gesittetem Verhalten zu ermahnen, sich ihm auf kindliche Weise zu nähern, sich darin zu verlieren und mit Dankbarkeit und Freude ins Leben zurückzufinden, das kann die Kinder lehren, die Geschichte anzunehmen, denn die holt denkende Menschen ohnehin wieder ein, wohin sie auch flüchten oder springen wollen. Wir haben zwei «Stolpersteine» vor unser Haus gesetzt, für die Geschwister Charlotte und Elsbeth Friedlaender, die am 14. November 1941 aus unserem Haus deportiert und mit dem Transport Nr. 5 vom Bahnhof Grunewald ins Getto nach Minsk verschleppt worden waren, wo sich ihre Spur verliert. Man stolpert nicht über diese Steine, die von Gunter Demnig verlegt worden sind, sondern man verneigt sich vor den Schwestern, wenn man ihre Namen liest.

Nicht nur Menschen wurden ermordet, auch die Sprache wurde entstellt, verfälscht, gemordet. Man weiß das. Aber Wortgebilde wie «ausmerzen» – «gnadenlos zuschlagen» – «Schadenfreude» (andere will ich gar nicht erwähnen) erschrecken manchmal noch heute im Deutschen. Den Begriff «Schadenfreude» oder den brutalen Unterton, der in so mancher deutschen Grobheit mitklingt, kenne ich nicht im Italienischen. «Schadenfreude» war mir unbekannt, bis ich Deutsch lernte. Wir haben die italienische Leichtigkeit des Seins, die man in Deutschland so oft vergeblich sucht. An aufrichtiger Freude leiden wir keinen Mangel – auch in der Krise nicht. Italiener sind nicht gerne allein. Natürlich bestreite ich nicht, dass auch Italiener Schadenfreude empfinden können. Aber in der geselligen Begegnung ist weniger Platz für Schadenfreude als in dem leeren Raum, mit dem sich manche verschrobenen Einzelgänger umgeben. Italiener drücken ihre Frustration und Wut fantasiereich, oft aggressiv und vulgär aus, aber es klingt für mich nicht so bedrohlich wie auf Deutsch. Die italienische *mamma* mag zwar im Affekt sagen: «Ich schlage dich, wenn du aufs Eis gehst.» Aber sie würde nicht zuschlagen, wenn das Kind unterkühlt aus dem Wasser gezogen wurde. «Ich knall dich an die Wand, dass du wie eine Pizza kleben bleibst!», schimpfte eine italienische Mutter den ungehorsamen Sohn, und ich beobachtete, was geschah: Nichts geschah! Es war keine konsequente Drohung, sondern nur ein Gefühlsausbruch, eine Wut gewesen, die von dem Kind verstanden wurde, übrigens ohne dass es gehorchte. Wir bringen aggressive Gefühle in starker spontaner Sprache zum Ausdruck. Danach ist die Wut schon verraucht! Dampf ablassen schadet nicht. Deutsche bleiben allzu oft zu lange ruhig, haben Angst vor der Wut, vor der eigenen wie vor der fremden.

Rührend ist es, wenn man sieht, wie die deutschen *Tatort*-Fernsehkommissare – diese geheimen Schulmeister der Nation – sich redliche Mühe geben, «emotional» zu reagieren, «starke Gefühle» herauszulassen. Aber die alte deutsche Regel gilt im Prinzip noch immer: Ruhe ist die erste Bürgerpflicht! Bis man platzt. Und wenn in Deutschland jemand droht: «Ich platze gleich», möchte ich aufmunternd zurufen: «Ja, aber bitte nicht zu lange warten!» Mit Beklemmung höre ich dagegen jene ruhige Drohung: «Ich hab dich gewarnt!» Denn dann folgt ganz *konsequent* die Tat. Die Drohung «Ich hab dich gewarnt» ist berechnend, drückt fast schon Sehnsucht nach Gewalt aus, ist voller Selbstgerechtigkeit oder Hass. «Konsequenz», als Folge zwanghafter Ruhe, ist ein viel zu beliebter Begriff. Die Wut ist doch ein schutzbedürftiges Gefühl, wenn sie gewaltlos bleibt.

Unsere Kinder mahnten mich oft: «Ist dir klar, was man von dir denken würde, wenn wir deine Wutausbrüche ins Deutsche übersetzen?» Wenn ich dann und wann mit unverblümten Worten laut meine Meinung sagte, sprangen sie auf, um Fenster und Türen zu schließen. Doch die Wut war meist bereits verklungen, bevor die Fenster verschlossen waren. Jedes schnelle Wort der Wut ist besser als strikt angedrohte «Konsequenzen». Hierzulande ist mir meine Muttersprache bewusster geworden. Ich versuche, mich zu bändigen, nicht immer mit Erfolg.

Die *Süddeutsche Zeitung* widmete ihr *Magazin* am 12. Februar 2009 dem Thema Italien. Titel: *Der Stinkstiefel.* Eine im Wesentlichen zutreffende Analyse zur politischen Lage im Lande Berlusconis. Der Artikel war Salz in Italiens Wunden. Aber es gibt noch ein anderes Italien im Schatten der «Berlusconianer», so bedrückend die anrüchigen Maßnahmen seiner Regierung und seiner persönlichen Geschmacklosigkeiten auch waren. Bedrückend und gefährlich ist noch immer seine private Medien-Macht. Ein Clown ist harmlos und erheiternd bisweilen, er aber nicht. Andererseits: Die italienische Zeitung *Il Manifesto* hatte am 20. April 2005 den deutschen Kardinal Joseph Ratzinger unter dem Titel *Il Pastore Tedesco* als den neuen Papst Benedikt XVI. begrüßt. Auf Italienisch klingt «*il pastore tedesco*» längst nicht so fromm wie im Deutschen. Es bedeutet eigentlich «Deutscher Schäferhund». Die wörtliche Bedeutung «deutscher Hirte» klingt für Italiener zwar auch an, aber nur entfernt und hintergründig, wie ein «Teekesselchen»-Begriff. Selbst wenn man Hunde mag, wirkte dieser Titel befremdlich. Er war eine Provokation: Als sei der deutsche Papst bissig, womöglich sogar gefährlich. Ebenso ambivalent wurde auch ich plötzlich in Rom in aller Freundschaft, doch mit leicht vorwurfsvollem Unterton gefragt, als hätte ich persönlich etwas zu verantworten: «Was haben die Eltern deines Deutschen im Krieg gemacht, und wie stehst du dazu?» Mir wurde diese deutsche Gewissensfrage gestellt, als die *Bild*-Zeitung vom 20. April 2005 mit dem Aufmacher «Wir sind Papst» erschien und die internationale Presse dagegen mit dem «Hitlerjungen Ratzinger» konterte, um deutsche Gewissens- und Schuldgefühle zu provozieren. Doch nur wer ohne Schuld ist, werfe den ersten Stein, lautet die christliche Botschaft. Die meisten Italiener meinen, wir seien berechtigt, den Deutschen solche «Gewissensfragen» zu stellen.

Ein Jahr nach der Papstwahl kamen wir am Ostersonntag nach dem päpstlichen Segen «Urbi et Orbi» beim Mittagsmahl auf das deutsche «Miserere» zurück. Ein Freund aus Griechenland, der schon seit Langem in Rom lebte und auch Deutschland gut kannte, sagte schließlich ein befreiendes Wort, als wir gemeinsam das Osterlamm mit gebratenen Artischocken und gebackenen Rosmarinkartoffeln verzehrten:

«Das Osterlamm verbindet uns – heute und grundsätzlich, das ist wahr! Aber als Grieche kann ich nicht darüber hinwegsehen, dass die Italiener noch vor den Deutschen unser Land überfallen haben. Die Deutschen sind erst nach euch gekommen. Die Deutschen waren zwar ...», da hielt er plötzlich inne und blickte besorgt auf den Deutschen an meiner Seite und schwieg.

Doch der ermunterte ihn: «Sprich weiter, ich muss das wohl aushalten!»

«Die Deutschen damals», ergänzte er und vermied, «ihr Deutsche» zu sagen, «waren hart und brutal damals, viel grausamer als die Italiener. Aber die Deutschen stehen heute zu ihrer Schuld, das erlebe ich immer und überall in Deutschland. Die Italiener aber haben vergessen, dass sie den Überfall begonnen hatten, und jetzt verstecken sie sich hinter den Deutschen. Die Italiener waren damals nicht so nett wie ihr heute beim Osterlamm! Darüber will in Italien aber niemand mehr reden.»

Er nahm sich eine gebackene Kartoffel *al rosmarino* und hob dann symbolisch und versöhnlich sein Glas. Wir stutzten, schauten uns an und fühlten uns erleichtert, trotz – nein, wegen der ausgesprochenen Wahrheit. Ein Frösteln kroch mir über den Rücken, und ich musste von einem deutsch-französischen Familientreffen in der Normandie erzählen, wo unsere «europäische Familie» aus fünf Nationen zusammengekommen war.

Meine deutsche Schwägerin hatte uns nämlich zu ihrer französisch-belgischen Familie eingeladen. Leider waren die spanischen Verwandten meiner deutschen Familie nicht dabei, aber im Herzen waren sie anwesend. Wir wollten uns an die Landung der Alliierten am 6. Juni 1944 erinnern, in die wir alle, vor allem aber die französischen Verwandten, irgendwie verflochten sind. Wir wohnten im Küstenort Sainte-Honorine-des-Pertes bei Port-en-Bessin, nahe bei Arromanches, meine Mutter anfangs in Colombières, einem Wasserschloss der französischen Verwandtschaft. Dort war der deutsche Schriftsteller Stefan Heym 1944 als amerikanischer Soldat, nach der gelungenen Landung der Alliierten, einquartiert worden. Heym beschreibt das Schloss unter dem Namen Valières in seinem Roman *Bitterer Lorbeer*, einem literarischen Bericht über den Vormarsch der Amerikaner von der Normandie bis nach Deutschland. Der Roman war 1947 in den USA unter dem Titel *The Crusaders* (Die Kreuzfahrer) erschienen. Die französischen Cousins in Colombières bewahren die Erinnerung an Stefan Heym mit Stolz und Ehrfurcht. Als «italienische Mama», wie die Franzosen und Belgier scherzten, kam meine Mutter dann doch bald zu uns nach Sainte-Honorine und schlief in unserer Mitte, mit uns und den Enkeln, also zu fünft in einem Raum, wie nach einem Erdbeben. Wir wollten uns so nah wie möglich sein, an diesem schicksalhaften Ort. Denn in diesem Landschlösschen hatten die französischen Verwandten als Kinder unter den Fittichen ihrer belgischen Großmutter ein ganz anderes Beben erlebt und überlebt – eben die Landung der Alliierten im Juni 1944. Wir befanden uns inmitten eines Schlachtfeldes von unzähligen Erinnerungen, die auf uns einstürmten.

In der Beletage des Schlösschens hatte die Wehrmacht ihren Befehlsstandort eingerichtet. Die Großmutter, eine belgische Comtesse, wohnte mit ihren französischen Enkeln im Keller. Durch die Gewölbedecke hörten sie jeden Schritt und jedes Kommando der Deutschen. Die nun erwachsenen französischen Verwandten erinnerten sich noch immer an die deutschen Soldaten, wie sie «Hacken schlagend» über ihren Köpfen den militärischen Dienst verrichteten. Es war von den Deutschen strengstens verboten worden, im Radio BBC-London zu hören: «Aber trotzdem hörten wir die BBC», erzählten die Franzosen stolz, dass sie den Deutschen ein Schnippchen geschlagen hatten: «Sogar mit Erlaubnis unserer Granny – der Großmutter. Wir versteckten uns unter dicken Decken mit dem Radio. Denn so, wie wir die Stiefel der Deutschen knallen hörten, hätten die Deutschen uns hören und belauschen können. Und morgens liefen wir um das Haus, wir spielten und sangen dabei gedankenlos die Erkennungsmelodie der BBC! Unsere Granny wäre vor Schreck fast gestorben, als sie uns hörte.»

«Doch eines Tages, im Morgengrauen des 6. Juni 1944, explodierten Bomben um das Haus und im Park. Das Meer war schwarz von Schiffen», schrieb Granny in ihr Tagebuch, aus dem meine deutsche Schwägerin vorlas. Die Kinder wurden unter einem mächtigen Küchentisch, der sich noch immer dort befand, in Sicherheit gebracht und alle verfügbaren Matratzen darüber gestapelt. Alle überlebten, obwohl die Erde unter den Bomben bebte. Als die Deutschen endlich vertrieben waren, beschrieb Granny die ersten einrückenden Amerikaner: «Diese großen Jungs, die jetzt zu uns auf Gummisohlen leichten Schrittes kamen, stachen doch sehr von ihren Vorgängern und deren groteskem Gehabe ab, den gutturalen Schreien, den rauen Befehlen, dieser Gestik wie von Automaten. Dieses Mal wurden wir von der sportlichen Art der Soldaten, ihrer Unkompliziertheit und ihrem Mut erobert, der sie lächelnd der Gefahr entgegengehen ließ, einem Lächeln mit schneeweißen Zähnen, das sie fast alle hatten.»

«Das hört sich an wie Babbos Erzählung von der Varusschlacht und den Germanen mit ihren blanken Zähnen», lachte Marco.

«Da gibt es aber einen kleinen Unterschied zu Varus», entgegnete ich. «Für die hier gefallenen Soldaten gibt es einen Friedhof. Der liegt über dem Strand, der noch heute den Namen der militärischen Operationen trägt, Omaha Beach, den müsst ihr besuchen. Ein Gräberfeld aus weißen Kreuzen und Tafelsteinen erstreckt sich weit über die Kreidefelsen. Man schaut über das Meer, über das mit den ‹Kreuzfahrern› auch die Freiheit nach Europa zurückkehrte. Ihr bekommt eine Gänsehaut, wenn ihr in diesem Meer badet, aber nicht wegen des kalten Wassers.»

Der 6. Juni 1944 war bei meinen Eltern zeitlebens von starken Gefühlen besetzt. Meine Mutter war tief beeindruckt von der Verbundenheit dieser europäischen Familie aus Belgien, Frankreich, Deutschland und Spanien, die sich dort in der Normandie zusammengefunden hatte und zu denen wir Italiener nun auch gehörten. Mit Humor und gutem Appetit schmeckten wir das europäische Lebensgefühl auch auf der Zunge, als die *mamma* bei dem französischen Schwager Philippe die gleiche kulinarische Leidenschaft für die *tripes* – die Kutteln oder Innereien – entdeckte, die meine deutsche Schwägerin auf französische Art vorzüglich zuzubereiten verstand. Trotz aller europäischen Verbundenheit beschränkte ich mich auf eine Kostprobe, denn unvermittelt sah ich vor mir die toten Hammelaugen, die mich und meinen Vater bei unserem Besuch in Usbekistan einmal aus einem Suppenteller angeglotzt hatten. Aus der europäischen Vielfalt wählte ich eine Crêpe au fromage. Wer in Europa die Wahl hat, soll wählen, ohne sich zu quälen, lautete der Sinnspruch unserer hier in der Normandie vertretenen Nationen.

Doch diese Gewissensfragen standen noch immer unbeantwortet im Raum: «Was habt ihr, was haben sie gedacht oder getan?» Ich wagte nicht, sie meinen deutschen Schwiegereltern direkt zu stellen. Als uns einige Jahre nach der Wende ein Buch mit dem Titel *Das verdammte Gewissen* von Erich Mende in die Hände fiel, meldeten sich diese nicht gestellten Fragen wieder. Erich Mende war Vizekanzler im Kabinett des Bundeskanzlers Ludwig Erhard von 1965. Sein Buch war 1986 erschienen, ein Bericht über seine Zeit als Soldat der Wehrmacht. Mende war 1944 in der Normandie und wurde 1944 an eine deutsche Offiziersschule in Milowitz bei Prag versetzt, um seine Erfahrungen aus der Normandie an die deutschen Offiziersanwärter weiterzugeben. In seinem Bericht fanden wir die folgende Passage: «Ich begab mich sofort zum Lehrgruppenkommandeur, einem Oberstleutnant von Petersdorff, ausgezeichnet mit dem Ritterkreuz, sehr zurückhaltend und vornehm in seiner ganzen Art. Ich hatte den Eindruck, dass wir uns sicher gut verstehen würden. Auffallend war der außerordentliche Idealismus der jungen Offiziersanwärter ...» Erich Mende war also meinem späteren Schwiegervater, dem Großvater unserer Kinder, begegnet, wenige Wochen nach der Landung der Alliierten. Der «außerordentliche Idealismus», den Mende erwähnte, forderte zu weiteren Fragen heraus. Aber nicht nur das Buch gab den Anstoß, solchen Fragen endlich einmal konkret nachzugehen, denn auch die Enkel stellten nun ihre Fragen. Die «europäische Familie» meiner Schwiegereltern hatte sich inzwischen um zwei deutsch-polnische Enkel erweitert, dank der deutsch-spanischen Enkelin mit ihrem polnischen Mann. Was also hatten die deutschen Großeltern gedacht, was hatten sie getan, als Hitler Polen überfiel? Hatten sich Gewissensfragen geregt, als über dem künftigen französischen Schwiegersohn in der Normandie deutsche Stiefelabsätze knallten und die Erde unter den Bomben der Alliierten bebte?

Das «Gewissen» war ein wichtiges Thema in meiner italienischen Familie. Mein Vater sprach zwar lieber von «moralischer Haltung» oder von einer Ethik, die es Menschen erlaubt, gegenüber sich selber aufrichtig zu sein. Denn er wollte jeden Ansatz aufgezwungener Schuldgefühle in der Erziehung vermeiden. Meine Mutter verteidigte den Begriff des Gewissens als innere Prüfung mit aufrichtigem Pflichtgefühl. Sie war vom Schweizer Protestantismus beeinflusst. Sie hatte einen Vater mit fast preußischem Pflichtgefühl, der ein lupenreiner römischer Sozialist im besten Sinn dieses Wortes war, trotz seines großen politischen Irrtums gegenüber meinem Vater. Pflichten hatten wir Kinder vor allem gegenüber den Eltern zu erfüllen, das war anstrengend und unbequem. Bei unserer Jugendpolitik legten sie eine besonders strenge Messlatte des Gewissens an uns an. Wir wurden rigoros beim Wort genommen und an die erstrangige soziale Verantwortung und Pflicht gegenüber dem *einzelnen* Menschen erinnert, wenn wir von einem beliebigen Sozialismus zu schwärmen anfingen. Die *mamma* verhielt sich wie jene Grille gegenüber *Pinocchio*. Die Grille steht dort für die Stimme des Gewissens. «Aber die Grille wurde von Pinocchio mit dem Hammer erschlagen, weil er ihre Stimme nicht mehr hören wollte.

Ich wünsche mir ein besseres Ende!», klagte sie. Zum Trost sammelte ich Grillen für sie und fand bei einem Straßenhändler, der Kunsthandwerk aus der Dritten Welt verkaufte, eine besonders schöne, aus Gras geflochtene. Die habe ich ihr gekauft.

Die deutschen Schwiegereltern hinterließen kein Tagebuch wie die französisch-belgische Granny. Aber ihre «Feldpostbriefe» lasen wir, auf die sie verwiesen hatten, als Zeugnis ihres jungen Familienlebens, das durch den Krieg zerrissen worden war. Was darf man für wahr halten, wenn in den Briefen schon früh die Sorge zum Ausdruck kommt: «Glaubst Du, dass unsere Briefe gelesen werden?» Oder wenn sie schreiben mussten: «Ich bitte Dich, diesen Brief zu verbrennen!» Und doch fanden wir Andeutungen, Stimmungen, um Tarnung bemüht, je nach Ereignis und Lebenslage, Briefe in nummerierter Reihenfolge, um eine Kontrolle über Kontrolleure oder eine jederzeit mögliche Katastrophe zu behalten. Erneut wartete eine Zeitreise auf uns, eine Reise zurück in eine fremde Vergangenheit. War ich wieder ein Eindringling? Doch ich fühlte mich persönlich angesprochen, als wären die Briefe an mich gerichtet: «Hoffentlich bleibt England stark», schrieben sie sich 1938, während Hitler mit Chamberlain das Münchner Abkommen verhandelte, so als teilten sie die Hoffnung einiger Diplomaten und Generäle auf die englische Unterstützung, um Hitler zu entmachten. Aber England blieb nicht stark, es erfüllte Hitlers Forderungen. Am 18. Januar 1940 berichtete der junge deutsche Offizier und spätere Großvater seiner europäischen Enkel aus Berlin: «In Polen soll es wüst zugehen. Ein unterirdischer Krieg. Wo einer Waffen hat oder gebraucht, packt die SS zehnfach zu. Ich bin froh, dass ich nicht dorthin gekommen bin.» Denn der Großvater hatte – zur Erleichterung seiner deutsch-polnischen Enkel – nicht am Überfall auf Polen teilnehmen müssen. Erst beim Überfall auf die Sowjetunion wurde er in Richtung Kiew eingesetzt und beim Angriff auf Kiew verwundet. Die Patrone, die ihn traf, wurde und wird in Ehren gehalten. Denn die Behandlung seiner Verwundung brachte ihn weit fort von einem der furchtbarsten Verbrechen der Deutschen gegenüber den Juden. Nach der Eroberung von Kiew wurden in der Schlucht von Babi Jar am 30. September 1941 über dreißigtausend Juden von den Deutschen ermordet.

Nach der Genesung musste der junge Offizier im Winter ab November 1941 einen Abschnitt zwischen den Heeresgruppen Süd und Mitte, eine ausgedünnte deutsche Linie, gegen sowjetische Angriffe halten: ein Auftrag von strategischer Bedeutung für die Gesamtlage, hieß es damals. Von vorderster Front schrieb er mit siebenunddreißig Jahren am 27. Dezember 1941: «Die Welt der Achtung voreinander müssen wir erst wieder aufbauen.» Die Stimme des Gewissens? Er erhielt dort den von Erich Mende erwähnten Orden: «Weil er seine mehr als 1200 Soldaten mit allen Verwundeten, gegen Hitlers Rückzugsverbot, durch einen geschickten Rückzug vor dem Untergang gerettet hat», hatten die Eltern erzählt.

Ein Porträtfoto des Ausgezeichneten, direkt nach der Rettung im Lazarett aufgenommen und in unseren Tagen auf unbekanntem Weg ins Internet gelangt, lässt noch die Erschütterung als Folge der Kämpfe erkennen. Einen «Idealismus» dieses «zurückhaltenden vornehmen Kommandeurs», wie Erich Mende schrieb, konnten wir jedoch in ganz anderer Hinsicht erkennen, als er unter dem Datum des 14. Oktober 1943 an seine Frau in Hanau schrieb: «Was haben wir Musik gemacht! Drei ganze Streichquartette haben wir gespielt. Zwei Schubert und ein Mozart, das Jagd-Quartett.» Drei Wochen später setzte er den musikalischen Bericht fort: «Gestern haben wir das Bach-Doppelkonzert und am 28. Oktober das Kaiserquartett (das herrliche!), zwei Beethoven und ein Mozart-Quartett gespielt.» In der Nähe von Prag, im Schatten des Kriegs hatte er neben dem Dienst an seinen Offizieren eine Nische für Musik mit einigen jungen Offizieren geschaffen, einen musischen «Kontrapunkt» zur Wirklichkeit des Krieges.

Die Spannung stieg beim Lesen und beim Fragen, was diese musischen Eltern und Großeltern am 6. Juni 1944 über die Landung der Alliierten in den Feldpostbriefen niedergeschrieben oder gedacht haben mochten und was über das Attentat vom 20. Juli 1944. Am 23. Mai, zwei Wochen vor der Landung und acht Wochen vor dem Attentat, sandte der Lehrgruppenkommandeur Manfred von Petersdorff nach seinem Heimaturlaub folgende Anmerkungen zum Klavierspiel seiner Frau nach Hause zurück: zu Beethovens *Mondscheinsonate* und Chopins *Revolutionsetüde*, die sie ihm offensichtlich vorgespielt hatte. Die Anmerkungen lesen sich heute, als hätte diese Musik nicht nur musikalische Bedeutung: «Denkst du auch an die zwei Achtel in der Mondscheinsonate, dritter Satz? Soll der Lauf vorher eigentlich Crescendo sein, oder soll das erste Achtel ein ‹Einschlag› wie ein Blitz sein? – Ich überlege viel, warum die gewaltige Revolutionsetüde noch nicht so auf mich gewirkt hat, obgleich Du sie schon sehr gut kannst. Ist die Melodie der rechten Hand noch zu wenig zum Tragen gekommen? Was ich Dir Militärisches erzählt habe, auf unserem Spaziergang, behalte bitte für Dich. Ich tat es, damit Du selber die Grenzen der Verantwortung finden kannst und vor allem mich nicht missverstehst.»

Diese Worte, kurz vor der Landung und acht Wochen vor dem Attentat, das eigentlich schon hätte stattfinden sollen, wirken, als habe die Familie den Gewissensaufstand erwartet oder erhofft. Die Pianistin antwortete aus Hanau am 6. Juni 1944 um 23 Uhr: «Kannst Du Dir denken, dass ich erst heute Abend hörte, dass nun endlich die lang ersehnte Invasion begonnen hat? Möge unsere Kraft standhalten und unsere Hoffnung auf das glückliche Ende sich erfüllen.»

Ahnung, Hoffnung und Hoffnungsfallen lagen nah beieinander, wie die kurze Nachricht der Pianistin vom 22. Juli 1944 nach Milowitz zeigt: «Das Attentat hat mich sehr nachdenklich und traurig gemacht.» Vorsicht und Besorgnis sprechen aus diesen Worten, eine Vorsicht, die wohl begründet war. Denn auch dieser vornehme Lehrgruppenkommandeur wurde in den nachfolgenden Verhaftungswellen von der Gestapo verhört, sein Vetter Horst von Petersdorff wurde verhaftet, im Reichssicherheitshauptamt gefoltert und vor dem Volksgerichtshof angeklagt. Manfred von Petersdorff bezeugte am 31. Juli 1959 öffentlich «den Tapferen vom 20. Juli 1944», so schrieb er, seinen persönlichen Respekt.

Aber empört stellte ich bei meinen Fragen fest, die nun nicht nur Fragen an die Familie, sondern auch Fragen an Deutschland waren, dass die Menschen aus dem Widerstand gegen den Nazi-Staat noch bis 1959 als Verräter missverstanden worden waren und erst durch einen «Tagesbefehl» vom Juli 1959 des Generals Heusinger die notwendige öffentliche Anerkennung fanden. In der Wochenzeitung *Die Zeit* las ich zu jenem Tagesbefehl in einem Brief meines Schwiegervaters an Marion Gräfin Dönhoff Folgendes: «Endlich wurde das lang ersehnte

Wort unserer neuen Generalität gesprochen. Für mich war es eine Erlösung.» Dieses Bekenntnis zum Widerstand war auch für mich eine Erlösung.

Aber das Briefgespräch von 1944 über Musik und Leben im Ausnahmezustand des Krieges wurde noch fortgesetzt und ging spannend weiter. Denn die Pianistin schrieb im Spätsommer die Nachricht, dass sie wieder schwanger sei. Was da nämlich in ihr heranwuchs, war 1981 in Berlin von entscheidender Bedeutung für mich geworden. Besorgt schrieb sie aber am 13. September 1944: «Mir scheint, einige Briefe sind verloren gegangen, da Du schon auf Nr. 3 geantwortet hast. – Viele schwere Alarme, bei Tag und Nacht. Um uns herum fallen Bomben. Wir ruhen bei Vollalarm und essen bei Vollalarm, indessen die feindlichen Geschwader über uns herbrausen. Die Kinder sind verängstigt und rührend unschuldig. Wenn die Kleinen morgens nach der Kellernacht in aller Harmlosigkeit als selbstverständlich ihre Milch trinken und ihr Marmeladenbrötchen vertilgen, bin ich tief ergriffen und flehe zu Gott, dass sie mir erhalten bleiben, ohne schwere körperliche Schäden. Der Angriff auf Frankfurt soll grauenhaft gewesen sein.»

Die Freude über die Landung der Alliierten hatte sich in persönliche Erschütterung und Angst verwandelt. Aber eine weibliche Urkraft in ihr lehnte sich gegen die kriegerische Wirklichkeit mit musikalischer Arbeit auf, wie ich den drei folgenden Briefen der Pianistin entnahm. Im ersten, am 28. September 1944, schreibt sie: «Ich lerne die Waldsteinsonate auswendig. Eine himmlische Musik. Der dritte Satz, ein einziges Zitat an die Lebensfreude!» Im zweiten am 29. September 1944: «Ich habe mich von allen irdischen Gütern gelöst, außer dem Flügel, und hege nur einen Wunsch, meine Kinder und Dich zu behalten.» Im dritten und letzten Brief vom 1. Oktober 1944 schreibt sie aus Hanau: «Gestern hatte ich Gäste, um mit Keiper die Kreutzersonate vorzuspielen. Erst wurden Rilke und Goethe gesprochen. Dabei fielen schwere Bomben, die uns in den Keller trieben, und der Horizont war blutrot. So ist unser Leben geworden. Was haben wir getrunken? Zuerst etwas Tee, später ein Gläschen Kirschwasser und dann gewöhnliches Brunnenwasser zu trockenem Brot. Alle waren sie glücklich, dass das Grauen der Zeit einmal verdrängt wurde durch die Sprache der Musik und der Dichtung.»

Doch diese Worte verblassen vor einer Nachricht des zurückhaltenden vornehmen Kommandeurs, der nun doch für kurze Zeit nach Polen abkommandiert worden war. Denn aus Sellau (Zelów) bei Łask, einer polnischen Kleinstadt bei Łodz, schrieb er, nach seiner Ankunft am 11. Dezember 1944 abends: «Früher waren 6000 Juden da. Jetzt kein einziger. Jetzt, 22:00 Uhr, geht das Licht aus.» Zwei Tage später, am 13. Dezember 1944, gingen auch in Hanau die Lichter aus: Durch zwei Luftangriffe wurde die Stadt zerstört. Familien wurden getötet oder obdachlos. Der zurückhaltend vornehme Offizier mit der Violine schrieb ohne Selbstmitleid, nachdem er den Schaden seiner Familie in Hanau besichtigt hatte, an seine Pianistin, die nun ohne Flügel auf dem Land in einer Notunterkunft leben musste, nur drei Worte aus Hanau: «Schlimm, schlimm und doch nicht schlimm!» Denn sie lebten! Aber eine spätere kurze Niederschrift, die er viele Jahre nach dem Krieg ohne Datum verfasste, wirft ein besonderes Licht auf ihn und ein Land, das nach Alexander und Margarete Mitscherlich von der «Unfähigkeit zu trauern» gezeichnet war. Er schrieb, als wolle er die Last des Gewissens erklären: «Es nahmen sich das Leben aus Selbstvorwürfen oder aus Schwermut: mein Bataillonskommandeur, mein Fähnrichsvater, mein Kompaniekamerad, mein Lehrgangskommandeur, mein Fähnrich, mein Regimentskommandeur, mein Feldwebel, mein ehemaliger Regimentskommandeur.»

Hier soll nur der letztgenannte Regimentskommandeur mit Namen erwähnt werden, denn er hatte an höchster Stelle in Polen gestanden: Johannes Blaskowitz, Oberbefehlshaber der am Überfall auf Polen beteiligten Wehrmachtsverbände. Er hatte sich den Verbrechen der SS in Polen widersetzt – vergebens. Wir ahnten, woher das Wissen in jenem Brief aus Berlin vom 18. Januar 1940 über die Verbrechen der SS kam, als wir eine Postkarte und einen Brief von Blaskowitz fanden: «Mein getreuer Petersdorff», schrieb er im Sommer 1947 aus dem amerikanischen Kriegsgefangenenlager bei Allendorf in Hessen auf einer Postkarte mit dem Aufdruck *Prisoner of war*. Blaskowitz ließ darin die ganze Familie, «besonders aber die goldigen Kleinen» grüßen. Und am 9. Dezember 1947 schrieb er aus seiner Haft im Nürnberger Prozess an seinen «getreuen Petersdorff» einen letzten «Dank für die schönen Stunden, die ich bei Ihnen verleben durfte. Diese kann mir niemand nehmen. Vor mir liegen schwerste Monate in einsamer Zelle und im Gerichtssaal, die meine ganze körperliche und seelische Kraft erfordern werden. Ich werde sie mit Gottes Hilfe durchstehen». Zwei Monate später, am 5. Februar 1948, stürzte Blaskowitz im Gebäude des Nürnberger Prozesses, auf dem Weg zum Gerichtssaal, in den Tod.

Ein ganz anderer Brief vom 21. September 1955, also zehn Jahre nach dem Krieg, von Manfreds Vetter Horst von Petersdorff, erstaunte uns, denn er schrieb: Man sagt «... ich hätte Dich durch meine Aussage vor Freisler in Gefahr gebracht. Ich hoffe, dass wir uns bald mal vielleicht in München aussprechen werden. Mit herzlichen Grüßen stets Dein Vetter Horst».

Ulrich von Hassell, der bis 1938 als Deutscher Botschafter in Rom eine führende Rolle im Widerstand gegen Hitler vor Kriegsbeginn übernommen hatte, wohnte bis zum 20. Juli 1944 in der Berliner Fasanenstraße 28. Am 8. September 1944 wurde er in Plötzensee hingerichtet. Er schrieb am Vorabend des Kriegs in seinen Tagebüchern unter dem 31. August 1939: «Gestern Abend bei Petersdorff». Seine Tochter Fey von Hassell, verheiratet mit dem Italiener Detalmo Pirzio-Biroli, der der Resistenza Italiens angehörte, wurde ins Konzentrationslager Buchenwald als Sippenhäftling verschleppt. Sie berichtet in ihrem Buch *Niemals sich beugen*: «In einer Zelle entdeckte ich Oberstleutnant von Petersdorff, einen alten Bekannten meiner Eltern und eingeschworenen Nazigegner. Er war verhaftet worden, weil er nach dem Attentat des 20. Juli 1944 Freunden geholfen hatte, unterzutauchen.»

Fey von Hassell wurde mit über hundertdreißig anderen deutschen und internationalen Gefangenen als sogenannte «SS-Geiseln» in die von den Nazis geplante «Alpenfestung» verschleppt. Auch die Kabarettistin Isa Vermehren und Horst von Petersdorff gehörten zu den Geiseln. Vermehren schreibt 1947 in ihrem Bericht *Reise durch den letzten Akt*: «Ein großes Wiedersehen feierten viele mit Oberst v. Petersdorff, dessen originelle Weise, vergnügt zu sein, mitunter sehr ansteckend sein konnte.» Horst von Petersdorff hatte nach dem Attentat des 20. Juli 1944 den Mitverschwörer General Lindemann in seiner Potsdamer Wohnung vor dem Zugriff der Gestapo versteckt. Er wurde mit anderen Freunden «für ein paar Silberlinge» an die Gestapo verraten, verhaftet, gefoltert und am Volksgerichtshof vor Roland Freisler angeklagt, dann ohne Verurteilung im «Bunker» des Konzentrationslagers Buchenwald eingesperrt, wo auch Dietrich Bonhoeffer und andere Geiseln gefangen waren. Von Buchenwald über das Konzentrationslager Flossenbürg – dort wurde Bonhoeffer ermordet – und über das Konzentrationslager Dachau verschleppte die SS ihre Geiseln nach Südtirol, in die «Alpenfestung». Egon von Petersdorff, der Bruder des Häftlings im Geiseltransport, war ebenfalls ein entschiedener Gegner des NS-Regimes. Er studierte zu der Zeit nicht nur Theologie in Meran, sondern leitete von dort aus eine Südtiroler Widerstandsgruppe gegen Hitlerdeutschland und war der italienischen Resistenza zuzurechnen. Die beiden Brüder waren plötzlich in den Hochalpen, zwischen Italien und Deutschland, in ein Drama verwickelt, das auch meine engere deutsche Familie berührte und nun mich selbst aufhorchen ließ. Aufgrund seiner persönlichen Kontakte, die Egon von Petersdorff zu Wehrmachtskreisen und zu den Alliierten pflegte, war er an der Befreiung der gefangenen KZ-Häftlinge beteiligt, in Niederdorf, einem Ort kurz vor dem Pragser Wildsee, der heute unter dem Namen Lago di Braies ein beliebter italienischer Urlaubsort von umwerfender Schönheit ist. Die Dramatik der Situation ist historisch erforscht. Ich habe das Archiv im dortigen Hotel gesichtet und an der Namenstafel dieser Menschen des Geiseltransports gedacht. Hier nur beispielhaft ein Zitat aus einem Bericht des damaligen Mithäftlings Joseph Joos, kurz vor der Befreiung: «Um Mitternacht flüsterte uns Petersdorff, der mit der verstümmelten Hand, eine alarmierende Nachricht zu: Die SS-Leute sind betrunken und schwätzen vom Umlegen. Wir leisten auf alle Fälle Widerstand. Alles auf die Beine, wenn wir rufen!» Die gelungene, fast mythische Rettung würde zu einer besonderen persönlichen inneren Nähe der Brüder führen, vermutete ich zunächst. Aber in einem Brief vom 16. Februar 1959 schrieb Egon von Petersdorff an meinen späteren Schwiegervater: «Ich erkenne an, dass mein Bruder ein tapferer Soldat war, ein Condottiere, dass er auch wirklich freigebig ist. Meine Südtiroler Widerstands-Bewegung errettete ihn, buchstäblich fünf Minuten vor der schon befohlenen Liquidierung der 136 Hitler-Geiseln, zu denen er gehörte! Aber Abgründe trennen uns.» Obwohl ein Bruder den Bruder rettete, konnten sie nicht zueinander kommen. Warum nicht, sie sprachen doch die gleiche Sprache? War es, weil der rettende

Bruder im *italienischen* Widerstand war und nicht im eigenen Land blieb? Jedenfalls stand jenes schwerwiegende Wort auch zwischen ihnen: Verräter! Jenes Wort, das über viel zu viele Jahre von Deutschen jenen Deutschen entgegengehalten wurde, die aus dem Ausland Widerstand gegen den Nazi-Staat leisteten. Sogar Willy Brandt wurde dieses furchtbare Wort entgegengeschleudert, wegen seines Widerstands von Norwegen aus! Und hier verdunkelte es die Beziehung zwischen zwei Brüdern, die beide auf der Seite des Anstands und der Moral stehen wollten. Welch düstere Seite der Nibelungentreue tat sich da zwischen zwei deutschen Brüdern auf. Mein Schwiegervater versuchte 1955, zwischen den Brüdern zu vermitteln, und schrieb: «Wir waren doch alle Verräter, auch ich wollte meine Pistole gegen Hitler erheben, doch der Moment der Begegnung war zu kurz.» – Ich sollte heute beklagen, dass jener Moment «zu kurz» war! Andererseits: Wäre jener *kurze Moment* lang genug gewesen, wären diese «Preußen» für mich wohl Schatten geblieben, und mein Leben wäre anders verlaufen.

Die Zuversicht in der Familie nach dem Krieg, die mir schon am Teetisch beim ersten Besuch in Freiburg aufgefallen war, schien eine sehr persönliche Haltung gewesen zu sein, wo man doch lange nach 1945 vom «Zusammenbruch» statt vom «Aufbruch» sprach. Hier aber hörte ich immer wieder die anderen Töne: «1945 begann unsere glücklichste Zeit, wenn auch unter erbärmlichen Umständen, endlich konnten wir leben!» Auch las ich in einem Brief: *«Wann endlich musizierst du wieder für uns, mit deinem mozartgleichen Charme»*, schrieb Mady Marschall von Bieberstein, eine Schwester von Marie-Luise Kaschnitz. Denn der Flügel unserer Pianistin war bei der Zerstörung Hanaus in Rauch aufgegangen. Aber 1945 wuchsen den Frauen neue Flügel. Statt «Gold gab ich für Eisen», tauschte die Pianistin einen neuen Flügel ein. Eine Zeitung schrieb nach einem ihrer ersten Konzerte: «Gertrud und Manfred von Petersdorff musizierten Werke van Beethovens. Die Gäste aus Dänemark, England, Finnland, Frankreich, Holland und Schweden waren des Lobes voll und zeigten, wie die Musik verstanden wurde: wie ein Wort, das aus dem Herzen kommt, vor dem die Grenzen der Nationalität schwinden, weil der Mensch sich als Mensch verstanden weiß.» Marie-Luise Kaschnitz las zu einem anderen Konzert aus ihren Gedichten *Zukunftsmusik* zur Uraufführung einer *Lyrischen Suite* für Klavier, Violine und Cello von Friedrich Leinert, die der Komponist der Pianistin gewidmet hatte. Die Zukunft hatte 1945 begonnen, und Sphärenklänge müssen die Menschen selbst erzeugen; das weiß man seit Giordano Bruno, der bekanntlich «die Kristallgewölbe am Himmel zertrümmerte», um den befreiten Kopf ins Universum zu recken.

Im dritten Lebensjahr nahm der deutsch-römische Enkel die frierende Hand des alt gewordenen Großvaters, drückte sie mit seinen warmen Kinderhänden und sprach die eindringlichen Worte: «Komm, Velo, ich wärme dich!» Sein Bruder im Babykörbchen sah und hörte es. Er konnte noch nicht sprechen aber empathisch verstehen, wie alle Kinder. Er hüpfte strahlend auf und ab und rief den beiden seine Babylaute zu! «Komm, ich wärme dich!», letzte Worte eines Enkels zum Großvater, denn nach wenigen Monaten wurde Manfred von Petersdorff mit militärischem Geleit, unter der schwarz-rot-goldenen Fahne und zum Lied *Ich hatt' einen Kameraden* zu Grabe getragen. Als das «Helm ab zum Gebet» ertönte, fühlte ich ein seltsames Klopfen in meiner Brust. Die Augen begannen zu tropfen, als mein Preuße zu mir flüsterte: «Bei deinem Vater stand ich hinter roten Fahnen, hinter Hammer und Sichel, da wurde das Lied vom Partisanen und seiner Geliebten gespielt:

O partigiano, portami via,
o bella ciao, bella ciao,
bella ciao, ciao, ciao …
ché mi sento di morir …
Ich fürchte, bald zu sterben …

Ein paar Jahre noch blieb die Großmutter bei uns. Bis zuletzt von ihrem Flügel getragen, mit dem sie uns musikalisch durch die *Kinderszenen* von Robert Schumann führte und durch die *Nocturnes* von Chopin und durch das Schneegestöber von *Schneeflöckchen, Weißröckchen* für unsere Kinder. Die saßen singend unter dem Flügel, wo auch ihr Vater die Kindheit verlebt hatte. Die Tage der deutschen friedlichen Revolution erlebte die Großmutter nicht mehr. Doch ein gutes Jahr vor dem großen Aufbruch in Ost-Berlin spielte sie trotz ihrer Gebrechlichkeit unerwartet stark Chopins *Revolutionsetüde*, bevor sie ihr europäisches Haus für immer verließ.

Damals machte das Wort Gorbatschows vom «europäischen Haus» die Runde. Aber sicher gebührt Isa Vermehren und den aus der «Alpenfestung» geretteten Geiseln der überfallenen europäischen Länder das Verdienst, schon damals das «europäische Haus» nicht nur als eine Vision gesehen, sondern es gelebt zu haben. Unter dem Eindruck ihrer fast wunderbaren Rettung aus der SS-Geiselhaft wurde die Kabarettistin Vermehren eine tief religiöse Ordensfrau. In ihrem Buch *Reise durch den letzten Akt* schreibt sie über die Befreiung der Geiseln: «Wir fühlten uns alle als Bewohner des gleichen Hauses Europa, als Bürger dieser einen Welt. Die nationalen Grenzen waren kein unübersteigliches Hindernis mehr, sondern nur der Gartenzaun um das Grundstück des anderen, dessen Pforte einladend weit geöffnet war. Ebenso wenig trennten uns die verschiedenen Sprachen voneinander; die meisten fanden sich in der Sprache des einen oder anderen. Ein Traum schien in Erfüllung zu gehen, wenn auch in mikrokosmischer Form: Ein einiges heiteres Europa, eine heitere einige Welt, in der Friede herrscht.»

JUNO LUDOVISI ODER: ICH WÜNSCH MIR EINE DEUTSCHE MUTTER

Ich gehe gerne nach Tegel. In Tegel atme ich italienische Luft, wenn auch brandenburgisch durchweht. Da liegt ein Schloss, ein europäisches Haus, es liegt am See, an einer weiten Wiese, an Humboldts Lindenallee. Übrigens wuchsen früher dort Reben. Trotz des Klimawandels ist es noch immer zu kalt für Wein, wie er früher dort reifte. Von außen stellt sich das Schlösschen nach italienischem Maßstab bescheiden dar. Nach innen öffnet es sich zu universaler geistiger Weite, besonders im Antikensaal mit den griechisch-römischen Skulpturen. Nichts haben Schinkel und Humboldt dem Zufall überlassen. Alles fügt sich zusammen: die Skulpturen, die Bilder, die Raumgestaltung, sogar das kolossale Haupt der Juno Ludovisi. Wilhelm von Humboldt erhielt den Gipsabguss des römischen Originals als Geschenk des Fürsten Piombino. Denn Humboldt hatte sich auf dem Wiener Kongress (1814/15), nach der Völkerschlacht bei Leipzig, ganz selbstlos und europäisch für die Rückkehr der von Napoleon geraubten italienischen Sammlungen nach Italien eingesetzt. Fürst Piombino hatte Humboldt das Original aus Marmor als «Dankeschön» zugedacht. Humboldt aber lehnte ab, aus Liebe zur Kunst und aus Achtung vor dem Werk, das nach Rom gehöre. Er gab ein großes Beispiel für den weisen Umgang mit sogenannter «Beutekunst». Er bewies persönliche Würde und europäische Weitsicht. Was kann die Kunst für die Verbrechen der Politik?

Seine Haltung erinnert an Cicero, der vor über zweitausend Jahren den Kunstraub des römischen Provinzstatthalters Verres vor dem Senat in Rom beklagt hatte, ganz im Sinne des heutigen Völkerrechts. Humboldt handelte diesem großen römischen Vorbild ebenbürtig, was aber leider auch in der Antike eine Ausnahme war. Denn die alten Römer waren Räuber, zwar Räuber mit Sinn für Schönheit und Kultur, aber Räuber waren sie, und sie raubten, was ihnen in die Hände fiel, von schönen griechischen Skulpturen bis zu den lebendig schönen Sabinerinnen. Und was sie nicht raubten, imitierten sie. Sie machten «Raubkopien», wie wir heute sagen würden. Dafür sind wir heute dankbar, denn sonst wäre uns vieles von der griechischen Skulpturenkunst unbekannt geblieben. Trotzdem muss man hoffen, dass moderne Staatenlenker lernen, dass die Kunst ein Opfer ist und nicht Täter sein kann, dass Kunst nicht heimatlos werden darf und bleiben sollte, wo sie rechtens hingehört.

Auch der Juno-Kopf in Rom war vermutlich eine «Raubkopie». Winckelmann schrieb dieses Marmorhaupt, das sich noch im 18. Jahrhundert in der römischen Villa Ludovisi befand, einer Göttin zu. Er war von dem erhabenen Ausdruck ihres Gesichtes so ergriffen, dass er sie für eine höchste Göttin hielt, für Juno, die Göttermutter, die Göttin der Mutterschaft. Daher ihr Name. Wer aber wirklich dargestellt wurde, ist bis heute nicht endgültig enträtselt. Eine These besagt, sie sei ein Bildnis von Antonia, der Mutter des römischen Kaisers Claudius. Mit seiner heroischen Aura sollte das Bildnis schon in der Antike an die griechische Hera von Ephesus erinnern, die von den Römern als Fortuna verehrt wurde. Fortuna bedeutet auf Latein und Italienisch «Schicksal» und «Glück». Das entspricht in dieser doppelsinnigen Bedeutung dem doppelgesichtigen Janus. Das Schicksal bringt nicht nur Glück, und Glück ist nicht nur Schicksal. Auf Antonia bezogen, könnte Fortuna bedeuten: Mutterschaft als Schicksal und Glück. Jedoch soll Kaiser Claudius ein von der Mutter ungeliebtes Kind gewesen sein, wegen einer körperlichen Behinderung. Vielleicht schuf er sich mit der Skulptur eine ideale Mutter in Stein, die ihm im wirklichen Leben gefehlt hatte.

Juno Ludovisi wurde auf dem Esquilin, einem der sieben klassischen Hügel Roms, entdeckt. Sie stieg zum wichtigsten Kunstwerk der deutschen Klassik auf. Sie bewegte die Köpfe und Herzen der deutschen Dichter und Denker: Goethe, Schiller und Humboldt schrieben Betrachtungen und überboten sich in ihren Deutungen. Sie galt als ein Ideal vollendeter Schönheit. Humboldt sah in ihr die Überwindung von Weiblichkeit und Männlichkeit in reinster idealer Schönheit. Goethe hatte sich am Frauenplan in Weimar einen ersten Abguss aufgestellt. Sie inspirierte ihn in seiner *Italienischen Reise*: «Wenn man sich, wie in Rom, immerfort in Gegenwart antiker Kunst befindet, fühlt man sich wie in Gegenwart der Natur vor einem Unendlichen, Unerforschlichen. Wenn man morgens die Augen aufschlägt, fühlt man sich von dem Vortrefflichsten gerührt. All unser Denken und Sinnen ist von solchen Gestalten begleitet, und es wird dadurch unmöglich, in die Barbarei zurückzufallen.»

Ach, hätte er doch recht behalten.

«Würdest du zum Geburtstag deiner Freundin eine Rede halten?», fragten mich eines Tages die Freunde aus Humboldts Tegel. Ein Fest für die gemeinsame Freundin sollte im Schlösschen stattfinden. In Italien ist es nicht üblich, die Geburtstage mit großen formellen Reden zu feiern, jedenfalls nicht unter meinen Freunden. Mit Empathie teilen wir uns mit, was Worte nicht ausdrücken können, mit Umarmungen, Küssen und tiefen Blicken. Eine Rede wäre in Italien, wenn sie schon unvermeidlich sein sollte, so kurz und so unterhaltsam wie möglich zu gestalten. Italiener schweigen nicht gern, und man hebt als Redner sein Glas für das Schlusswort so bald wie möglich, denn oft entgleiten Jubiläumsworte zu Grabesreden. Abergläubisch und ungeübt, befand ich mich auf einem schmalen Grat im fremden Land, jedoch in klassischer Umgebung. Zu loben brauchte ich die preußische Freundin nicht und zog es vor, zu ihrer Unterhaltung beizutragen. Juno Ludovisi schaute im Kerzenschein des Antikensaals mit dem Ernst einer Göttermutter auf mich herab. Als Studentin hatte ich dem Original in Rom oft in kritischer Betrachtung Auge in Auge gegenübergestanden. Hier schaute sie beschützend auf mich. Am Ende der Rede fühlte ich mich wie zu Hause, dank meiner Göttermutter und weil Tegel Tegel ist und vergnügte Freunde beisammensaßen und weil ich wusste, dass ich nach Rom gehöre, wo auch Juno Ludovisi zu Hause ist, Rom ist mein Vater- und Mutterland. Ich kann überall leben, an jedem Ort, doch hier suche ich Rom und Deutschland dort.

Mit Juno Ludovisi in Deutschland, etwa als deutsche Mutter? Das hat Humboldt bestimmt nicht gewollt. Wünsche *ich* mir, eine deutsche Mutter zu sein? Nein! Das habe ich nie gewünscht, schon gar nicht an jenem späten Novembertag, als die Hausaufgaben unsrer kleinen Tochter vor uns auf dem Küchentisch lagen. Als einzige Mutter eines Kindes im Grundschulalter in unserem Haus führte ich Aufsicht über ihre Schulaufgaben. Die kleine Tochter schaute so düster ins Leere, wie meine Gefühle waren. Die grauen Wände des Hinterhofs waren kaum noch zu erkennen, es gab dort draußen ohnehin nichts zu sehen, nichts zu hören. Ich wartete und mahnte, doch nichts passierte mit dem Schulheft. Mit dunklen Augen verharrte die Tochter, wartend. Das war ein schlechter Tag für uns beide. In Rom, wo zu dieser Stunde noch die Sonne schien, war alles besser! Meine Freunde befanden sich im Karrierefieber. Von Erfolgen begünstigt, bauten sie Häuser, gründeten Zeitungen, drehten Filme, fotografierten oder machten Politik in Rom. Was wäre geworden, wenn ich in Rom geblieben wäre? Zwischen meinen Fingern zerbröselten Brotkrumen, als ich schon wieder den gleichen Fehler im Schulheft entdeckte. Seit Stunden saßen wir über den wenigen Zeilen.

«Nein, so schreibt man das nicht», sagte ich ungeduldig.

«Doch, die Lehrerin hats gesagt!»

«Dann hast du sie falsch verstanden.»

«Nein, du verstehst das nicht!»

Es ist nicht leicht, die deutsche Rechtschreibung einem zweisprachigen Kind auf Italienisch zu erklären, ich bemühte mich um einen freundlichen Unterton: «*Tesorino* – Schätzchen, hör zu, die Groß- und Kleinschreibung im Deutschen ist schwer. Aber man kann unterscheiden, zum Beispiel: Das Essen, das du in den Mund nimmst, kannst du anfassen, also schreibt man es groß, denn das ist ein Substantiv. Aber wenn du kaust und schluckst, schreibt man essen klein, denn dann tust du ja etwas.»

«Aber dann fasse ich das Essen mit der Zunge an, also muss man es großschreiben.»

«Nein, nur wenn ich dich zum Essen rufe, schreibt man Essen groß. Wenn du aber selber isst, schreibst du essen klein. Und wenn du das jetzt nicht verstehst, schreibe es einfach so, wie ich dir's sage, damit wir endlich fertig werden!», befahl ich energisch, um die Sache abzukürzen. Ich hatte mich verrechnet.

«Du hast überhaupt keine Ahnung, du kannst das gar nicht wissen, du bist keine Deutsche! Du bist eine Ausländerin! Ich wünsch mir eine deutsche Mutter, der Papa soll kommen.» Ihr Kopf war rot vor Wut und Verzweiflung, und in ihren Augen standen Tränen. Mir blieb der Mund offen stehen. Sie stutzte, als sie mich ansah. Ich muss wohl blass geworden sein. Als sie merkte, dass ich zu einer heftigen Erwiderung ansetzen wollte, fügte sie hinzu: «Nein! Es ist schon gut so, wie du bist.»

Aber damit war die Sache für mich nicht erledigt. Ich sprang auf, holte das Telefon und hielt ihr den Hörer hin: «So, jetzt rufst du den Papa an. Sofort!», brachte ich gerade noch heraus.

Die Tochter wählte; dann flüsterte sie mit seidenweicher Stimme und feuchten Augen in den Hörer: «Papa, kommst du? Mama streitet!»

Der Vater kam denn auch herbeigeeilt, um die deutsche Mutter zu ersetzen. Schon an der Wohnungstüre flüsterte er seiner Tochter etwas ins Ohr, als tausche er ein Geheimnis mit ihr. Ich schaute in ihre Augen und erkannte: Da wuchs ein Bündnis zwischen den beiden, ein Bündnis zwischen Mädchen und Mann, nicht gegen mich – sondern, um mir zu helfen. Und es war gut so. Ich lehnte mich zurück. Vittoria hatte ihre Wut gelassen, wohin sie gehörte, bei meiner italienischen Ungeduld. Sie hatte meine Sehnsucht nach Rom gespürt und sich verlassen gefühlt. Denn Kinder zapfen das Unbewusste an, das ist die Empathie der Kinder.

Vittoria hieß die römische Siegesgöttin. Ich hatte bei der Namensgebung eher an Vittoria Colonna gedacht und an meinem Vater, der im Partisanenkrieg aufmunternd Vitto genannt worden war. Vittoria Colonna war eine der großen «emanzipierten» Frauen der Renaissance im Übergang zum Barock. Ich habe zwar nicht an Sieg gedacht, frage mich aber trotzdem, was ist ein Sieg? Ist ein Sieg ohne Weisheit ein Sieg? Nein, denn nur aus Weisheit kann ein Sieg entstehen und ein Stein, auf den man bauen kann. So ist Vittoria Sophia entstanden, denn Sophia heißt Weisheit, Weisheit als Ideal, jenseits von Männlichkeit oder Weiblichkeit, denn Weisheit hat viele Gesichter.

LITERATURHINWEISE

Friedrich Andrae: *Auch gegen Frauen und Kinder – Der Krieg der Deutschen Wehrmacht gegen die Zivilbevölkerung in Italien 1943–1945*, München, Zürich 1995.

Matilde De Angelis d'Ossat u. a.: *Scultura antica in Palazzo Altemps*, Museo Nazionale Romano, Sopraintendenza Archeologica di Roma, Rom 2002, S. 183.

Nina Berberova: *Baronin Budberg – Abenteurerin, Doppelagentin, Femme fatale*, Hildesheim 1992, S. 206 ff.

Helmut Geisert u. a.: *Aldo Rossi – Architekt*, Berlin: Berlinische Galerie 1993, S. 8 ff.

Wolf Biermann: *Nachlaß 1*, S. 7, Köln 1977.

Heinrich Bitsch: *Gertrud von Petersdorff*, in: Hessenjournal – Zeitschrift für Kultur, Volksbildung, Wirtschaft, Nr. 2, Juni 1964, S. 18.

Giorgio Boccolari, Luciano Casali (Hg.): *I Magnaccuchi, Valdo Magnani e la ricerca di una sinistra autonoma e democratica*, Mailand 1991.

Franco Bojardi (Hg.): *Valdo Magnani, Dieci Anni perduti*, Bologna 1989.

Dante Alighieri: *Die Göttliche Komödie*, übersetzt von August Kopisch, Berlin 1887, II. Gesang.

Dante Alighieri: *Die Göttliche Komödie*, übersetzt von Wilhelm G. Hertz, Frankfurt a. M.: Fischer 1955, München: dtv 1978, II. Gesang.

Marion Gräfin Dönhoff, *Heusingers Tagesbefehl*, in: Die Zeit, 17. Juli 1959, S. 1.

Ernst Grumach: *Goethes Italienische Reise*, in: Johann Wolfgang von Goethe, Frankfurter Ausgabe (Deutscher Klassiker Verlag), Bd. 15, S. 585 f.

Ernst Grumach: *Goethe und die Antike*, Potsdam 1949, Bd. 2, S. 534 ff.

Fey von Hassel: *Niemals sich beugen*, München 2001, S. 173.

Ulrich von Hassell: *Aufzeichnungen vom anderen Deutschland – Die Hassell-Tagebücher 1938–1944*, hg. Karl Ottmar von Aretin, Ger van Roon, Hans Mommsen, in der «Reihe Deutscher Widerstand 1933–1945», Siedlerverlag o. J., S. 119.

Christine und Ulrich von Heinz: *Wilhelm von Humboldt in Tegel – Über die männliche und die weibliche Form bei Humboldt*, München 2001, S. 41 ff.

Yvonne Kaesler: *Franca Magnani – Die Stimme Italiens. Franca Magnanis Beitrag zum Italienbild der Deutschen*, MA d. Philosophischen Fakultät der Rheinischen Friedrich-Wilhelms-Universität zu Bonn, S. 38.

August Kopisch: *Die Entdeckung der Blauen Grotte*, Berlin 1836.

Sabina Magnani: *Wolf Biermann*, in: *Canzoni – Poesie del Dissenso*, 1977, Marsilio Editori, La Biennale di Venezia, S. 9, 23 ff.

Valdo Magnani, Aldo Cucchi: *Crisi di una generazione, la nuova Italia*, Firenze 1952.

Bengt von zur Mühlen, Frank Bauer: *Sie gaben ihr Leben – Unbekannte Opfer des 20. Juli 1944*, Berlin-Kleinmachnow 1995 (Chronos-Film GmbH), S. 113 ff.

Gertrud von Petersdorff: *Der Nachtfalter*, in: Deutsche Rundschau – Zeitschrift für Literatur, Nr. 3/1954, S.266
Gertrud von Petersdorff: *Am Fenster*, in: Deutsche Rundschau – Zeitschrift für Literatur, Nr. 10/1956, S. 1104.
Gertrud von Petersdorff: *Maxim Gorki trat ein*, in: Frankfurter Allgemeine Zeitung, 13.6.1966, S. 20.
Manfred von Petersdorff: *Ein langersehntes Wort*, in: Die Zeit, 31. Juli 1959, S. 20.
Ulrich von Petersdorff: *Holocaustdenkmal und Datenschutz*, in: DuD (Datenschutz und Datensicherung), 1997, S. 478.
Hans-Günther Richardi: *SS-Geiseln in der Alpenfestung – Die Verschleppung prominenter KZ-Häftlinge aus Deutschland nach Südtirol*, 2. Auflage, Bozen 2006, S. 100, 142, 199.
Roger Sidler: *Arnold Künzli – Kalter Krieg und «geistige Landesverteidigung». Eine Fallstudie*, Zürich 2006, S. 120 ff.
Gerald Steinacher: Südtirol und die Geheimdienste 1943–1945, in: Innsbrucker Forschungen zur Zeitgeschichte Band 15, Innsbruck 2000, S. 98.
Leopold Steurer, Martha Verdorfer, Walter Pichler: *Verfolgt, Verfemt, Vergessen – Lebensgeschichtliche Erinnerungen an den Widerstand gegen Nationalsozialismus und Krieg Südtirol 1943–1945*, Edition Sturzflüge, Studienverlag, Bozen 1997, S. 535 ff.
Jaqueline Comtesse d'Ursel: *Die Freiheit kam auf weichen Sohlen*, in: Die Zeit, 3.6.2004, übersetzt von Helmtraud von Petersdorff
Isa Vermehren: *Reise durch den letzten Akt – Ein Bericht*, Hamburg 1947, S. 163, 205.
Musik als «Verständigungsmittel», Artikel in: Oberhessische Presse, Marburg, 6.8.1954, S. 6.